Twin Cities // Zwei wie Tag und Nacht

Ulrike Schrimpf

Twin Cities

Zwei wie Tag und Nacht

ALADIN

Für Susanne,
meine Virginie.
Irgendwie.

Für meinen Dichter-Vater.
Du fehlst mir.
Jeden einzelnen Tag.

Manchmal hatte Virginie den Eindruck, von Schattenmenschen umgeben zu sein, und sie selbst drehte sich, ein Feuerrad, in der Mitte.

Virginie

Wer würde endlich eine Transformationsmaschine erfinden, mit der man reisen konnte, von Buch zu Buch, von Traum zu Traum, ohne jemals aufzuwachen?

Bertie

Herbst

Bertie, Wien, 9.9., 7.13 Uhr, Bett

Irgendetwas piepte. Bertie zuckte im Schlaf zusammen und öffnete langsam sein linkes Auge. Nur einen Spalt. Blonde, dünne Strähnen fielen ihm ins Gesicht. Er fröstelte. Seine Mutter hatte das Fenster mal wieder über Nacht offen gelassen. »Frischluftfanatikerin«, hatte Papa immer zu ihr gesagt und gelacht.

Berties rechte Hand tastete sich zum Nachttisch, bekam sein Handy zu fassen und hielt es dicht vor seine schlafmüden Augen. Wer wagte es, ihn zu stören, frühmorgens, und dann auch noch an einem Sonntag?

`Grüß Gott, oller Piefke! Heute schon gejodelt? V.`

entzifferte Bertie langsam auf dem Display. Virginie! Natürlich. Die Ziege. Niemand sonst würde ihn schon um sieben Uhr früh mit SMS belästigen. Niemand, außer der nervigsten Schwester der Welt: groß, hübsch, braune lange Haare, TOTAL sportlich, TOTAL beliebt. Papa nannte sie »eine Augenweide«. Bertie fand, dass sie eher aussah wie eine weidende Kuh, mit ihren dunkelbraunen Telleraugen und ständig Kaugummi kauend. Das war wichtig! Virginie durfte nicht zu dick werden, fürs Training.

Bertie beschloss, seiner Zwillingsschwester nicht zu antworten. Wahrscheinlich langweilte sie sich, weil Bertie nicht mehr da war, und sie niemanden mehr hatte, den sie ärgern konnte. Pech gehabt! Bertie musste grinsen. Wenigstens dieses Problem hatte der Umzug nach Wien gelöst.

Bertie zog die Bettdecke über den Kopf und versuchte, wieder in seinen Traum zurückzufinden. Er hatte keine Lust, schon aufzuwachen. Schattenfiguren begannen, vor seinen Augen zu tanzen, als sein Handy zum zweiten Mal piepte. Mit einem Ruck richtete Bertie sich verärgert in seinem Bett auf und griff nach dem Telefon.

`Eine neue Nachricht empfangen.`

leuchtete ihm die Schrift entgegen.

Schlaftrunken klickte Bertie auf »Nachricht öffnen«.

`P.S. Habe ich dich etwa geweckt? Sorry! ;-) Dein Würgeengel`

Wütend pfefferte der schmächtige Junge sein Handy auf den Boden. Der Spitzname »Würgeengel« traf ins Schwarze! Oft nannte Bertie seine Schwester auch einfach »Würgi«. Mann, ging die ihm auf den Wecker! Sogar hier in Wien, 524 Kilometer Luftlinie von Berlin entfernt. Nicht zu fassen! Sie sollte lieber zum Training gehen! Oder Papa Frühstückseier zubereiten oder was auch immer, anstatt ihn zu nerven. Bertie strich sich eine feuchte Haarsträhne hinters Ohr und sah aus dem Fenster. Auf der großen Tanne vor dem Haus saßen ein paar fette Raben mit Hackschnäbeln. Weißer Nebel waberte durch die Luft und legte sich wie eine Decke auf die Häuserdächer. Die Raben schrien. Massen gab es von denen, hier, im Nirgendwo. Am A der Welt. Wo Bertie gelandet war. Eine alte Frau wackelte auf dem Gehweg entlang, pitsch, patsch, rechter Fuß, linker Fuß, ganz langsam, mit einem Stock in der Hand. Sie trug einen riesigen goldbraunen Pelzmantel und einen beigen Hut mit Feder auf dem Kopf. Wie ein watschelndes Zelt sah sie aus, pitsch, patsch, rechter Fuß, linker Fuß. Bertie musste leise lachen. Manchmal hatte er den Eindruck, dass es in Himmelhof nur alte Menschen, Eichhörnchen und Babys gab.

Entschlossen sprang der Junge aus dem Bett, mit nackten Füßen aufs dunkelbraune Parkett. Wieder fror er. Schnell rannte Bertie zum Regal, schnappte sich seinen Zauberwürfel und verkroch sich zurück ins Bett. Mama und Herbert schliefen noch. Der neue Freund seiner Mutter grinste dämlich und hatte zehn Kilo Muskeln. Vor allem an den Armen, die sahen aus wie dicke Abflussrohre.

»Na, Bertie, kommste mit, sporteln?!«, sagte er und lachte.

Idiot! Bertie hasste den Wiener Dialekt. Alle sprachen hier so breit und lang gezogen, als würden sie auf Gummisohlen rumkauen. Jedes Mal, wenn Bertie das hörte, zog sich sein Magen zusammen. Bevor er darüber länger nachdachte, konzentrierte er sich lieber auf seinen Zauberwürfel. Bertie hatte vor, seinen Rekord zu brechen. Den von vor vier Wochen, im Flugzeug. Als Mama und Herbert Sekt getrunken hatten. Da hatte Bertie den Zauberwürfel in zehn Minuten und 32 Sekunden geschafft. Bertie wurde schwindelig, als er daran dachte. Alles war in dem Moment egal gewesen, die unglaublichen 15 000 Meter Flughöhe, Berties Testament, das noch nicht fertig war, die nicht zu unterschätzende Wahrscheinlichkeit von 0,000012 Prozent, dass sie abstürzen würden.

Bertie drehte und drehte, alles durcheinander. Die Farben brannten in seinen Augen. Er HASSTE diese Unordnung. Alles war verkehrt. Berties Herz schlug schneller, und seine Hände wurden schwitzig. Sein Atem ging schnell. Er konzentrierte sich und kniff die Augen zusammen. Dann sah er die Bewegungen vor sich. Jede einzelne. Exakt. Los! Fast hätte Bertie die Augen schließen können, so sicher war er sich. Rot zu rot, blau zu blau, grün zu gelb, dann zu weiß dann zu grün. Die Flächen formten sich, und die Farben hörten auf zu springen. Eine glatte Wand wurden sie. Bald atmete Bertie wieder ruhiger. Die letzten Steine drehte er langsam. Er wusste, dass er gut in der Zeit lag. Sein rechtes Augenlid zuckte, als ob eine Fliege hineingeflogen wäre. Dann sah er auf die Stoppuhr: Zehn Minuten und elf Sekunden. Wow! Bertie lachte leise. Bald wollte er es mal mit verbundenen Augen probieren. Das war die höchste Kunst! Er hatte einen Jungen auf YouTube gesehen, vielleicht ein, zwei Jahre älter als er. Der hatte das in drei Minuten und sieben Sekunden geschafft.

Zufrieden legte Bertie den Zauberwürfel beiseite, schnappte sich eine saure Gummischnur aus seinem Geheimdepot hinten im Nachttischfach und hob sich das Handy vom Teppich auf.

`Quatsch, bin schon seit 5 wach und übe für mein Jodeldiplom. Und du? Gestern oft auf den Bobsch gefallen? B.`

tippte er bedächtig in sein Handy. Seine Zungenspitze lugte dabei aus dem Mund hervor, wie eine rosa Nacktschnecke. Virginie würde staunen! Bertie lachte wieder leise in sich hinein. Was ein Bobsch war, wusste sie bestimmt nicht.

Samstags hatte Virginie immer besonders lange Training, im Eisstadion Berlin-Mitte. Da rannte sie im Glitzerkleidchen übers Eis und fand sich fantastisch. Normalerweise stand Mama am Rand, hielt eine Trinkflasche bereit und war sooo stolz auf ihre Große! Virginie war nämlich die Große, und Bertie war der Kleine, das musste man wissen. Aber leider war Mama nun nicht mehr in Berlin, sondern in Wien. Wie sollte das nur werden, für Virginie? Bertie verzog eine Grimasse und schlackerte mit seiner Zunge hin und her. Keine Mama mehr, die ihre Füße massierte, keine Mama, die Tanzkleider nähte, keine Mama, die Virginie zum Training brachte. Ha!

Bertie nahm sich noch eine Schlange, legte den Kopf in den Nacken und ließ sie langsam in den Mund gleiten. Stück für Stück. Die Säure brannte auf seinen Lippen und seiner Zunge, und Zuckerkrümel rollten an seinem Hals herunter. Früher, als Virginie und Bertie noch klein gewesen waren, fünf Jahre alt oder so, hatten sie sich immer gemeinsam eine Schlange in den Mund gesteckt. Jeder von einer Seite. Wer am schnellsten kauen konnte, hatte am meisten abbekommen. Irgendwann hatten sich dann immer ihre Münder getroffen, kurz, so für eine Millisekunde. Dann musste sie kichern und sich schütteln. Das war ein weiches, kitzliges Gefühl gewesen.

Dass sie mal zusammen in Mamas Bauch gewesen waren – vor zwölf Jahren und drei Monaten, um genau zu sein –, konnte Bertie nicht glauben. Virginie und er. Ganz nah beieinander. Zwei strampelnde Fleischklumpen. Mama hatte immer Geschichten davon erzählt, wie sie sich geboxt hatten. Das wunderte Bertie nicht. Wenn Virginie damals schon so nervig gewesen war wie heute. Ständig quatschte sie und hampelte herum! Und immer machte sie sich darüber lustig, dass Bertie so klein war und so dünn. »Zwerg« nannte sie ihn und »Gnom«. Wenn sie gute Laune hatte, manchmal auch »Meister Yoda«. Das gefiel Bertie nicht schlecht. Aber alle anderen Spitznamen machten ihn wütend!

Virginie war immer schon größer und dicker gewesen als Bertie. Wahrscheinlich hatte sie einfach alles aufgefressen vom Mutterkuchen. Und für Bertie war kaum noch etwas übrig geblieben. Das war typisch Virginie!

Bei der Geburt hatte sie sich als Erste rausgedrängt und draußen erst mal wie am Spieß gebrüllt. Sie wollte gar nicht mehr aufhören damit, und die Hebamme hatte gelacht und gesagt: »Was für ein Temperamentsbündel!«

Bertie war eine halbe Stunde später gekommen, per Kaiserschnitt. Er hatte nicht genug Kraft gehabt, um den Weg nach draußen alleine zu finden, hatte seine Mutter erzählt. Klein und schmächtig war er gewesen und blau angelaufen, von oben bis unten, wie eine große reife Pflaume. Als er endlich da war, hatte Bertie keinen Mucks von sich gegeben. Er hatte nicht geschrien, nicht geatmet, sich nicht bewegt. Alle hatten erst mal befürchtet, er wäre krank oder nicht ganz richtig im Kopf. War Bertie aber nicht! Nur zu klein und zu dünn. Aber ansonsten funktionierte alles hervorragend. Sein Kopf war eine Zahlen- und Rechenmaschine. Bertie wusste alles über Raketen, Star Wars, erneuerbare Energien, tropische Regenwälder, das Ozonloch, Flugzeuge, die Aborigines, Computer, die Steinzeit. Sein Vater und er spielten immer das »Wusstest du schon, dass …«-Spiel. Einer begann mit der Frage:

»Wusstest du schon, dass …«

Darauf antwortete der andere:

»Was?«

Dann musste es dem Ersten gelingen, irgendeine verrückte Geschichte zu erzählen, zum Beispiel, dass der Eiffelturm bei Kälte um 15 Zentimeter schrumpfte oder dass Spinnen mit Hilfe ihrer Spinnweben und dem Wind kilometerweit über den Ozean segeln und so neue Inseln besiedeln konnten und anderen »Nerd-Quatsch«, wie Virginie es nannte. Wenn es dem einen gelang, den anderen von der Wahrheit seiner Geschichte zu überzeugen, bekam er einen Punkt auf der »Wusstest du schon, dass …«-Liste, und wenn man 20 Punkte hatte, durfte man sich eine Unternehmung mit dem anderen wünschen. Ins Kino gehen, Scrabble spielen, eine Ruderboot-Partie auf dem Schlachtensee.

Ganz tief drinnen, unten in seinem Bauch, war sich Bertie sicher, dass seine Mutter sich die Geschichte mit den Zwillingen ausgedacht hatte. Virginie und er konnten nicht gemeinsam in einem Bauch gewesen sein; das war unmöglich!

»Wie Tag und Nacht sind sie!«, sagte Papa immer, und Mama stellte gerne lachend fest:

»Unterschiedlicher als Bertie und Virginie könnte man wirklich nicht sein.«

Wahrscheinlicher war, dass Bertie von einem anderen Planeten auf die Erde gefallen war, direkt in das Bett von seinen Eltern. Luke Skywalker hatte ihn dazu auserkoren, die Welt auszukundschaften. Aber irgendwann würde er ihn zurückholen in die Galaxis. Dann würde Bertie an seiner Seite kämpfen, und nachdem Luke im ultimativen finalen Battle gegen die imperialen Streitkräfte gestorben war, dessen Erbe antreten. Bertie zog tief so viel Luft wie möglich ein, stoppte dann den Atem, bis er rot angelaufen war, und prustete die Luft mit einem lauten Schnauben wieder aus.

Oder Bertie war adoptiert worden, von kleinwüchsigen Eltern aus einer Zirkusfamilie. Sie hatten sich nicht um ihn kümmern können. Das würde auch erklären, warum Bertie so anders aussah nicht nur als Virginie, sondern auch als seine Eltern. Er war der Einzige in seiner Familie, der klein und dünn war, auch der Einzige, der blonde Haare hatte, die sich wellten, wenn es regnete oder er schwitzte.

Bertie hörte ein Lachen aus dem Nebenzimmer. Dann ein Flüstern und ein Geräusch, als ob ein Kissen durch die Luft fliegen würde. Jetzt fing das schon wieder an … Bertie seufzte, schnappte sich seine Ohrstöpsel, die auf dem Nachttisch lagen, und stopfte sie in seine Ohren. Dann nahm er sein Buch, *Reise durch den Weltraum,* in die Hand und schlug die Seiten über den Mond auf. Da wäre er jetzt gerne! Wie ein pickliger grauer Ballon sah der Mond aus. Bertie mochte die verrückten Namen, die die Kraterlöcher trugen. »Honigmeer«, »Meer der Stürme«, »Meer der Heiterkeit«. Wer sich die wohl ausgedacht hatte? Bertie kicherte leise. Dann begann er zu lesen.

Virginie, Berlin, 18.9., 16.20 Uhr, Eisstadion Berlin-Mitte

Virginie flog über die Eisfläche. Dunkle Beats hämmerten in ihren Ohren und durchzuckten ihren Körper. Eine blecherne Frauenstimme sang. Virginies Arme bewegten sich roboterhaft zur Musik, und ihr Kopf schlenkerte dabei hin und her. Vor ihren Lippen bildete sich feiner weißer Nebel. Virginie hatte die braunen langen Haare zu einem Pferdeschwanz zurückgebunden. Sie trug ein enges rotes Oberteil mit langen Ärmeln, einen kurzen schwarzen Sportrock und schwarze Leggings mit Stulpen aus weicher roter Wolle. Um sich gegen die Kälte zu schützen, die im Stadion herrschte, hatte Virginie sich außerdem ein Stirnband aus roter Wolle und rote Wollhandschuhe angezogen.

Pokerface dröhnte aus den Lautsprechern, Lady Gaga. Virginie liebte diesen Song! Drei Schritte vorwärts, eine kleine Pirouette, dann Wechselschritt, Anlauf zum zweifachen Flip. Virginie war wie im Fieber; sie musste sich konzentrieren, alles anspannen, bis ganz tief hinein. Auf ihrer Stirn bildete sich eine kleine steile Falte zwischen den Augenbrauen; das sollte eigentlich nicht passieren, Manfred hatte es ihr schon so oft gesagt.

Wie hatte Virginie kämpfen müssen, um bei Manfred, ihrem Trainer durchzusetzen, dass *Pokerface* ihr Wettbewerbssong würde! Lady Gaga gehe gar nicht, das sei keine Musik für zwölfjährige Mädchen, nicht jugendfrei und überhaupt diese schrecklichen Kostüme! Ob sie jetzt auch so rumlaufen wolle, eingewickelt in blutige Fleischfetzen? Die Jury würde Virginie schon wegen der Musik links liegen lassen … und so weiter und so fort. Virginie hatte damals einfach auf Durchzug geschaltet, und Manne, so nannten die Mädchen ihn, schließlich einen Deal vorgeschlagen: Sie würde selbstständig eine Kür erarbeiten, zu diesem Lied, in ihrer freien Zeit. In der Trainingszeit mit Manne würde sie zu der Musik, die er für sie ausgesucht hatte, trainieren. Nena, *Wunder geschehen*, so ein Schnulzenscheiß! Virginie HASSTE das Lied! Lalalalaaaaaaaaaaaaaaaaaaaaaaaaaaaaaaalala, heile Lollipopwelt, *es gibt so vieles, was wir nicht verstehen*, rosa, pink und Eiscreme, mit dem Händchen gewinkt und immer schön lächeln, läääächeln.

Virginie hatte Manne erklärt, er dürfe am Ende entscheiden, welche Kür sie bei den Berliner Kinder- und Jugendmeisterschaften im Februar laufen würde. Zum Glück hatte Manfred sich auf ihren Vorschlag eingelassen. Und Virginie hatte ihn überzeugt! Ihre Lippen zuckten, als sie daran zurückdachte. Luft holen, ein, aus, Muskeln anspannen, und ... der zweifache Tolup. Mist! Virginie war hart auf den Boden gefallen. Blitzschnell rappelte sie sich wieder auf und lief weiter. Dabei vermied sie es, zu Manfred zu schauen. Der würde bestimmt wieder seine Das-gibt's-doch-nicht-was-ist-denn-mit-der-heute-los-Miene aufsetzen.

Wie eine Verrückte hatte Virginie damals trainiert, bis spät in den Abend und an jedem Wochenende. Ihre Mutter war zunächst auch gegen Virginies Idee gewesen, aber als sie gesehen hatte, mit welchem Feuer Virginie sich in das Training gestürzt hatte, hatte sie sie unterstützt. Wie eigentlich immer. Mama! Virginie dachte kurz an sie, es kratzte in ihrem Hals. Aber sie musste sich konzentrieren, gleich kam der doppelte Rittberger, Virginies Angstsprung! Wenn sie jetzt noch mal hinfiel, würde

Manne sie zusammenschreien und ihr nicht erlauben, die Kür zu Ende zu laufen. Anlauf, tief durchatmen, hoch! Und sauber landen, Bein schön gestreckt. Aus der Ferne hörte sie ein lautes »Ja!«; Manne freute sich über den gelungenen Sprung. Virginie spürte ihr Herz hart gegen die Brust schlagen.

Nie würde sie den Abend vergessen, als ihre Mutter mit auf die Eisfläche gekommen war. Alle Lichter waren schon ausgeschaltet gewesen, bis auf einen Scheinwerfer, der einen grellen dicken Ball auf die Eisfläche geleuchtet hatte. Ein bisschen unsicher war ihre Mutter auf Virginie zugelaufen, wackelig, lächelnd, weiß angestrahlt vom Scheinwerfer. In Virginies Herz hatte eine feine Nadel gepiekt.

Lachend hatte ihre Mutter gerufen:

»Fühl mal! Du musst die Musik fühlen, mit deiner Haut, deinem Bauch, deinem Herzen! Mit allem.«

Mit ihrer kleinen Hand, die zu einer Faust geschlossen war, hatte Agatha sich gegen den Brustkorb geschlagen. Ein trockenes Geräusch hatte das gemacht. Dann hatte die zierliche Frau mit den hochgesteckten Haaren und den ordentlich geschminkten Augen einen Wahnsinnstanz hingelegt. Zu Lady Gaga. Außer Kontrolle! Beweglich wie eine Gummipuppe, ganz weit weg, fast wie besessen war sie Virginie erschienen. Ihre Mutter war auf- und abgezuckt, hatte sich auf das Eis fallen lassen, war wieder hochgesprungen, gegen die Bande geknallt und von ihr zurückgefedert. Ihre feinen braunen Haare waren aus den Haarspangen gesprungen und durch die Luft geflattert wie kleine Derwische.

Als Agatha zu tanzen begann, hatte Virginie scharf gestoppt, ihre Kufen hatten dabei geknirscht. Sie hatte die Luft angehalten und ihrer Mutter zugesehen. Der feine durchdringende Schmerz im Herzen hatte Virginie nicht losgelassen. Plötzlich war die Musik zu Ende gewesen. Nur noch das heftige Atmen ihrer Mutter war zu hören gewesen, die sich lachend gegen die Bande gestützt und den Schweiß mit ihrer Hand vom Gesicht gewischt hatte. Virginie war zu ihr gelaufen und ihr um den Hals gefallen.

»Mama, das war …«

Ihre Mutter hatte noch mehr gelacht.

»Das war … einfach großartig!!!«

»Hättste nicht von mir gedacht, was?«, hatte ihre Mutter gekichert, und sie hatten sich in den Armen gehalten, ganz fest, so, dass Virginies Handgelenke weiß angelaufen waren.

Weiter atmen, immer weiter, möglichst ruhig. Langsam wurden Virginies Beine schwer. Sie trainierte nun schon seit eineinhalb Stunden ohne Pause. Die aufrechte Pirouette, einen inneren Punkt fixieren. Alles drehte sich, Virginie sah nur noch bunte Flecken, die um sie herumsausten. In ihren Ohren rauschte es. Virginie fühlte sich leicht, als würde sie gleich abheben und wegfliegen. Dieses Gefühl liebte sie so sehr am Eislaufen! Noch einmal aufpassen, Übergang in die Himmelspirouette, ausdrehen, die Arme pendelten wie die Arme einer Marionette an ihrem Körper herunter, den Kopf senkte sie auf die Brust, mit geschlossenen Augen. Virginie hörte nichts als ihren Atem. Die Kür war zu Ende. Dann ein hallendes Klatschen, zwei-, dreimal.

»Nicht schlecht, Püppi!«, rief Manfred. »Hast dir eine Pause verdient.«

Erschöpft lief Virginie zum Ausgang, wischte sich mit einem Handtuch den Schweiß von der Stirn und ließ sich auf eine Bank fallen.

»Na Olle, alles klar?«

Jennifer grinste sie an. Sie saß Virginie gegenüber und leckte an einem pink leuchtenden Lolli. Jennifer war ein Jahr älter als Virginie, mittelgroß und ein bisschen zu pummelig fürs Eislaufen. Immer kämpfte sie mit ihrem Gewicht. Die Freundinnen nannten sie deshalb manchmal liebevoll Möppi. Das machte ihr nix aus! Jennifer liebte Hamburger und Pommes, Cola und Donuts und allen ungesunden Kram. Sie hatte ihre blonden Haare zu zwei dicken Zöpfen geflochten, und in ihren Backen leuchteten Grübchen, wenn sie lachte. Was fast immer der Fall war! Aber nicht nur deswegen mochte Virginie Jennifer.

»Geht so«, murmelte Virginie und ließ ihren Kopf schwer atmend nach vorne runterfallen, zwischen die Beine.

Unter der Bank sah sie Staubflusen, zwei platt getrampelte Gummibärchen, einen schmuddeligen Tennisball. Blut rauschte in Virginies Ohren. Sie hatte das Gefühl, ihr Kopf würde gleich platzen. Seufzend hob sie ihn wieder.

»Hier, Nervennahrung!« Jennifer pfefferte Virginie einen Lolli in den Schoß.

»Hab aber leider nur noch einen mit Waldmeistergeschmack.«

»Danke …« Virginie lächelte schief und schnupperte an der Verpackung.

Nie und nimmer würde sie so 'ne Zuckerbombe verdrücken. Zu viele Kalorien! Aber riechen war erlaubt.

»Agatha fehlt dir, was?!« Jennifer blickte Virginie in die Augen.

Ihre türkisfarbenen Augen sahen mit einem Mal dunkelgrün aus.

»Na ja …« Tausend Tränen schossen in Virginies Augen.

Fast niemand kannte sie so gut wie Möppi. Das machte Virginie manchmal wütend! Hastig fuhr sie sich mehrmals mit den Händen übers Gesicht und begann, ihre Schlittschuhe aufzuschnüren. Sie würde heute auf die Zweierübungen verzichten, die Manne sich immer zum Abschluss des Trainings ausdachte. Virginie wollte so schnell wie möglich alleine sein. Aber ihre Hände zitterten so heftig, dass sie die straff gezurrten doppelten Schleifen an ihren Schlittschuhen nicht aufbekam.

»Pomm, ih elf dia!«, Jennifer hatte ihren Lolli in den Mund gesteckt, damit sie beide Hände frei hatte, und kniete vor Virginie.

Kurz strich sie mit ihren Knuddelhänden über das Leder von Virginies Schuhen.

»Die ham auch schon viel erlebt …«, murmelte sie und begann dann, die Schleifen aufzulösen.

Virginie lehnte sich zurück. Sie hatte die Augen geschlossen.

»Seit Mama und Bertie weg sind, hat Papa nur noch miese Laune.«

Die Worte platzten aus Virginie heraus wie Luft aus einem übervoll aufgeblasenen Luftballon. Peng!

»Er spricht kaum noch mit mir und läuft schlampig rum. Wie ein Penner! Unrasiert und immer in den gleichen Klamotten. Wenn er abends mal rechtzeitig aus dem Krankenhaus nach

Hause kommt, gibt es Ekelkram zu essen: Spiegelei mit Toast, so was, oder Nudeln mit Butter und Käse. Beim Essen schweigen wir uns an. Seit Neustem macht Papa einfach den Fernseher an, wenn wir zusammen am Tisch sitzen. Das hätt's bei Mama nicht gegeben. Echt toll! Ich könnte kotzen.«

Tränen schmierten an Virginies Wangen entlang. Kleine Flussarme. Solange niemand anders außer Möppi sah, dass Virginie weinte, war es ihr egal. Ihre Freundin hatte aufgehört, an Virginies Schuhen herumzupuhlen, und sah ihre Freundin mit großen Augen an. Wie ein ratloser Frosch mit Glupschaugen. Fast musste Virginie kichern.

Dann sprach sie stockend weiter: »Ein Glas Rotwein nach dem anderen kippt Papa abends runter und starrt wie hypnotisiert auf die Glotze. Ich glaube, der weiß gar nicht mehr, wie das geht: Lachen. Nettsein! Spaß haben. So was.«

Jennifer setzte sich neben Virginie und legte einen Arm um ihre Schultern. Seufzend murmelte sie: »Das kenn ich … Annalena ist auch manchmal so. Das sind dann ihre schlechten Tage. Die hat sie mindestens einmal pro Monat. Da hilft nix …«

Jennifers Mutter hieß Annalena. Obwohl sie gerade erst 30 Jahre alt geworden war, sah sie oft älter und müder aus als Virginies Mutter, die schon 42 Jahre alt war. Weil Annalena den ganzen Tag in einer Bank putzen musste und sich alleine um ihre vier Kinder kümmerte. Jennifers Vater Mike war nie da. Er arbeitete auf einer Bohrinsel in der Ostsee und hatte anscheinend nie Ferien. Jedenfalls hatte Virginie ihn noch nie gesehen! Obwohl sie schon seit der Grundschule mit Möppi befreundet war. Das fand Virginie seltsam. Aber ihre Freundin sprach nicht gerne über ihren Vater, und Virginie wollte sie nicht mit neugierigen Fragen nerven.

Virginie wand sich aus Jennifers Umarmung.

»Und alles nur, weil Mama sich wie der bekloppteste aller Teenager aufführen muss! Verknallt sich in irgend 'nen Typen, als wäre sie sechzehn und nicht schon fast 'ne Oma. Weißt du, wie alt ihr neuer Lover ist? Herbert?«

»Nee. Fünf?« Jennifer kicherte leise vor sich hin.

»Haha!« Virginie warf Jennifer einen vorwurfsvollen Blick zu.

»In echt: Der ist mindestens zehn Jahre jünger als Mama. Trägt 'nen Käppi falsch herum, wie 'nen Junge, und ist muskelbepackt. Als würde er den ganzen Tag Gewichte stemmen. Hätte ich nie gedacht, dass Mama auf so was steht!«

Möppi biss krachend auf den Zuckerguss und begann dann genüsslich, auf dem Kaugummi herumzumampfen, das sich im Kern des Lollis befand.

»Ich wäre froh, wenn Annalena sich mal in jemanden verknallen würde! Könnte Kermit, der Frosch sein! Oder 'nen Außerirdischer. Hauptsache, sie macht mal was anderes als immer nur putzen oder die J-Monster betüteln.«

Die J-Monster, so nannten Virginie und Jennifer Jennifers kleine Brüder: Justin, John und Jacko, sechs, fünf und vier Jahre alt.

»Und was ist mit Mike?« Fragend sah Virginie Jennifer an.

»Immerhin sind deine Eltern verheiratet, oder?«

Auf den wenigen Fotos, die Virginie von Jennifers Vater gesehen hatte, hatte er lustig ausgesehen. Nett! Ziemlich klein und dünn war Jennifers Papa. Er hatte hellblonde Stoppelhaare auf dem Kopf, ein breites Grinsen und ein Piercing in der Unterlippe.

»Na und? Papa is' doch sowieso nie da. Ich sag Mama schon lange, sie soll sich 'nen anderen Typen suchen.

Möppi blies einen kleinen Kaugummiluftball auf, der für einen kurzen Moment milchig-rosa vor ihrem Gesicht schwebte und dann knallend zerplatzte.

Kurz schwieg Virginie, dann schimpfte sie weiter »Und Bertie? Sagt einfach nix zu alledem. Mit dem kannste echt nicht reden!«

Wütend stampfte sie mit einem Schlittschuh-Fuß auf den Boden.

»Als wir noch alle zusammen gewohnt haben, habe ich ihn ständig gewarnt: ›Du, wir müssen was tun, die trennen sich am Ende wirklich noch!‹ Aber der Zwerg hat sich immer nur in sein Zimmer verkrochen und Bücher gewälzt. Dass ich spinne, hat er gesagt, und dass ich ihn mit meinem Psychokram in Ruhe lassen soll. Was is' jetzt?! Bertie hockt zusammen mit Mama in Österreich, Mama dauerturtelt mit ihrem blöden Lover, und ich muss Papas schlechte Laune ertragen. Alleine. Echt spitze!«

Virginie fing an zu zittern. Eilig trank sie mehrere Züge aus ihrer Trinkflasche und begann mit Dehnungsübungen für ihre Beine und Arme. Wahrscheinlich hatte sie nicht genug getrunken. Seitdem ihre Mutter sie nicht mehr zum Training begleitete, vergaß Virginie das manchmal.

Hinter sich hörte sie Mannes stampfende Schritte. »Gut gemacht, Kleene!« Er haute ihr knallend auf die Schulter.

»Aber beim zweifachen Tolup haste geträumt. Oder was war da los?«

»Weiß nicht«, murmelte Virginie, und fuhr fort mit den Dehnungsübungen.

Sie hatte Manfred im September nur kurz erzählt, dass ihre Eltern sich getrennt hatten und ihre Mutter mit ihrem Zwillingsbruder nach Wien gezogen war.

»Tut mir leid, Püppi«, hatte er gemurmelt und ihr die letzte Trainingsstunde an dem Tag erlassen.

Virginie stopfte sich einen Proteinriegel in den Mund, weiße Schokolade mit Vanillegeschmack. Bahhh! Sie schüttelte sich. Der künstliche Geschmack war ihr zuwider. Aber es war praktisch, diese Dinger zu essen. Brote machte Virginie sich ja sowieso nicht, solche, wie ihre Mutter sie immer gemacht hatte, mit Frischkäse und Tomaten und Kresse, für Virginies langen Trainingstage.

Ihr Handy vibrierte. Im Training hatte sie es immer auf lautlos gestellt.

> Hallo, meine Süße! Training schon zu Ende? Nicht vergessen: Verschwitzte Wäsche wechseln, viel trinken, Vitamine. Rechtzeitig schlafen gehen! Kuss! Deine Mama

Virginie knallte das Handy wütend neben sich auf die Bank. Sie fühlte sich plötzlich unendlich müde, als könnte sie sich nicht mehr bewegen. Noch nicht einmal den kleinen Finger heben. SMS schreiben war einfach! Eben mal so tun, als würde man sich Gedanken machen. Als wäre man da. Als hätte sich nichts verändert. Virginie schossen Tränen in die Augen. Da hörte sie Manfred rufen:

»So, nun noch ein paar Zweierübungen zum Auslaufen, Virginie mit Jennifer, Emma mit Alex. Hopp, hopp, wir haben nicht mehr viel Zeit.«

»Möppi, sag Manne, dass ich Bauchschm…«

Ehe Virginie den Satz zu Ende gesprochen hatte, fühlte sie Jennifers kleine Hand in ihrer, mit den kratzigen Schwielen vom Hinfallen auf dem Eis.

»Nee, Virginie, jetzt rocken wir zusammen die Eisfläche! Jut?!«

Virginie seufzte. Wenn Jennifer ihr mit ihren Scheinwerfer-Augen ins Gesicht strahlte, konnte sie ihrer Freundin keinen Wunsch abschlagen.

»Okay …«, murmelte Virginie.

Schwerfüßig stapfte sie zur Eisfläche und fing an, auf dem schimmernden Untergrund dahinzugleiten. *The Edge of Glory* erklang aus den Boxen der Musikanlage. Hämmernd! Eine Explosion in Virginies Körper! Sie fühlte neue Kraft in ihren Armen und Beinen. Manne grinste hinter der Bande. Er wollte ihr eine Freude machen. Der Liebe! Noch mal Lady Gaga. Virginies Königin der Nacht!

Virginie, Berlin, 23.9., 23.01 Uhr, Wohnzimmer

Skypen wir mal wieder? V.

Bertie, Wien, 24.9., 21.19 Uhr, Bett

Wenn's sein muss. B.

Virginie, Berlin, 24.9., 21.20 Uhr, Bett

Morgen 19.00?

Bertie, Wien, 25.9., 14.22 Uhr, Küche

O.k.

Bertie, Wien/Virginie, Berlin, 26.9., 20.03 Uhr, vor dem Computer

Virginie ruft Bertie an.

Virginie: Hallo? Hallo! Hörst du mich? Mann, du Nase, ich glaube, dein Mikro geht nicht. Hallo?

lukeSky: moment hab's gleich

Virginie: Hallo?! Haaaaallloooooo?

Virginie summt leise vor sich hin und zuppelt an ihren Haaren herum.

lukeSky: du bist wuuuuunderschön, keine sorge, Würgi

Virginie: Ha ha! Was hast'n du für 'nen komischen Pullover an? Siehst aus wie ein Junge aus 'nem Internat …

lukeSky: hat mama mir gekauft

Virginie: Ach, wie hübsch …!

Plötzlich kruschpelt es in ihrem Mikrofon.

Virginie: Hallo? Haaalloooo? Geht's jetzt?

Man hört, wie Bertie an den Kabeln ruckelt, dann einen dumpfen Stoß.

Bertie: Autsch!

Virginie: Bertie?

Bertie: Hi! Hab mich am Schreibtisch angeschlagen.

Virginie kichert: Mister Ungeschickt! Hi!

Schweigen.

Bertie: Was willste?

Virginie: Keine Ahnung. Mal hören, wie's euch so geht?

Bertie: Wie soll's uns schon gehen?

Schweigen.

Bertie: Wie geht's Papa?
Virginie: Bläst Trübsal. Und arbeitet wie verrückt! Nix anzufangen mit ihm. Und Mama?
Bertie: Kichert die ganze Zeit wie so 'nen Mädchen. Mmh, warte mal …
Bertie steht auf, geht zur Tür, lauscht und kommt wieder zum Computer zurück.

```
lukeSky: weiß nicht ob die vielleicht zuhören
hier sind die wände so dünn
schreib lieber
Herbert nervt
spreche eigentlich nicht mit ihm
schule ist scheiße
sonst nix neues
```

Virginie: Redet ihr manchmal über uns? Hat Mama mal was über mich gesagt?

```
lukeSky: nee eigentlich nicht was soll sie denn
gesagt haben?
```

Virginie: Na, weiß ich nicht, dass sie mich vermisst oder so? Wie's mir so geht?

```
lukeSky: nein nichts
```

Virginie: Aha.
Schweigen.
Virginie: Ich glaube, Papa vermisst dich.
Bertie: Mmh …
Schweigen.
Virginie: Wie kannst du dich nur lukeSky nennen?
Kichert.

Bertie: Und du ladyVi …

Kichert auch.

Virginie: Was machst du denn so, nach der Schule?

Bertie: Nichts Besonderes. Lesen, Videos gucken, Zauberwürfel-Training.

Virginie: Aufregend!

Bertie: Besser als auf der Eisfläche rumzuhampeln …

Virginie: Idiot!

Beide kichern.

Schweigen.

Virginie: Macht ihr schöne Ausflüge in die Berge und so?

lukeSky: manchmal in den lainzer tiergarten da gibt's wildschweine und nen haufen alter leute das fetzt

Virginie *(kichert)*: Hört sich gut an …

Bertie kichert auch.

Schweigen.

Bertie: Grüß mal Papa. Und sag ihm, dass der Trainer des VfL Wolfsburg von 1998 bis 2003 »Wolfgang Wolf« hieß. Ob er das schon wusste?

Virginie: Spinner! Kann ich mir sowieso nicht merken … Willste mal mit ihm reden? Er ist in seinem Zimmer.

Bertie: Nee, jetzt nicht. Nen andermal.

Virginie: Was macht Mama gerade?

Bertie: Räumt die Küche auf, glaube ich. Soll ich sie holen?

Virginie: Nee. Sie kann sich ja melden, wenn sie mich sprechen will.

Bertie: Mmh …

Schweigen.

Virginie: Hätte nicht gedacht, dass ich dich vermissen würde …

Bertie: Mmh …

Virginie: Stoffel!

Bertie: Ziege!

Beide kichern.

Bertie: Tschö mit Ö!

Virginie: Tschüssi mit Üssi!

```
ladyVi: ;(
lukeSky: rofl
ladyVi: :*
lukeSky: puke
ladyVi: (u)
lukeSky: chuckle
ladyVi: dance
lukeSky: Ninja
```

Bertie, Wien, 29.9., 11.05 Uhr, Traxl-Berg, 1623 Meter Höhe

Bertie wischte sich den Schweiß von der Stirn. Herbstsonne durchleuchtete den Himmel. Obwohl es schon Ende September war, war es erstaunlich warm. Rechts und links erhoben sich Felswände, bewachsen von Moos und Tannen. Wie Giganten aus Stein standen sie da und schauten von hoch oben dabei zu, wie die Klasse den Berg erklomm.

Durch Berties Gehirn zogen dunkle Gedanken. Was, wenn plötzlich alles einstürzte? Er bekam Gänsehaut. Oder eine Felslawine löste sich und käme auf sie zugerast? Was, wenn Herr Moser, ihr Klassenlehrer, und Frau Fuchs, die Sportlehrerin, sich verirrten, und sie nie wieder nach Hause kämen?

> Liebe Mama, Wien und Herbert waren eine Schnapsidee, aber ansonsten habe ich dich sehr lieb! Sag Papa, er soll sich Mühe geben und nett zu dir sein, damit du wieder zurückkommst. Dann wird alles wieder wie früher. Außer dass ich dann natürlich nicht mehr bei euch bin …

Bertie schniefte, so traurig fand er die Abschiedsworte, die er per SMS an seine Mutter schreiben würde. Da ließ ihn ein donnerndes Geräusch zusammenzucken: An einer Felswand rauschte ein breiter Gebirgsbach ins Tal herunter. Der Bretterwandbach! Von ihm hatte Bertie im Reiseführer gelesen. Er beschattete seine Augen mit einer Hand und blinzelte zu dem tosenden Wasserstrom hinauf. An einer Stelle zerteilte er sich in mehrere Ströme. Wie ein Adernetz sah das aus. Dann fanden die Ströme wieder zu einem einzigen dicken Fluss zusammen, der wütete und spritzte. Das Wasser war wie ein wildes Tier, das den Berg hinuntertobte. Bertie blinzelte in die Sonne. Wo waren die anderen? Konnte denn keiner auf ihn warten, noch nicht mal Frau Fuchs?

Bertie hätte nicht gedacht, dass es so anstrengend war, auf einen Berg zu steigen! Als seine Mutter ihm für den Schulausflug Wanderschuhe beim Sport-Eybl kaufen wollte, hatte Bertie nur spöttisch gelacht. Das war doch lächerlich! Da käme er doch auch mit normalen Sportschuhen hoch. Die anderen würden ihn auslachen, wenn er mit so fetten Botten ankäme.

Bertie hatte sich auch geweigert, ein Käppi gegen die Sonne mitzunehmen und das Regencape, falls es regnen sollte. Gerade mal eine Flasche Wasser hatte Bertie dabei. Die belegten Brote, die Banane, Schokolade und ein paar Kekse, zwei Flaschen Apfelsaftschorle, die seine Mutter ihm am Morgen zusätzlich eingepackt hatte, hatte Bertie heimlich wieder aus dem Rucksack genommen und in seinem Zimmer versteckt. Er wollte sich nicht blamieren und so ausgestattet beim Bus ankommen, als ginge es auf Expeditionstour in die Antarktis.

Vor sich konnte Bertie noch ganz klein die letzten Schüler erkennen, ihre bunten Pullover und Regenjacken. Natürlich war er nun doch der Einzige, der keine Wanderschuhe trug und keine Sportkleidung. Alle anderen rannten in ihrer albernen Bergsteigerkluft den Berg hoch, als würden sie durch einen Park joggen. Es strengte sie überhaupt nicht an! Dabei stopften sie Chips und Gummibärchen in sich hinein, kletterten auf herumliegende Holzstapel, rannten vor und wieder zurück, rissen sich die Käppis vom Kopf, und quatschten ohne Pause.

Was, wenn er einfach stehen bliebe? Rechts auf der Wiese stand eine kleine Holzhütte. Dorthin würde er sich am liebsten zurückziehen und so lange warten, bis die anderen zurückkämen. Dann würde er mit seinem iPhone Musik hören und träumen, eindösen. Nur leider stand direkt vor dem Holzhäuschen eine riesige braun-weiß gefleckte Kuh, die gelangweilt in Berties Richtung glotzte. Dabei mampfte sie in Zeitlupentempo Heu und schlug ab und zu mit ihrem Schwanz Fliegen in die Flucht. Der wollte Bertie lieber nicht von Nahem begegnen!

Also ging er weiter. Berties Magen knurrte, und seine Zunge fühlte sich an wie ein dickes, pelziges Tier, das seinen Mund verstopfte. Hätte er jetzt nur Mamas belegte Brote bei sich! Die paar Kekse, die Bertie im Rucksack hatte, würden seinen Kohldampf nie stillen. Bertie blickte wieder nach vorne. Nun war auch der letzte Schüler um die nächste Kurve gebogen. Still wurde es. Bertie hörte nur noch das Donnern des Bretterwandbaches, sonst nichts mehr. Kein Lachen, keine Stimmen, keine Steine, die knirschten von Schritten. Bertie fror. Sobald man stehen blieb und sich nicht mehr bewegte, spürte man, dass es schon Herbst war. Der Junge seufzte, zog die Ohrstöpsel von seinem iPhone aus der Hosentasche und stopfte sie sich in die Ohrmuscheln. Dann stellte er Peter Fox an, *Schwarz zu Blau*, Berties Heimweh-Lied nach Berlin, WESHALB NUR WAR ER NICHT IN BERLIN GEBLIEBEN, BEI PAPA?!

Schlecht gelaunt machte Bertie sich wieder auf den Weg. Er beschleunigte seine Schritte; zu den dunklen rhythmischen Beats ging das gut. Bertie musste sich jetzt wirklich beeilen, wenn er die anderen nicht ganz aus den Augen verlieren wollte.

Immer schneller lief Bertie und versuchte, dabei ruhig und gleichmäßig zu atmen, länger aus als ein. So wie seine Mutter es ihm beigebracht hatte: – Eins, zwei, drei einatmen und eins, zwei, drei, vier, fünf ausatmen, und wieder eins, zwei, drei einatmen …

Nach der nächsten Kurve erblickte Bertie die letzten Schüler der Wandergruppe und seufzte erleichtert auf. Als Letzter lief ein großer muskulöser Junge mit grünem Käppi und karottenroten Haaren den Weg entlang. In seinen Händen hielt er ein Buch, in dem er las. Seine Lippen bewegten sich leicht dabei.

»Aufschließen! Aaaauuuufschliiiieeeßen!«, brüllte Herr Moser von vorne.

Bertie nahm die Stöpsel seines iPhones aus den Ohren.

»Liest du immer beim Wandern?«, fragte er die wandelnde Mohrrübe.

Der andere Junge drehte seinen Kopf langsam zu Bertie um.

»Kommt darauf an. Wieso?«, antwortete er lächelnd.

Bevor Bertie weitersprechen konnte, hielt der Junge ihn am Arm fest und zischte:

»Psst! Schau da, siehst du das?! Ein Hochalpenapollo!«

Bertie schaute verwirrt in der Gegend herum. Ein Hochalpenapollo, was sollte das sein? Eine Mähmaschine? Ein Rettungshubschrauber?

Aufgeregt zeigte der andere auf eine Gruppe von gelben Blumen, die am Wegesrand blühten.

»Da! Der Schmetterling! Der weiße mit den kleinen schwarzen Streifen und den zwei roten Flecken auf jedem Flügel.«

Bertie kniff die Augen zusammen; die Sonne blendete ihn. Ja, er erkannte ein weißes flatterndes Ding mit schwarzen Streifen und roten Flecken. Und?!

»Der helle Wahnsinn!«, murmelte er leise.

»Interessierst du dich nicht für die Natur?«, fragte der Junge.

Er blinzelte Bertie neugierig mit hellgrünen Augen zu. In seinem Gesicht kullerten Sommersprossen herum.

»Ich heiße übrigens Christoph. Und du?«

»Bertold«, brummte Bertie peinlich berührt.

»Ich weiß, das ist ein bekloppter Name. Freunde nennen mich auch ›Bertie‹. Wenn du willst …«

»Okay, Bertie mit dem bekloppten Namen«, Christoph grinste, »das hier ist ein Hochalpen-Apollofalter, der kommt ziemlich selten vor, erst recht nicht in diesen Höhen. Eigentlich hält er sich nur in Regionen ab 1800 Metern auf. Weiter unten habe ich ihn noch nie gesehen. Vorhin ist außerdem eine sibirische Keulenschrecke vor mir auf dem Weg langgekrochen! Das ist heute echt ein Glückstag! Kennst du die?«

Bertie schüttelte stumm den Kopf. Er war an einen Ökofreak geraten! So ein Glück musste man mal haben. Aber trotzdem fand er Christoph nett. Er sah ein bisschen frech aus und ein bisschen ernst. Außerdem stark! Christophs durchtrainierte Arme und Beine bildeten einen seltsamen Kontrast zu seiner blassen Haut, seinen Sommersprossen und den Karottenhaaren. Irgendwie ähnelte er einer Mischung aus James Bond und Pumuckl. Bertie unterdrückte ein Kichern.

»Ziemlich abgefahrener Name, ›sibirische Keulenschrecke‹. Wie kommt die denn hierher, von so weit weg, aus Sibirien?«, fragte er, halb, um Christoph einen Gefallen zu tun, und halb, weil er es wirklich wissen wollte.

»Interessant, was?!«, lachte Christoph und begann, in seinem Buch zu blättern.

»Hier, siehst du?!« Er zeigte auf die Abbildung einer Heuschrecke.

Bertie fand, sie sah einfach aus wie ein grauer lang gezogener Klecks.

»Aha!«, murmelte er und gab sich Mühe, ein bisschen begeistert zu klingen.

»Die Art gibt's nur einmal in ganz Europa. Wenn die Männchen um die Weibchen werben, winken sie ihnen mit ihren dicken Vorderbeinen zu. Die sehen wie Keulen aus; deshalb der Name.«

Christoph wollte gerade weitersprechen, als Herr Moser noch lauter brüllte:

»Aufschließen! He, ihr da ganz hinten! Christoph und der Neue. Nehmt mal eure Haxn in die Hand; wir wollen nicht nass werden.«

Herr Moser zeigte vielsagend zum Himmel, an dem sich graue Wolkengebirge aufgetürmt hatten. Ein kalter Wind fegte über den Bergweg hinweg.

»Los, wir müssen uns beeilen!«, sagte Christoph.

Bertie griff sich unwillkürlich an seinen Hals. Er war so durstig!

Christoph lächelte ihm zu. »Trink lieber vorher noch einen Schluck Wasser, damit du nicht DEHYDRIERST.«

Christoph dehnte das letzte Wort, als wollte er Bertie damit beeindrucken, dass er wusste, was »dehydrieren« bedeutete. Das wusste Bertie aber schon, seitdem er ein Baby war.

Bertie kramte seine Wasserflasche aus dem Rucksack und begann gierig zu trinken. In der Zwischenzeit wickelte Christoph eine Tafel Schokolade aus dem Papier, teilte sie in zwei Hälften und gab Bertie die eine.

»Hau rein!«

»Danke!« Bertie grinste den Jungen erfreut an und biss mit Karacho in die Schokolade. Genüsslich schmatzend machten die beiden sich auf den Weg.

Bald gingen sie im selben Rhythmus, rechts, links, rechts, links.

»Wie ein Uhrwerk müssen die Beine sich beim Bergsteigen bewegen, sagt mein Großvater immer«, murmelte Christoph nach ein paar Minuten. »Ohne Pause, im gleichen Tempo, nie schneller werden und nicht langsamer. So kostet das Gehen am wenigsten Kraft.«

Die kalte Luft schnitt in ihre Gesichter. Erste Regentropfen rieselten auf sie hernieder. Von fern hörte man Donnergrollen, und ab und zu durchzuckten Blitze die Berglandschaft. Die ganze Gruppe hat jetzt ihre Schritte beschleunigt. Immer wieder brüllte Herr Moser: »Tempo, Tempo! Teeeeempooooo! Ich will nicht, dass wir nass werden, verstanden?«

Hoffentlich würden sie noch rechtzeitig auf der Alm ankommen!

Virginie, Berlin, 29.9., 12.43 Uhr, Marika-Kilius-Sportgymnasium, Klassenzimmer

Virginie ruckelte nervös auf ihrem Stuhl hin und her. Im Klassenraum war es still; man hörte nur kritzelnde Füller und ab und an ein Seufzen oder ein Nasehochziehen. Herr Tanner, ihr Deutschlehrer, saß am Lehrerpult und korrigierte Hefte. Sie sollten einen Probeaufsatz zu dem Buch schreiben, das sie gerade lasen, *Der Hund, der unterwegs zu einem Stern war*. Bertie würde es gefallen, dachte Virginie. Es handelte von einem elfjährigen Jungen, Joel, der nachts Hunde sah, auf Dächern, die nicht existierten und so. Virginie selbst las nicht gerne; da musste man stillhalten und auf einen Fleck kucken. Wenn sie das tat, bekam sie Kopfschmerzen, und ihre Beine zuckten wie verrückt. Virginie wollte beim Lesen immer aufspringen und loslaufen. Irgendwohin! Nur nicht sitzen bleiben.

Früher, mit sechs Jahren oder so, hatte Bertie Virginie manchmal vorgelesen, im Bett. Das hatte Virginie gemocht. Sie konnte Armbänder knüpfen oder Gymnastikübungen machen und dabei Berties heller Stimme zuhören. Ihr Bruder las gut! Wenn er verschiedene Personen las, verstellte er die Stimme. Passend zu jeder Person. Wie im Kino. Schon mit vier Jahren hatte Bertie sich selbst das Lesen beigebracht. Während Virginie ihre ersten Tanzschritte auf dem Eis gemacht hatte. Das Zwergen-Genie! Virginie musste lächeln, als sie an ihren Bruder dachte. Später, in der Schule, hatte Bertie Virginie geholfen, wenn sie mies gelaunt vor ihren Deutsch-Hausaufgaben gesessen hatte. Buchstaben und Wörter waren Virginie ein

Rätsel. Wenn Virginie lesen oder schreiben sollte, begannen die Zeichen oft wie kleine Teufel vor ihren Augen zu tanzen, die Schrift verwischte. Manchmal, wenn Bertie gute Laune gehabt oder Virginie ihn mit einer Belohnung gelockt hatte, hatte er ihre Aufsätze geschrieben. Virginie hatte ihm dann im Gegenzug den Platten vom Fahrrad geflickt oder Waffeln gebacken. Das waren gute Deals gewesen! Wenigstens einmal hatte es sich ausgezahlt, dass sie so verschieden waren. Bertie mit seinen zwei linken Händen und dem Riesenhirn. Und Virginie mit ihren vielen Muskeln und ihrer sprudelnden Energie.

Jetzt half Virginie niemand mehr. Jennifer, die neben ihr saß, war nicht besser als Virginie in Deutsch, und Virginies Vater dachte nicht im Traum daran, ihr beim Aufsatzschreiben zu helfen. Das sei nun wirklich ihre Aufgabe, sie sei groß genug, um ihre Hausaufgaben alleine zu machen, blablablabla.

Virginie neigte ihren Kopf über das Aufgabenblatt und las zum ungefähr 15. Mal den Aufgabentext:

> In Henning Mankells Roman *Der Hund, der unterwegs zu einem Stern war* lebt Joel alleine mit seinem Vater Samuel in ärmlichen Verhältnissen. Joels Mutter hat die beiden verlassen, als Joel noch klein war. Der Junge kann sich kaum an sie erinnern und vermisst sie dennoch heftig.
> Nun schreibt Joel seiner Mutter einen Brief. Überlege dir, was Joel an seine Mutter schreiben könnte, und schreibe den Brief. Beginne mit: »Liebe Mama …«

In Virginies Kopf hämmerte es. Sie hatte erst die beiden vorgeschriebenen ersten Worte geschrieben, Liebe Mama, und sie dann gleich wieder durchgestrichen. Wenn ihre Mutter sie verlassen hätte, als sie noch ein kleines Kind war, würde sie nicht »Liebe Mama« schreiben! Sie würde entweder gar keine Anrede schreiben oder »Hallo Verräterin«. So was! Warum gab es überhaupt Mütter, die ihre Kinder alleine ließen? In Virginies Brust wurde es heiß, als ob kochendes Wasser darin blubberte. Sie begann zu schwitzen. Richtig wütend war Virginie plötzlich! Nicht, dass sie selbst noch ein Kind wäre; sie war alt genug, um für sich alleine zu sorgen. Aber um sie ging es hier auch nicht!

Leise seufzend begann Virginie, das Blatt zu beschreiben. Irgendeinen Text musste sie abgeben, egal wie dumm und voll von Fehlern der war! Sonst würde der Tannenbaum, wie sie ihren Klassenlehrer nannten, wieder nerven und Virginie womöglich noch zu einem persönlichen Gespräch bitten. Oder, noch schlimmer, ihren Vater! Herr Tanner hatte schon öfters kritisiert, dass Virginie zu sehr mit Eistanzen beschäftigt sei, und die Schule dabei zu kurz komme. Glücklicherweise hatte Virginies Mutter Virginie bislang immer erfolgreich verteidigt. Aber Virginie wusste nicht, wie ein Gespräch zwischen Herrn Tanner und ihrem Vater ablaufen würde.

Hallo Mutter,
weißt du noch, wer ich bin? Ich bin es, dein Sohn! Joel. Du hast mich vor elf Jahren geboren. Ich bin das Kind von dir und Samuel. Denkst du manchmal an uns? Wir eigentlich nicht an dich.
Uns geht es gut! Papa arbeitet viel im Wald und ich gehe zur Schule.

Ich kann schon selbst Kaffee kochen und den Boden schrubben. Ich wünsche mir übrigens ein Fahrrad. Damit ich nachts die Gegend erkunden kann und den Hund suchen. Das ist ein Geheimnis.

Virginie knabberte an ihrem Füller. Was sollte sie noch schreiben? Erwartete der Tannenbaum etwa irgendein Kitschgesülze? Einen Ich-liebe-dich!-Bitte-komm-zurück;-es-ist-so-schrecklich-ohne-dich!-Dann-leben-wir-für-immer-glücklich-zusammen-Quatsch? Joel sollte sich 'ne neue tolle Frau für seinen Vater suchen und basta! Dann hätte er eine Ersatz-Mama und sein Papa eine Frau. Alles wäre gut! Happy End, Ende im Gelände.

Virginies Lippen begannen zu zittern. Eine Idee blitzte durch ihren Kopf, direkt hinter den Augen. Verstohlen wühlte sie in ihrem Rucksack, nahm ihr Handy heraus, stopfte es in die Hosentasche und meldete sich:

»Herr Tanner, kann ich bitte auf die Toilette gehen?«

Als Virginie durch den langen Gang lief, zog sie das Handy schnell wieder hervor und begann, hastig in die Tasten zu tippen.

Bertie, Wien, 29.9., 12.47 Uhr, Traxl-Berg, 1782 Meter Höhe

Schwitzend stand Bertie am Rand der Gipfelplattform. Die Jungs – äh, die Buben!, so sagte man ja hier – hatten ihm ein Tuch vor die Augen gebunden, Bertie sah nichts als grauschwarze Punkte, die durcheinanderflogen, durchzogen von hellen Zacken. Nach Kuhmist und Schweiß roch der Stoff. Bertie atmete noch einmal tief ein und aus und begann dann langsam, einen Schritt vor den anderen zu setzen. Er versuchte, ruhig und tief zu atmen. Theo hatte sich in der Vesper-Pause eine Mutprobe ausgedacht: auf einem Baumstamm balancieren, der direkt über den Abgrund führte. Von der Plattform zu einer ungefähr zehn Meter entfernt liegenden Erderhöhung. Während Herr Moser und Frau Fuchs Melange süffelten und ihre Gesichter in die Sonne streckten. Die schien zum Glück wieder! Ihre Lehrer könnten auch mal 'nen bisschen besser auf die Schüler aufpassen, fand Bertie! Dann müsste er sich jetzt nicht mit so 'nem Mist herumschlagen.

Alle anderen hatten es schon geschafft: Theo, dessen Freund Raphael, ein Typ, der aussah wie ein verfettetes Rumpelstilzchen, und Christoph. Am Ende war nur noch Bertie übrig geblieben. Als einziger Junge. Er wollte sich auf keinen Fall blamieren, erst recht nicht vor dem James-Bond-Pumuckl! Was sollte der von ihm denken, wenn er jetzt den Schwanz einzog?

Hinter sich hörte Bertie, wie einige Kinder kicherten und tuschelten. Schweißtropfen liefen an seinen Beinen herunter. Es war, als wäre Bertie von einer riesigen Luftblase umhüllt, die alle Geräusche von außen abdämpfte. Klein und alleine fühlte Bertie sich. Aber auch groß! Luke Skywalker kurz vor der entscheidenden Battle, so. Wenn er nicht wüsste, dass direkt unter ihm ein mehrere Meter tiefer Abgrund klaffte, würde Bertie die Aktion vielleicht sogar Spaß machen! Ein bisschen. Der Gedanke flitzte hinter seiner Stirn entlang. So was hatte Bertie noch nie gemacht! In seinem Leben.

»Cool, Bertie, gleich hast du's geschafft!«, rief Christoph Bertie zu.

Bertie atmete ruhiger, in seinem Brustkorb sprudelte ein Brausebonbon, und seine Beinmuskeln entspannten sich eine Spur. Bertie versuchte, schneller zu gehen. Peinlich wäre das, wenn er auf dem Baumstamm nur langkriechen würde wie eine gehbehinderte Schnecke. Am Ende des Stegs machte Bertie eine schwungvolle 90-Grad-Drehung, Spiderman lässt grüßen!, und begann dann ohne Pause zurückzulaufen. Von der Plattform her hörte Bertie ein anerkennendes Pfeifen.

Irgendjemand rief erstaunt »Der Neue is ja richtig gut ...!«

Wind pfiff in Berties Augen, er wusste, dass es nicht mehr weit war. Beinahe hätte er begonnen, leise vor sich hinzusummen, als sein linker Fuß gegen einen Hubbel auf dem Baumstamm stieß. Unmittelbar geriet Bertie ins Schwanken, und seine Hände griffen ins Leere.

»Beeertiiieee!«, schrie Christoph gellend.

Verzweifelt fuchtelte Bertie mit seinen Armen in der Luft herum. Er versuchte, weiterzulaufen, so schnell er konnte, und für einen Moment schien es so, als könnte er sein Gleichgewicht zurückgewinnen.

»Yeah, Bertie, du schaffst es!«, rief Christoph schon erleichtert, da zerriss ein lautes Krachen die Luft!

Als würde ein fetter Baum direkt auf Bertie fallen. Unwillkürlich schoss seine Hand zu dem Kopftuch, das seine Augen bedeckte, um es vom Kopf zu reißen. Das war eine falsche Bewegung zu viel! Wie ein Schilfrohr im Wind schwankte Bertie noch ein paar Sekunden lang auf dem Baumstamm hin und her. Dann schrabbte sein Körper an harten Steinen entlang, dem Abgrund entgegen.

»Hiiilfeee!!!« Bertie schrie wie verrückt. Er schrie sich die Seele aus dem Leib! Immer schneller rollte er den Berg hinunter.

»Das war's jetzt! Ich sterbe. In Österreich …«

Wie durch eine dicke Watteschicht hindurch hörte Bertie, dass Christoph nach dem Lehrer rief. Andere Kinder stimmten ein: »Herr Moser! Herr Mooooser!!!«

Bertie aber raste den steilen Abhang hinunter. Weiter und immer weiter! Verzweifelt griff er mit seinen Händen nach links und nach rechts; er suchte etwas, an dem er sich festhalten konnte. Endlich, nach einer Ewigkeit, so schien es Bertie, gelang es ihm, sich an einem Ast festzuklammern! Langsamer rutschte er jetzt, Zweige zerkratzten ihm Gesicht und Hände. Bertie stemmte seine Füße keuchend gegen die dicke, nasse Erde. Schließlich kam sein Körper zum Stillstand. Bertie schnappte nach Luft, sein Herz raste. Er wischte sich zitternd den Schweiß von der Stirn und blickte nach oben. In seinem Kopf drehte sich immer noch alles, er sah ein Stück blauen Himmel mit Schäfchenwolken, Fetzen von grünem Moos, eine Steinwand und schließlich ein kupferrotes Leuchten. Christoph! Er hatte sich flach auf die Steinplatte gelegt und sah zu Bertie hinunter.

Christoph formte seine Hände zu einem Sprachrohr und rief: »Halte durch, Bertie. Herr Moser hat gerade die Rettung informiert. Die holen dich da raus!«

»So eine Scheiße! Kackemist verdammter!« Bertie fluchte leise vor sich hin. »Scheiß-Berge-Ösiland-und-alle-Ösiidioten!«

Verzweifelt blickte er nach oben. Wie sollte er da jemals wieder hochkommen? Ungefähr 20 Meter über ihm erstreckte sich die Plattform, auf der die Jungen standen und feixend zu ihm herunterschauten.

»Mist!« Bertie durchfuhr es noch einmal, heiß und kalt gleichzeitig: Hoffentlich war sein Handy beim Sturz nicht kaputtgegangen! Aufgeregt durchwühlte er seine Hosentaschen und atmete dann erleichtert auf.

»Na, wie ist die Luft da unten?«, fragte Theo feixend von oben.

Bertie tat so, als hätte er ihn nicht gehört, und drückte mit zitternder Hand auf das Nachrichten-Symbol. Zum Glück schien das Gerät noch zu funktionieren:

> Muss dringend mit dir sprechen! Hab ne Idee. Wir bringen Ma und Pa wieder zusammen! A la doppeltes Lottchen. Call me. V.

Die Nervhexe! Wenn sie wüsste, was Bertie gerade passiert war, würde sie sich bestimmt vor Lachen einpullern! »Wir bringen Ma und Pa wieder zusammen, à la doppeltes Lottchen«?! Bertie schnaubte wütend aus und stopfte das Handy zurück in seine

Hosentasche. Seine Schwester hatte Probleme! Immerhin war das Handy nicht ruiniert worden, bei Berties Bergrutsch.

Warum nur hatte Bertie sich auf diese bekloppte Mutprobe eingelassen? Die Frage kreiste in Berties Kopf herum, mit Stacheldraht an den Kanten. Hin und her und her und hin. Das hatte er jetzt davon! Verdreckt und zerkratzt moderte er in einem Bergloch herum, mit brennenden Händen und Knien: DER Loser total!

Wutschäumend beugte Herr Moser sich über den Abgrund.

»Was hast du dir nur dabei gedacht, Bertram?«, brüllte er zu Bertie hinunter.

Der Kopf des Lehrers war rot angelaufen wie ein leuchtender Luftballon. Fast musste Bertie kichern. Nach vier Wochen Schule hatte der Lehrer es immer noch nicht geschafft, sich seinen Namen zu merken. Idiot!

Ein Schluchzen schüttelte Bertie. Als ob sein Leben nicht schon beschissen genug wäre. Alles hatte sich gegen ihn verschworen: seine Eltern, das Leben, die blöden Ösis, einfach alles!

Virginie, Berlin, 29.9., 14.07 Uhr, Bus

Wir erzählen Pa, dass Ma schlimm krank ist. Dann merkt er, wie sehr er sie noch liebt! Er kommt nach Wien, sie sprechen sich aus und tralala! Ruf mich an!!! V.

Bertie, Wien, 29.9., 14.13 Uhr, Wohnzimmer

GENIAL!

Virginie, Berlin, 29.9., 14.14 Uhr, Bus

Sag ich doch!

Bertie, Wien, 29.9., 15.58 Uhr, in seinem Zimmer

Das war ironisch gemeint!

Virginie, Berlin, 29.9., 16.32 Uhr, Umkleidekabine, Eisstadion

Mein Plan ist wasserdicht, skype dich heute Abend an, we are the champiens! Küsschen, V.

Bertie, Wien / Virginie, Berlin, 30. 9., 21.16 Uhr, vor dem Computer

Virginie ruft Bertie an.
Anruf an lukeSky – aufgelegt, keine Antwort oder abgelehnt.

ladyVi: (devil)
ladyVi: (envy)
ladyVi: (emo)
ladyVi: 8-)
ladyVi: (puke)
ladyVi: 8-|
lukeSky: du nervst!!!

Virginie ruft Bertie an.
Anruf an lukeSky – aufgelegt, keine Antwort oder abgelehnt.

lukeSky: hab keine zeit!!!!
muss ein Referat schreiben
ladyVi: (clap)
ladyVi: willst du für imer in dem Ösi-Kaff verrotten?
ladyVi: (call)
lukeSky: Wien ist eine Hauptstadt
ladyVi: (call)
lukeSky: »immer« schreibt man außerdem mit zwei »m«, zu deiner Information
ladyVi: |-(
ladyVi: (call)
ladyVi: willst du nicht, dass ma und pa wieder zusamen kommen?

lukeSky: nein! Und jetzt lass mich endlich in Ruhe!
ladyVi: (n)
ladyVi: das glaube ich dir nicht!
ladyVi: Haaaaaaaaaaaaaaaaaaaaaaaaaaaaaaaaaa
aaaaaaaaaaaaaaaaaaaaaaaaaaaaaaaaaaaaaaaaaa
aaaaaaaaaaaaaaaaaaaaaaaaaaaaaaaaaaaaaaaaaa
aaaaaaaaaaaaaaaaaaaaaaaaaaaaaaaaaaaaaaaaaaaa
aaaaaaaaaaaaaaaaaaaaaaaaaaaaaaaaallooooooooo
oooooooooooooooooooooooooooooooooooooooooooo
oooooOOOOOOOOOOOOOOOOOOOOOOOOOOOOOOOOOOOOOOO
OOOOOOOOOOOOOOOOOOO!!!!!!!!!!!!!!!!!!!!!!!!!
!!!!!!!!!!!!!!!!!!!!!!!

Bertie ruft Virginie an.

Genervt klickt Bertie auf das »Anruf akzeptieren«-Symbol.

Bertie: Was soll das?! Ich erstatte gleich Anzeige wegen Stalking …

Virginie unterbricht ihren Bruder ungeduldig und redet mit gedämpfter Stimme auf ihn ein.

Virginie: Jetzt hör mal gut zu, Gnom! Hier ist mein Plan: Wir tun so, als ob wir heimlich telefonieren. Ohne dass Mama und Papa das mitbekommen. In Wirklichkeit wollen wir aber natürlich, dass Papa jedes Wort mitbekommt! Du erzählst mir am Telefon von Mamas Krankheit, Krebs, Tuberkulose, so ’nen Kram, müssen wir noch überlegen. Ich bin schockiert und kriege einen Anfall! Du versuchst, mich zu beruhigen, und bittest mich, Papa nichts zu erzählen, weil Mama das nicht will. Ich verspreche dir, meinen Mund zu halten. Wir verabschieden uns. Nach dem Gespräch renne ich in mein Zimmer, werfe mich aufs Bett und heule. Papa will wissen, was los ist. Er kommt ins Zimmer und fragt mich aus. Ich kann irgendwann nicht mehr die Klappe halten und erzähle Papa von Mamas Krankheit. Daraufhin bricht er zusammen, ich tröste ihn und schlage ihm vor, dass er Mama in Wien besucht, weil sie jetzt seine Unterstützung braucht blablabla. Papa bucht einen Flug nach Wien, kommt zu euch gejettet, die beiden sehen sich und werfen sich einander in die Arme. THE END!

Erwartungsvoll atmet Virginie ein und wartet auf Berties Reaktion.

Der schweigt.

Virginie: Bertie?

Schweigen.

Virginie: Das könnte funktionieren!

Schweigen.

Virginie: Sag endlich was!

Schweigen.

Virginie läuft rot an vor Wut und schnappt nach der Computer-Maus, um das Gespräch zu beenden.

Virginie: Na gut, dann eben nicht, du Ober-Stoffel!

Im letzten Moment räuspert Bertie sich: Ähm …

Virginie: Ja? *Virginie erstarrt in ihrer Bewegung.*

Bertie: Uuuund … was machen wir mit Herbert?

Virginie: Herbert?

Bertie: Na, der stört ja wohl! Wenn er zum Beispiel Papa die Haustür öffnen würde anstatt Mama … Dann würde Papa bestimmt gleich wieder abhauen!

Virginie: Stimmt! Darum musst DU dich kümmern. Ich sage

dir Bescheid, sobald ich weiß, wann Papas Flug geht. Dann musst du dafür sorgen, dass Herbert sich verzieht. Du am besten gleich mit! Ihr könntet ja 'ne Wandertour zusammen machen, auf 'nem Berg biken oder so, ihr zwei beiden Hübschen!

Virginie kichert bei der Vorstellung leise vor sich hin.

Bertie *(nachdenklich)*: Da wird mir schon was einfallen ...

Virginie *(begeistert)*: Du bist also dabei?!

Bertie *(grummelt)*: Sieht so aus ...

Virginie: Okay! Wann, wo, wie?! Ich schreibe dir morgen Abend eine SMS, wenn ein guter Moment ist. Dann rufst du mich an. Du musst natürlich aufpassen, dass Mama und Herbert nichts von der Aktion mitkriegen, das wäre echt ...

Bertie unterbricht Virginie ungeduldig: Schon klar, Würgi, ich bin nicht von gestern!

Erschrocken dreht Bertie sich plötzlich um und horcht in die Wohnung hinein. Hastig tippt er dann eine Nachricht für Virginie in den Computer.

lukeSky: Ich kann jetzt nicht mehr darüber sprechen ... Feind hört mit ...

Virginies Augen glitzern, als sie die Nachricht liest.

Virginie *(betont fröhlich)*: Und wie geht's dir sonst so, Bruderherz?

Bertie: Wie soll's mir schon gehen ...?! Nenn mich außerdem nicht immer »Bruderherz«! Das nervt.

Virginie *(seufzt)*: Also gut: Wie geht's dir sonst so, BERTIE?!

Bertie: Mh, gut! Also, eigentlich nicht sooo gut. Bin gestern vom Berg gefallen ...

Virginie *(überrascht)*: Was?! Und das erzählst du mir erst jetzt?

Bertie schweigt.

Virginie: Echt?!
Bertie: Ja, Mann … Mach nicht so ’nen Affen! Is jetzt auch nicht das Spitzen-Event …
Virginie: Aber warum denn? Was hattest du überhaupt auf einem Berg zu suchen? Gibt’s in Wien richtige Berge?
Bertie: Nee, aber in der Umgebung, du Intelligenzbestie! Wir haben ’nen Wanderausflug gemacht, mit der Klasse. Die Jungs wollten, dass wir eine Mutprobe machen: balancieren mit verbundenen Augen auf einer Steinplatte, über dem Abgrund …
Virginie *(erstaunt)*: Und du hast bei dem Scheiß mitgemacht?!
Bertie: Ich musste! Ich wäre sonst der einzige Junge gewesen, der nicht mitgemacht hätte.
Virginie: Na und?!
Bertie: Das sagst du so einfach! Du weißt nicht, was es heißt, immer der blöde Außenseiter zu sein. Hab echt keine Lust mehr drauf …
Virginie: Und dann bist du runtergefallen?
Bertie: Ja! Plötzlich hat’s gekracht, hinter mir. Ich dachte, ein Baum kippt um oder so ’nen Terror. Zusammengezuckt bin ich, hab ’nen falschen Schritt gemacht und zack! War’s passiert.
Virginie: Und dann? Ist dir was passiert? Bist du verletzt?
Sie klingt besorgt.
Bertie: Nee! Hab nur nen paar Schürfwunden … Jetzt mach dir mal nicht in die Hose, Würgi! Is alles gut.
Virginie *(erleichtert)*: Okay …
Bertie: Aber diesem Theo werde ich’s heimzahlen! Und seinem bekloppten Freund auch, diesem Raphael, oder wie der heißt.
Hinter Bertie hört man ein Türquietschen. Bertie dreht sich um. Seine

Mutter betritt das Zimmer und beginnt, leise auf Bertie einzureden. Was sie genau sagt, ist nicht zu verstehen.
Schlecht gelaunt murmelt Bertie: Mh …

…

Mh …

…

Jaha! O.k., Mama …

…

Jaha!

…

Da is Würgi.

…

Ja, wir skypen manchmal, stell dir vor!

ladyVi: oh mann, kann die uns nicht einfach in ruhe lassen? ☹ ich will sie nicht sprechen!!!!!!
ladyVi: auf keinen fall!!!!

Bertie: Nein, Mama, ich glaube, das ist jetzt nicht so gut …

ladyVi: ich sagte, auf keinen fall!!

…

Nein, es geht ihr gut, aber wir wollten sowieso gerade auflegen.

…

Die Frauenstimme nähert sich und wird immer lauter.
Agatha: Huhu! Huuuuhuuuu! Süße! Bist du das?! Wie schön, dich zu sehen! Ich habe so lange nichts von dir gehört. Wieso antwortest du nicht auf meine SMS? Wie geht's dir denn, Mäuschen?! Haaallooooo?! Bist du noch da? Virginiiiieeee?
Anruf von lady Vi beendet (Dauer 12:47).

lukeSky: das war nicht gerade nett von dir

…

lukeSky: was hat Mama dir denn so schlimmes getan?

…

lukeSky: du könntest wenigstens mal kurz mit ihr reden
ihr sagen, dass es dir gut geht …

…

…

oder so

lukeSky: Zicke!

…

…

…

…

lukeSky: mama hat geweint …

…

lukeSky: du bist ’nen hoffnungsloser fall!

…

Bertie, Wien, 4.10., 16.51 Uhr, bei Familie Baumgartner

Regen klatschte gegen die Fensterscheiben, am späten Nachmittag. Im Garten bogen sich die Bäume wie betrunkene Ballerinas. Ein Tablett mit Apfelsaft und eine leere Schokokeks-Schachtel standen auf dem Boden in Christophs Zimmer.

Als der James-Bond-Pumuckl Bertie nach der Schule gefragt hatte, ob er Lust hätte, ihn zu Hause zu besuchen, hatte Bertie kurz nicht gewusst, was er antworten sollte.

»Klar … äh … super! Wann?«, hatte Bertie hastig gestottert, ehe Christoph es sich noch mal anders überlegte.

Zuerst hatten die beiden sich Christophs Tier- und Pflanzenbücher-Sammlung angeschaut. Unglaublich, wie viele Bücher Christoph in seinem Zimmer hortete! Später hatte Christoph Bertie seine Trainingsecke im Keller mit Hanteln und einer Klimmzugstange gezeigt. Ächzend und kichernd hatte Bertie versucht, sich ein paarmal hintereinander daran hochzuziehen.

»Bringst du's mir bei?«, hatte er Christoph gefragt, mit puterroten Wangen und außer Atem.

»Klar!« Christoph hatte gegrinst. »Wir können gleich anfangen!«

Gerade, als Christoph sich an die Stange gehängt hatte und dabei war, sich das erste Mal schwungvoll hochzuziehen, betrat ein Mädchen mit hellroten gelockten Haaren und auffallend großen dunkelbraunen Augen den Kellerraum.

»Was macht ihr?« Ihre Stimme klang piepsig.

Christoph zog sich ein weiteres Mal hoch. »Das siehst du doch, Marie!«, antwortete er.

Die Anstrengung war dem James-Bond-Pumuckl kaum anzusehen, dachte Bertie bewundernd. Er selbst würde das nie schaffen!

Während Christoph sich ein drittes Mal hochzog, ein viertes Mal, ein fünftes Mal, starrte seine kleine Schwester Bertie die ganze Zeit unverwandt an.

»Warum siehst du traurig aus?«, piepste sie mit einem Mal.

»Ich? Traurig? Wieso? ...« Bertie wurde schwindelig.

»Tja, Bertie, das ist also meine neugierige Schwester Marie.«

Mit einem dumpfen Knall landete Christoph mit beiden Füßen auf dem Boden und zeigte abwechselnd auf Marie und auf Bertie: »Marie – Bertie, Bertie – Marie.«

»Viktoria, du Blödkopf! Ich heiße Prinzessin Viktoria. Wie oft soll ich dir das noch sagen?«, fragte das Mädchen vorwurfsvoll.

Dann blickte sie Bertie wieder mit ihren Schokoladenkuchen-Augen an. »Also?«

»Also, was?!« Die neunmalkluge Kröte begann zu nerven.

»WARUM SIEHST DU TRAURIG AUS?«, Marie-Prinzessin-Viktoria betonte jedes einzelne Wort.

»Lass ihn jetzt mal in Ruhe, Marie!«, schmetterte Christoph in dem Moment. »Zeig uns lieber deine Schildkröten.«

Christoph wies auf einen großen Käfig, der an der einen langen Seite des Kellerraums stand.

»O ja!«, rief Marie aus.

Summend hüpfte sie zu den Tieren und hatte ihre Frage vergessen. Schwestern waren anscheinend dazu PRÄDESTINIERT – Bertie liebte das Wort! – nervige Fragen zu stellen.

Würgi, Marie-Prinzessin-Viktoria und alle anderen, dachte Bertie und folgte dem kleinen Mädchen seufzend.

»Heidi ist die süße Kleine, und Klara die schlankere mit dem hellen Panzer. So wie im Buch!«, erklärte Marie-Prinzessin-Viktoria Bertie und füllte Trockenfutter in eine kleine Schale.

Bertie konnte zwar keinen Unterschied zwischen den beiden Ungetümen erkennen, nickte aber verständnisvoll.

Welches Buch meinte Marie?

Zum Glück stand Christoph neben Bertie und flüsterte ihm zu: »Sie meint das Buch ›Heidi‹. Du weißt schon, das kleine Mädchen, das zu seinem Großvater in die Berge kommt usw. Klara ist ihre Freundin aus der Stadt. Keine Ahnung, wie sie darauf kommt, die Schildkröten würden denen ähnlich sehen …« Christoph grinste und tippte sich dabei an die Stirn.

»Snackpause!«, rief er dann laut und rannte, ohne auf die Reaktion der anderen zu warten, die Treppe hoch.

Er nahm immer drei Stufen auf einmal. Nicht schlecht!

»Tja, und das war's dann! Reinfall total!« Bertie kugelte sich lachend auf dem Teppich in Christophs Zimmer herum, ein Kissen gegen den Bauch gedrückt.

Christoph selbst wischte sich Lachtränen aus den Augenwinkeln und stöhnte: »Oh Mann, ich kann nicht mehr! Ich kann gleich echt nicht mehr!«

Bertie hatte Christoph gerade erzählt, wie grandios Virginies und sein Familienzusammenführungs-Plan gescheitert war. Der war nämlich so richtig in die Hose gegangen!

Das Ganze hatte schon schlecht angefangen, weil Würgi sich

am Telefon total künstlich verhalten hatte: »Hallo Bertie, schön, dass du anrufst, was gibt‹s Neues?!«, hatte sie gekreischt. So was sagte sie sonst nie zu Bertie. Und ihre Stimme klang auch sonst nie so laut und schrill. Später war Würgi auch noch gegen Papas Lieblingsvase gestoßen. Mit einem ohrenbetäubenden Lärm war sie zerbrochen, mitten im Gespräch! Würgi hatte sich erschreckt, und Bertie natürlich auch. Beide hatten kurz aufgeschrien, Papa war angerannt gekommen und hat Würgi ausgeschimpft, und hinter Bertie hatte plötzlich Mama gestanden. Sie hatte das Gespräch schon länger mit angehört und mitbekommen, was für einen Schwachsinn Bertie über sie erzählt hatte: Dass sie 'ne Chemotherapie machen musste, dass sie schon fast alle Haare verloren hatte, ständig kotzte und so. Ihre neue Perrücke sehe voll hässlich aus!

»Stereo haben Mama und Papa uns dann vollgeschrien! Sie so, dass sie tief enttäuscht ist von mir. Wie ich so etwas rumerzählen kann, ich sei wohl von Sinnen, sie werde in Zukunft drakonische Maßnahmen ergreifen! Papa hat gebrüllt, ob das Mama sei, die so brüllt, Mama hat gebrüllt, warum Papa brülle, und Würgi hat angefangen zu heulen ...«

Bertie grinste Christoph schief ins Gesicht. Er war ganz außer Atem geraten beim Erzählen. Mit einem Mal wusste Bertie nicht mehr, ob es eine gute Idee war, Christoph die Geschichte anzuvertrauen. Er kannte den James-Bond-Pumuckl kaum. Was, wenn er das jetzt in der Schule rumtratschen würde? Oder, noch schlimmer, wenn Christoph Bertie jetzt für einen Vollhirni halten würde? Nervös fing Bertie an, mit seinem Fingernagel Muster in den Teppich zu ritzen.

Im Zimmer war es still. Draußen wütete der Regensturm. Er schien immer heftiger zu werden.

»Meine Eltern wollten sich auch mal trennen.« Christophs Stimme kratzte beim Sprechen.

»Echt?« Überrascht hob Bertie den Kopf.

»Ja.« Christoph kaute auf seiner Unterlippe rum. »Papa hatte sich in jemand anderes verliebt. Mama und Papa haben uns das nicht richtig gesagt, aber ich habe sie belauscht. Abends, wenn sie dachten, dass ich schlafe. Vor ein paar Jahren war das! Mama hat nur noch geweint.«

»Mist …«, murmelte Bertie und ritzte weiter Muster in den Teppich. Er traute sich nicht, Christoph in die Augen zu sehen.

»Aber zum Glück haben sie sich wieder vertragen.« Christoph lachte kurz auf und wischte mit der Hand durch die Luft. Als wollte er eine Hornisse verjagen! Einen Monsterbrummer.

»Obwohl wir nicht so geniale Verkuppelungsaktionen gestartet haben wie ihr, Marie und ich. Sie war ja auch noch 'nen Baby …« Christophs Stimme gluckerte beim Sprechen, als würde er gleich wieder anfangen zu lachen.

»Tja, so genial ist eben nicht jeder!« Auch in Berties Hals kitzelte ein Lachen.

Später bereitete Franziska, Christophs Mutter, heiße Schokolade mit Schlag zu und servierte ihnen Apfelstrudel. Sie war eine schmale Frau mit dunklen langen Haaren, die von silbernen Fäden durchzogen waren. Franziskas Augen waren genauso schokoladenkuchenbraungroß wie die von Marie-Prinzessin-Viktoria. Unter ihnen lagen helldunkle Schatten.

Auf dem Esstisch leuchtete eine selbst gebastelte Apfelkerzenlampe und streute Licht in die Gesichter. An der Wand hingen ein kleines Holzkreuz, Fotos von Christoph, Marie und ihren Eltern, ein Ölbild von einem alten Bauernhaus aus dunklem Holz und mit bunten Blumen am Balkon und ein eingerahmtes Gedicht, *Wach liegend nachts*, hieß es. Bertie verstand nicht alles, aber es klang schön. Voller Kraft und auch ein bisschen unheimlich:

Rauschend stürzen die Wasser des Lebens
Ab in des Todes gähnendes Maul.
Wach liegend nachts,
Wenn das Fieber gesunken,
Sehe ich vor mir die Fluren der Nacht
Fast ohne Angst.

hieß es am Ende. Darunter stand der Name »Nikolaus Baumgartner«. Das war Christophs Großvater, hatte Christoph Bertie erklärt. Er hatte früher als Großbauer und Bürgermeister in einem kleinen Städtchen in Osttirol gelebt und wohnte seit dem Tod seiner Frau bei Franziska und ihrer Familie.

Christophs Mutter, die als Krankenschwester arbeitete, erzählte Geschichten von ihrer Arbeit: von dem verwirrten Herrn Huber, der dachte, Franziska sei seine Tochter und der ihr jedes Mal, wenn sie sein Zimmer betreten wollte, eine watschen wollte, weil sie seiner Meinung nach zu spät nach Hause kam. Und von Frau Moser, die wie ein »zartes Püppchen« aussah, sagte Franziska, klein und dünn. Jeden Tag schenkte sie Christophs

Mutter etwas anderes: eine Packung vertrockneter Kekse, einen selbst gestrickten krumpeligen Schal oder Schokolade für die Kinder.

Während Franziska erzählte, malte Marie-Prinzessin-Viktoria ein Bild für Bertie: zwei große stachelige Sternklötze in knallrot waren darauf zu erkennen, eine verbeulte schwarze Blume und ein Mini-Strichmädchen mit Krone; das sollte sie selbst sein.

Plötzlich knarrte die Küchentür, und ein alter Mann kam hereingeschlurft. Er ging mit gebückten Schultern, hatte weiße, feine Haare und trug eine braune abgetragene Wollstrickjacke. Ohne ein Wort zu sagen und mit reglosem Gesicht blickte sich der alte Mann in der Küche um.

»Na, bist du aufgewacht von deinem Mittagsschlaf? Möchtest du dich setzen und ein Stück Kuchen mit uns essen?«, fragte Franziska ihren Vater freundlich, nahm ihn am Arm und half ihm, sich auf der Eckbank niederzulassen.

Dann tat sie Herrn Baumgartner ein Stück Kuchen auf einen Teller und schenkte ihm eine Tasse Kaffee ein.

»Ohne Vanillesoße …«, brummte der alte Mann mürrisch.

»Schmeckt richtig gut, Opa!« Christophs Augenlider klappten auf und zu wie Schmetterlingsflügel.

Bertie hatte das Gefühl, dass die ganze Familie Baumgartner ein bisschen Angst hatte vor dem alten Mann. Der begann, sich den Apfelstrudel in großen Haufen in den Mund zu schieben. Dabei musterte er Bertie.

»Wer sind Sie?« Die Worte des alten Mannes knallten aus seinem Mund.

»Ähm …«

»Das ist Bertie, Opa«, sagte Christoph, bevor Bertie antworten konnte. »Mein Freund. Er kommt aus Berlin!«

Rumms! Scheppernd schob der alte Mann seinen Teller beiseite, obwohl er noch nicht mal die Hälfte des Kuchens gegessen hatte.

Umständlich nestelte er ein großes weißes Stofftaschentuch aus seiner Hosentasche und schnäuzte sich trompetend die Nase. Christoph versuchte, den Lärm zu übertönen.

»Bertie ist ein Großstadtjunge, Opa. Stell dir vor, er wusste nicht, was ein Hochalpenapollo ist!«

Bertie verschluckte sich prustend an seinem Kakao, und Christoph haute ihm lachend auf den Rücken. »Ist doch nicht schlimm, Bertie!«

Musste Christoph das erzählen? Berties Gesicht fühlte sich mit einem Mal heiß an.

»Heißt du Bertold?«, schoss es wieder aus dem Mund des alten Mannes.

Bevor Bertie antworten konnte, wurde die Haustür schwungvoll geöffnet. Ein Schwall kalter Luft drang in die warme Küche.

»Mach die Tür zu, Papa!«, rief Marie-Prinzessin-Viktoria empört.

Ein großer, dicker Mann mit grauen Wuschellocken betrat die Küche, breitete die Arme aus und rief mit tiefer Stimme:

»Seid gegrüßt, liebe Familie!«

Der Riese stampfte zu seiner Frau, die noch schmaler neben ihm aussah, als vorher. Schwungvoll streckte er ihr wie ein Theater-Schauspieler seine Hand entgegen. »Küss die Hand, schöne Frau! Haben Sie heute Abend schon etwas vor?«

Franziska lächelte und pustete ihrem Mann einen Kuss auf die Wange. »Lass das, Alban! Möchtest du ein Stück Kuchen?«

»Lieber ein Bier!« Christophs Vater ließ sich in den Schaukelstuhl fallen, der mitten in der Küche auf einem Flickenteppich stand. »Ach, ist das schön, zu Hause, endlich! Keine minderbegabten Studenten mehr, die alles besser wissen …«, seufzte Alban, zog ein Kissen unter seinem Po hervor und drückte es genüsslich gegen seinen mächtigen Bauch.

»Hier, Monsieur!« Franziska reichte ihrem Mann eine Bierflasche und ein Glas und setzte sich dann wieder neben Marie-Prinzessin-Viktoria.

»Darf ich auch was malen?«, fragte sie sie leise.

»Okay«, murmelte Marie-Prinzessin-Viktoria, ohne den Blick von ihrem Bild zu wenden.

Christophs Vater warf den Kopf nach hinten und ließ lautstark und in einem Zug fast das ganze Bier in sich hineingluckern. Ohne einmal Atem zu holen! Dann setzte er die Bierflasche ab und betrachtete Bertie interessiert.

»Du musst Bertie sein, aus Berlin. Christophs neuer Freund, richtig?«

»Stimmt«, murmelte Bertie schüchtern.

»Ich war schon neugierig auf dich!«, Alban zwinkerte Bertie zu.

»Hört zu, ihr beiden, ich habe eine großartige Idee!«, fuhr er dann fort, »Angelika, meine Freundin vom Dschungel, organisiert am Wochenende einen Theaterworkshop für Kinder. Es gibt noch ein paar freie Plätze. Habt ihr Lust hinzugehen?«

»Cool, Papa!«, Christoph riss die Arme in die Höhe.

»Du machst doch mit, Bertie, oder?!«, fragte er dann und blickte zu Bertie.

»Ich … weiß … nicht«, stotterte Bertie.

Fieberhaft dachte er nach. Er wollte Christoph nicht enttäuschen, aber Theater spielen, auf der Bühne, mit anderen Kindern, das war ungefähr das Letzte, was ihm Spaß machte.

»Was machen wir denn da?«

Alban beobachtete Bertie schmunzelnd. »Ihr spielt, ihr seid eine Banane. Oder ein Beyblade. Ihr macht Lockerungsübungen für den Körper und bewegt euch zu Musik. Und ihr denkt euch Szenen aus. Wie ihr zu spät nach Hause kommt, und eure Eltern Ärger machen. Oder ihr spielt, wovon ihr träumt: dass ihr der Präsident von Amerika seid oder bei Olympia mitmacht, als Stabhochspringer, was weiß ich.«

Während der Vater sprach, war Marie-Prinzessin-Viktoria aufgesprungen und in die Garderobe gelaufen. Sie kam mit einem lila Tuch auf dem Kopf wieder, das ihr über das Gesicht hing, und bewegte sich wie eine Mischung aus Pinguin, Bär und einem Betrunkenen.

»Ich bin eine Zwetschke! Ich bin eine Zwetschke …«, brummte sie mit tiefer Stimme.

Franziska begann schallend zu lachen. Nach einem kurzen Moment stimmte Christoph mit ein, und über allem dröhnte bald Albans tiefes Lachen. Nur der Großvater verzog keine Miene, sondern stand polternd auf und schlurfte aus dem Zimmer.

»Tja, ich denke, ich wollte schon immer mal Obstsalat spielen …«, murmelte Bertie.

»Was? Was hast du gesagt?«, rief Christoph prustend aus. »Ich kann dich so schlecht verstehen. Die lachen hier alle so laut!«

Marie wälzte sich inzwischen auf dem Boden herum, und ihr Brummen war in einen piepsigen Sprechgesang übergegangen: »Ich bin eine Zwetschke, eine Zwi-Zwa-Zwetschke, Zwi-Zwa-Zwe-Zwi-Zwa-Zwetschke …«

»Ich denke, ich wollte schon immer mal Obstsalat spielen!«, rief Bertie noch mal.

Dieses Mal lauter.

Virginie, Berlin, 8.10., 13.27 Uhr, Bäckerei Bambule-Brötchen

»Auf Facebook gibt's nen Forum, da tauschen sich Leute darüber aus, wie man seine Eltern wieder zusammenbringen kann.«

Klara hatte ganz leise gesprochen. Virginie war sich nicht sicher, ob sie sie richtig verstanden hatte. Träge sah sie dabei zu, wie die Sahne in den Kakao floss und ulkige Muster schmierte.

»Was?«

Virginie saß mit Möppi, Klara, Charlotte und Mia in der Bäckerei *Bambule-Brötchen* direkt gegenüber von ihrer Schule. Mathe war ausgefallen, und sie hatten früher Schulschluss gehabt. Vor den Mädchen dampften große Tassen mit heißer Schokolade und Schlagsahne. Nur Klara und sie hatten keine Sahne bestellt, Klara sogar nur ein Mineralwasser. Sie hatte ständig Angst, zu dick zu werden, obwohl sie nur ein Strich in der Landschaft war, eingehüllt von labberigen Jeans und weiten Wollpullovern.

»Ein Forum, wo man Tricks nachlesen kann, wie man die Eltern wieder zusammenbringen kann«, murmelte Klara und nuckelte an ihrem Mineralwasser herum. Ihre Finger, die das Glas umschlossen, sahen knöcherig aus und rot.

»Und? Sind da gut Tipps dabei? Ich meine, haste schon mal was ausprobiert?« Unwillkürlich hatte Virginie ihre Stimme gedämpft.

Klaras Eltern waren nie richtig zusammen gewesen. Eine kleine Affäre und bumm! Dann war Klara ihnen »passiert«, sagte Klaras Mutter immer. Trotzdem träumte Klara immer noch davon, ihre Eltern würden eines Tages richtig zusammenkommen.

Verstohlen sah Klara sich um, um zu überprüfen, ob Jennifer,

Mia und Charlotte zuhörten. Aber Jenny telefonierte gerade mit ihrer Mutter und war dazu nach draußen in den Flur gegangen. Mia und Charlotte kuckten sich Fotos auf Mias Handy an.

Sie liebten es, sich zu Hause zu treffen und Tonnen von verschiedenen Klamotten anzuprobieren, in immer neuen Variationen. Dazu schminkten sie sich wie Popstars und fotografierten sich in den unterschiedlichsten Posen. Mit geschlossenen Augen liegend auf dem Bett, durch das Zimmer spazierend wie ein Model, am Fenster sitzend, verträumt nach draußen blickend. Abends stellten sie die besten Fotos dann auf ihre Facebook-Seite und schrieben sich Sternchen, Herzchen, Lachgesichter dazu.

»Nicht so richtig«, murmelte Klara.

Ein schüchternes Lächeln huschte über ihr Gesicht.

»Dazu braucht man Geschwister, sonst klappt das nicht. Die meisten Pläne kann man nicht alleine durchziehen. Da haben zum Beispiel zwei Schwestern ihre Eltern in einem Zimmer eingeschlossen. Ewig lang haben sie so getan, als würden sie die Tür nicht mehr aufkriegen. Der Schlüsseldienst kam auch stundenlang nicht – den hatten die Schwestern in Wirklichkeit gar nicht angerufen. Also mussten die Eltern endlich mal wieder miteinander sprechen!«

»Und?!« Fasziniert hörte Virginie Klara zu.

Den Namen von diesem Forum musste sie rauskriegen. Vielleicht könnte sie sich da was abkucken, für Bertie und sich? Nach ihrem Verkuppelungs-Desaster am Telefon!

»Hier! Für meine Hübschen.« Brigitte, die Mutter von der Chefin, stellte den Mädchen einen Teller mit Kuchenbruch vor die Nase. Sie war klein und rund, hatte ihre weißen langen Haare mit bunt glitzernden Haarkämmen hochgesteckt und trug jeden Tag eine andere dicke Kette um den Hals.

»Den können wir nicht mehr verkaufen.«

»Oh, vielen Dank, liebste Brigitte!«, rief Jennifer begeistert aus und stopfte sich die Backen voll.

Süßer Kuchenduft zog um Virginies Nase. Fast wäre sie in Versuchung gekommen, auch zuzugreifen. Aber leider hatte Virginie beim letzten Wiegen nach dem Training festgestellt, dass sie eineinhalb Kilo zugenommen hatte. Es machte sich also doch bemerkbar, dass Virginie immer öfter irgendeinen Krimskrams in sich hineinstopfte, belegte Baguettebrötchen, Muffins, Müsliriegel, anstatt in Ruhe richtige Mahlzeiten zu sich zu nehmen. Das durfte auf keinen Fall so weitergehen! Jedes Gramm mehr würde Virginie in eine Walrossmutation verwandeln, der das Eistanzen, vor allem die Sprünge, immer schwerer fielen. In drei Monaten fanden die Landesmeisterschaften statt. Spätestens dann wollte Virginie wieder in Topform sein! Also stopfte sie ihre Hände unter die Pobacken und blickte Möppi streng an.

»Manne hat schon letztes Mal gemotzt, weil du zu viel wiegst. Wenn du nicht aufpasst, lässt er dich nicht an den Landesmeisterschaften teilnehmen.«

»Ach Quatsch!«, lachte Jennifer unbekümmert.

»Ich fahre heute Abend noch 'ne Runde Inlineskates, dann habe ich das wieder runter.«

Virginie zuckte skeptisch die Schultern.

»Wenn du meinst ...«

»Sei nicht so 'ne Spaßbremse, Virginie!«, rief Mia aus und griff nach einer Bienenstich-Ecke.

Genießerisch kaute sie den Kuchen.

»Mmh, schmeckt köstlich! Los, Charly, probier auch mal!« Mia steckte Charlotte ein Stück von dem Kuchen in den Mund, Zuckerkrümel kullerten auf den Boden, und beide prusteten los.

»Was ist nun? Gehen wir ins Kino, heute? Nachmittagsvorstellung, Prinzip ›Zufall‹?!«, fragte Jennifer mit vollen Backen.

»Klar!«, rief Charlotte,

»Stimmt's, Mia?!«

Mia nickte.

»Abgemacht. Was ist mit euch, Klara und Virginie?«

Klara druckste herum, und Virginie antwortete: »Ich muss zum Training. Leider!«

»Spaßbremse, sag ich doch!«, murmelte Mia. »Wenn das so weitergeht, kannst du dich mit deinen Schlittschuhen anfreunden!«

Charlotte kicherte.

»Was ist mit dir, Klara? Kommst du mit?«, fragte Mia wieder.

Klara schrak zusammen und nuschelte:

»Ich wollte eigentlich Joggen gehen. Ich war gestern nicht und …«

»Ach, kommt, Klärchen, Joggen kannst du auch heute Abend oder morgen oder wann immer. Aber wann gehen wir schon mal alle zusammen ins Kino?! Du kommst mit, keine Widerrede!«, unterbrach Mia sie ungeduldig.

Dann sprang sie auf. »Zahlen, bitte, Brigitte!«

»Kommt, wir gehen! SB kann auch alleine Trübsal blasen.

Die verdirbt mir bloß die Laune. Wir gehen Kleiderkucken bei H&M und dann ins Kino. Los!«

Mia knallte drei Euro auf den Tisch, schnappte sich ihren Rucksack und marschierte nach draußen.

Charlotte, Jennifer, Klara und Virginie schauten ihr verdutzt nach.

»Wer ist bitte SB?«, fragte Charlotte ratlos.

In Virginies Gesicht klebte ein verrutschtes Lächeln.

»Denk mal scharf nach!«

Charlotte legte ihre Stirn in Falten und grübelte, während Brigitte ihnen die Rechnung brachte. Von draußen winkte Mia den Mädchen zu und machte Zeichen, dass sie rauskommen sollten.

Jennifer kicherte. »Na, immer noch nicht draufgekommen, Intelligenzbestie?! SB ist die süße kleine Spaßbremse Virginie!«

In Charlottes Gehirn ratterte es, das konnte man an ihrem konzentrierten Blick sehen. Dann begann sie zu lächeln. Langsam rutschte Charlotte vom Barhocker.

»Tja, also dann. Bis morgen!«, rief sie und rannte nach draußen.

Virginie, Klara und Jennifer kuckten ihr einen Moment nach. Dann stand auch Jennifer auf und klopfte Virginie auf die Schulter.

»Mach dir nichts draus, Würgi! Dafür bist du unsere Eisprinzessin, und Pirouetten drehen kann keiner so wie du.«

Jennifer schlüpfte in ihren Parka und machte Anstalten, aus dem Café zu gehen.

»Spinnst du, Möppi? DU hast genauso Training wie ich, das weißt du ganz genau. Manne dreht durch …«

Jennifer zwinkerte Virginie verschmitzt zu.

»Ich bin heute aber leider, leider, leider furchtbar erkältet und kann nicht zum Training kommen. Sagst du Manne Bescheid?! Danke!«

Als Virginie dazu ansetzte, Jennifer zu widersprechen:

»Moment mal, das kannst du nicht machen …«, drehte sich Jennifer noch mal zu ihr um und sprach mit ungewohnt ernster Stimme:

»Hör mal zu, Virginie: Nur weil du nur noch wie nen ewiger Trauerkloß rumsitzt und kein anderes Thema mehr kennst als die bekloppten Landesmeisterschaften, muss es mir nicht auch so gehen, klaro?! ICH BIN NICHT DU.«

Dann rauschte sie ab nach draußen.

Mia, Charlotte und Jennifer hakten sich beieinander unter und marschierten lachend in Richtung Einkaufspassage.

Klara knabberte nervös an ihren Fingernägeln und wich Virginies Blick aus.

»Und du? Gehst du auch mit, Klara?«, fragte Virginie sie nachdenklich.

»Ich glaub schon«, murmelte Klara.

»Joggen kann ich auch heute Abend, Mia hat recht. Und Mia ist immer so mies gelaunt, wenn sie nicht ihren Willen kriegt.«

»Na dann …«, seufzte Virginie resigniert, »… ciao, Klärchen!«

Klara zog sich eine dicke graue Wollmütze über den Kopf. Sie fror immer und war schon im Herbst so angezogen, als sei tiefster Winter. Klara srich Virginie scheu über den Arm; ihre graublauen Augen flackerten dabei wie Teelichter. »Bis morgen! Viel Spaß beim Training!«

Virginie blieb allein am Fenster sitzen und starrte nach draußen. Es hatte aufgehört zu regnen, und die Sonne strich sanft an den Steinen der Häuser entlang.

Ihre Mutter und sie hatten den Herbst immer geliebt. Wenn die ersten Kastanien gefallen waren, und bunte Blätter den Boden bedeckten, hatten sie zusammen einen Spaziergang durch den Mauerpark gemacht. Mama hatte die frische Herbstluft geschnüffelt, als wäre sie Schokoladeneis mit Keksstückchen. Sie hatten sich Geschichten erzählt und Blätter gesammelt: Eicheln, Haselnüsse, Kastanien, kleine Stöcke. Dann waren sie mit roten Wangen nach Hause gekommen, Mama hatte Äpfel im Schlafrock mit Vanillesoße gemacht, und sie hatten die verrücktesten Figuren gebaut aus ihren Fundstücken. Roboter, Igeltiere, Schneefrauen, Monsterprinzen. Papa und Bertie hatten sich lustig gemacht über Virginie und ihre Mutter. Sie seien wie Kinder, so etwas mache man mit vier Jahren, aber nicht mit zehn und so weiter. Aber von den Äpfeln hatten sie auch immer essen wollen, und schließlich hatten sie alle zusammen am Küchentisch gesessen und sich Geschichten ausgedacht für die Kastanienmännchen. Robert, der Roboter mit der dicken Nase, kämpft gegen die dünne Eichelkuh Karline, die seinen Bruder, den kleinen Blatt-Floh, fressen will.

Virginies Augen juckten. Schnell wischte sie sich mit dem Handrücken drüber, nahm ihr Handy aus dem Rucksack und tippte eine Nachricht:

`hey mama hast du schon deinen herbstspazirgang gemacht? v.`

Dann riss sie eine Seite aus ihrem Hausaufgabenheft und begann zu schreiben:

– *3 saure Äpfel*
– *1 Päckchen Blätterteig*
– *geriebene Haselnüsse*
– *Aprikosenmarmelade*
– *Zimt*
– *Vanillezucker*
– *brauner Zucker*
– *Eier …*

Mama nahm nie Rosinen für ihre Äpfel im Schlafrock; die hassten Bertie und Virginie! Dafür füllte sie Aprikosenmarmelade in die Nussmischung und gab außer Zimt auch Vanillezucker und braunen Zucker dazu. Keinen weißen, das war wichtig!, hatte sie Virginie beigebracht.

Virginie hatte ihrer Mama gerne beim Zubereiten der Äpfel zugeschaut. Wenn es warm war in der Küche vom vorgeheizten Ofen, eine Kerze auf dem Küchentisch brannte und Mama *Element of Crime* anmachte, Papas und ihre Lieblingsband von früher.

Virginies Entschluss stand fest: Sie würde heute Abend Äpfel im Schlafrock machen. Für Papa und sich. Bestimmt würde Papa sich dann freuen! Sie würden zusammen im Wohnzimmer auf der Couch sitzen, die Teller auf dem Schoß; Mama hatte das nie erlaubt. Zusammen die Tagesschau kucken, Vanillesoße schlurfen, vielleicht ein bisschen reden. Herrlich würde das werden!

Virginie beendete ihre Einkaufsliste und schaute schnell auf ihr Handy. Schon 14.12 Uhr! Wenn sie noch einkaufen und um 15.00 Uhr beim Training sein wollte, musste sie sich beeilen.

Altmodische Postkarte mit nachgefärbtem rosa Riesenrad und knallgrünen Bäumen

09.10.

Hallo Papa, ich hoffe, du bist nicht mehr böse wegen der Krebs-Geschichte!

Hiermit (-> siehe Vorderseite) möchte ich mal mit dir fahren. Man sieht ganz Wien! Hat Virginie dir übrigens das mit dem Trainer vom VfL Wolfsburg erzählt? Der hieß Wolfgang Wolf! Hier kommt noch einer: Zur Abwendung von Gefahren für die Allgemeinheit wurden in Österreich bis 2001 gestorbene Rinder an schwer zugänglichen Stellen gesprengt.

Dein Bertie

Agatha, Wien, 9.10., 15.00 Uhr, Cafeteria Wiener Staatsballett

Nein! Ohne dich macht mir das keinen Spaß. Holen wir den Spaziergang zu Weihnachten nach? Hier, in Wien? Das wäre schön! Eine feste Umarmung von deiner Mama

Virginie, Berlin, 9.10., 22.03 Uhr, Bett

Ein Herbstspaziergang im Schnee?! Das geht nicht. Ich muss außerdem in den Ferien trainieren. Komm am besten nach Berlin. V.

Virginie, Berlin, 9.10., 22.57 Uhr, Bett

P.S. Habe heute für Papa und mich Äpfel im Schlafrock gemacht. Lecker! V.

Agatha, Wien, 10.10., 06.47 Uhr, Badezimmer

Liebe Virginie, lass uns mal telefonieren oder skypen, ja?! Per SMS lässt sich das alles so schwer besprechen. Ich habe Sehnsucht nach dir! Deine Mama

Virginie, Berlin, 11.10., 07.52 Uhr, Marika-Kilius-Gymnasium, vor dem Schultor

Komm nach Berlin. Dann können wir sprechen. V.

Agatha, Wien, 11.10., 18.35 Uhr, Küche

Ich kann nicht einfach so nach Berlin fahren, das weißt du, Virginie. Bitte sei vernünftig! Ich mache mir Sorgen. Mama

Virginie, Berlin, 11.10., 18.37 Uhr, auf dem Weg zur S-Bahn

Dann eben nicht. ☹

Bertie, Wien, 17.10., 14.02 Uhr, Café Gruber

Zum Glück hatte er etwas zu lesen mitgenommen!, dachte Bertie erleichtert, während er in dem Buch blätterte, das Virginie ihm geschickt hatte. *Der Hund, der unterwegs zu einem Stern war*. Sie saßen zu dritt in einem spießigen Kaffeehaus.

»Gaaanz berühmt und gaaaanz alt!«, hatte Mama mit hoher Stimme gesagt, auf dem Weg in die Stadt.

Agatha hatte sich heute extra-schick gemacht. Sie trug einen schwarzen Minirock, hohe schwarze Pumps und eine türkise Seidenbluse, dazu hellrosa Lippenstift und ein bisschen Kajal um die Augen. Bertie fand, dass sie schön aussah. Beinahe hätte er ihr das gesagt. Früher, als er klein war, hatte er ihr manchmal ins Ohr geflüstert: »Mama, du bist eine Prinzessin.« Bertie selbst konnte sich nicht mehr daran erinnern, aber Agatha hatte es ihm erzählt.

Unentwegt belagerte die Dumpfbacke Herbert seine Mutter. Bertie hatte noch nicht mal für eine Zehntelsekunde die Möglichkeit, in Ruhe mit ihr zu sprechen. Ständig betatschte Herbert Agatha und schlabberte sie mit seiner langen Zunge ab. Widerlich war das! Bertie schüttelte es. Wenn Würgi jetzt da wäre, würde es sie mindestens so ekeln wie ihn. Sie würden sich treten, unter dem Tisch, die Augen verdrehen und sich angrinsen.

```
Herberts Zunge ist bestimmt nen halben Meter lang.
☹ Wir sind im Kaffeehaus und haben Spaß! Und du?
Mister Y.
```

tippte Bertie ungeschickt in sein Handy. Virginie lachte immer darüber, wie lange er dafür brauchte.

»Na, Bertie, was möchtest du essen? Schnitzel mit Kartoffelsalat? Palatschinken mit Marillenmarmelade? Sachertorte? Such dir aus, was du möchtest! Ich lade euch heute ein«, rief Herbert.

Bertie spürte seinen Atem im Gesicht. Schnell ließ er das Handy in die Hosentasche rutschen und öffnete betont gelangweilt die Speisekarte.

»Na, worauf hättest du Lust, Bertie?«, Berties Mutter lachte und strich über ihren Rock.

Ihre Stimme vibrierte. Sie wollte so sehr, dass sie sich verstanden, alle drei. Herbert, Agatha und Bertie! Das spürte Bertie. Aber den Gefallen konnte er ihr nicht tun!

»Hab keinen Hunger«, brummte er, klappte die Speisekarte mit einem Knall zu und tat so, als ob er sich sofort wieder in die Lektüre seines Buches versenken würde.

»Ach, komm, Bertie, nun hab dich nicht so! Das Frühstück ist schon lange her, und viel hast du da nicht gegessen. Es schmeckt fantastisch hier, wirklich, glaub mir«, flötete Agatha und tätschelte Bertie dabei die Wange, als sei er ein kleines Kind.

»Eine Schokolade mit Sahne, das reicht mir«, murmelte Bertie. »Und nun würde ich bitte gerne in Ruhe lesen! Das Buch ist nämlich spannend.«

Berties Mutter seufzte leise.

»Lass ihn, Agatha, ist doch o.k. Ich wollte in seinem Alter auch immer meine Ruhe haben«, sagte Herbert, und ausnahmsweise war Bertie dankbar dafür, dass es ihn gab.

»Schau dir lieber die Dekoration an«, fuhr Herbert fort, »da drüben, die Kronleuchter aus Espressotassen! Und überall diese goldverzierten Spiegel und der rote Samt. Das ist typisch für die Wiener Kaffeehäuser ...«

Bertie versuchte wegzuhören. Er starrte auf die Seiten seines Buches. Wo war er gestern Abend stehengeblieben? Dort, wo Joel beginnt, sein Logbuch zu schreiben? Nein, das hatte er schon gelesen; Bertie blätterte weiter nach hinten. Ein weißes Blatt fiel aus dem Buch heraus, beschrieben mit krumpeligen Buchstaben. Der Brief von Papa! Langsam segelte er auf den Boden. Bertie blickte sich verstohlen um. Hatten seine Mutter und Herbert etwas bemerkt? Kurz kreuzten Herberts Augen Berties Blick. Er schien zu lächeln, dann sah er aber schnell wieder weg und unterhielt sich weiter mit Agatha.

Bertie hob das Papier hastig auf und murmelte: »Muss aufs Klo ...«, und lief zu den Toiletten.

Nachdem er die Tür verriegelt hatte, setzte er sich auf den Klodeckel und faltete das Blatt auseinander. Bertie hatte den Brief bestimmt schon zehnmal gelesen! Er hörte Papas Stimme, wenn er die Worte las, seine tiefe Stimme und sein knurriges Lachen.

Berlin, den 13. Oktober

Lieber Bertie,
vielen Dank für Deine Karte, über die ich mich sehr gefreut habe!
Nein, ich bin nicht mehr böse. Ich kann Euch auch verstehen, Virginie und Dich.
Gerne fahre ich mal mit Dir Riesenrad, obwohl ich nicht weiß, ob ich

das mit meiner Höhenangst schaffe. Leider hat Virginie mir nichts von Wolfgang Wolf erzählt! Das kann ich vielleicht noch glauben, aber das mit den Kühen?! Nie im Leben! Also: ein Punkt für Dich! Und jetzt kommt meiner: Stuart Freeborn, der Chef der Maskenbildner für die Star Wars Trilogie aus den 70ern, modellierte Yodas Gesicht nach seinem eigenen Vorbild. Für den weisen Blick fügte er Einsteins Augenpartie hinzu. Wahr oder nicht wahr?

Dein Papa

Bertie kicherte leise vor sich hin. Yodas Augen sollten die von Einstein sein? Sein Vater hatte einen Knall! Das stimmte niemals.

Bertie seufzte leise. Obwohl er selbst kein großer Fan von SMS war, bedauerte er es, dass sein Vater sich weigerte, welche zu schreiben. Das war seltsam! Von einem Mann, der als Neurologe in einem ultramodernen Labor an der Berliner Charité mit irgendwelchen Hightechgeräten das menschliche Gehirn und seine Funktionsweise erforschte.

Bertie erinnerte sich noch genau an den Tag, als er seinen Vater einmal auf der Arbeit besuchen durfte. Felix hatte ihm erzählt, dass sein Forscher-Team und er versuchten herauszubekommen, welche Stelle im Gehirn für das Böse im Menschen verantwortlich sei. Die Frage fand Bertie superspannend! Wieso war Yoda gut und Darth Sidious böse? Und warum gelang es, Darth Sidious, Anakin auf die Seite des Bösen zu ziehen? Wieso gab es Menschen, die schlechte Eltern hatten, die sich nicht um sie kümmerten, und sie wurden trotzdem gute Menschen mit Freunden und einer Familie? Und dann wiederum waren da Menschen, von denen Bertie in Zeitungen las oder in der Tagesschau hörte: Menschen, die alles hatten, reiche Eltern, Privatlehrer, eine Villa mit Swimmingpool. Eines Tages wurden sie trotzdem zu Massenmördern! Wie konnte das sein? Stundenlang hatte Bertie über solche Fragen nachgegrübelt und immer wieder seinen Vater befragt.

Virginie und seine Mutter hatten nichts davon wissen wollen. Virginie war jedes Mal vom Tisch weggerannt, wenn Bertie das Thema angesprochen hatte. Sie hatte ihren Bruder als »Psycho« beschimpft. Agatha hatte wie eine dumme Kindergartentante vorgeschlagen, sie sollten doch über etwas »Erfreuliches, Kindgerechtes« sprechen, wie das nächste Schulfest oder die Olympischen Spiele. Nur sein Vater hatte Bertie ernst genommen und versucht, seine Fragen zu beantworten.

An einem verregneten Sonntag, an dem Virginie und Agatha zusammen im Eisstadion gewesen waren, hatte Bertie seinen Vater endlich so weit gehabt. Papa hatte sich den Schlüssel zum Labor geschnappt, und sie hatten sich, in ihre Regenjacken eingemummelt, auf den Weg gemacht.

Bertie hörte noch jetzt das Klicken des Schlüssels im Türschloss. Die Tür war aufgesprungen, und er hatte Gänsehaut am ganzen Körper bekommen. In dem hellen Raum mit vielen kleinen Lampen an der Decke hatte ein riesiges weißes Gerät gestanden mit einer kreisrunden Öffnung in der Mitte, in das man einen Menschen auf einer Art Liege schieben konnte. Spacig hatte das ausgesehen! Wie die Inneneinrichtung von einem Raumschiff. Mit dem Gerät machten die Forscher Fotos vom Gehirn, hatte Papa Bertie erklärt. Das Verfahren hatte einen komplizierten Namen, Bertie konnte sich nur noch an die Abkürzung erinnern: »MRT«, irgendetwas mit »Magnet…« hieß das. Das Ding arbeitete nämlich mit magnetischen Strahlen.

Der Raum war durch eine Glaswand mit einem kleineren Raum verbunden, in dem mehrere Computer standen. Felix und sein Forscher-Team zeigten den Testpersonen zunächst Bilder von bösen Handlungen und schrecklichen Dingen: Menschen, die auf einen Mann einschlugen, erschossene Tiere, Kriegsbilder, brennende Häuser. Danach schoben sie sie in den Raumschiff-Koloss und untersuchten mit Hilfe der Computerbilder, welche Regionen im Gehirn durch die Bilder aktiviert worden waren und welche nicht. Das machten sie mit normalen Menschen und mit Schwerverbrechern. Anscheinend war es so, dass bei den Kriminellen nach dem Ankucken der Bilder eine bestimmte Gehirnregion weniger aktiv war, als bei den normalen Menschen. Irre war das! Also war es vielleicht so, dass Fehlbildungen im Gehirn dazu führten, dass bestimmte Menschen böse wurden? War das Böse dann eine Krankheit wie alle anderen auch? Am ganzen Körper hatte es Bertie gekribbelt, während er seinem Vater zugehört hatte.

Felix hatte Bertie auch Aufnahmen von verschiedenen Gehirnen am Computer gezeigt. Die sahen aus wie riesige Walnüsse! Oder wie gewundene Därme. Rasend schnell hatten sich die Finger von Berties Vater über die Tastatur des Computers bewegt, und er hatte nicht mehr aufgehört zu reden. Das hatte Bertie überrascht! Normalerweise war sein Vater eher schweigsam. Agatha hatte immer wieder geklagt, sie sei mit einem Wortemuffel verheiratet. An dem Tag waren die Wörter aber aus

Berties Vater herausgeflossen wie Goldtaler aus einem Sack mit einem großen Loch. Felix hatte glitzernde Augen gehabt, als ob er Fieber hätte, und seine Wangen waren rot gewesen.

Jemand drückte die Klinke der Toilettentür runter, und Bertie schreckte aus seinen Träumereien auf. Schnell wusch er sich die Hände und ging zurück zu dem Tisch von seiner Mutter und Herbert. Den Brief hatte er in seine Hosentasche gesteckt; er wollte nicht, dass er noch mal aus dem Buch herausfiel. Herbert und Agatha sahen sich gerade tief in die Augen, und Herbert steckte Agatha eine Gabel mit einem Stück Fleisch in den Mund.

»Tafelspitz mit Apfelkren, Agatha, ich sage dir: köstlich!«

Berties Mutter verdrehte die Augen, während sie probierte, und seufzte: »Stimmt, Schatz, ausgezeichnet!«

Seit wann nannte sie Herbert »Schatz«? Das wurde immer schlimmer! Papa hätte sich nie so nennen lassen. Er fand Kosenamen albern und hatte es allerhöchstens akzeptiert, wenn Agatha ihn »Griesgram« oder »Waldschrat« genannt hatte.

»Na, bei so viel Fett fällt dann aber morgen 'ne Extra-Einheit Hanteltraining an, was?«, fragte Bertie herausfordernd und ließ sich laut auf seinen Stuhl plumpsen.

Seine Mutter zuckte kurz zusammen, und Herbert antwortete grinsend: »Halb so wild, Bertie, mach dir keine Sorgen.«

»Ich mache mir keine Sorgen, ich meine ja nur: Zu viel Fett …«

»Schluss jetzt, Bertie! Hast du nicht gehört?« Die Stimme seiner Mutter war bedrohlich leise geworden. »Wir geben uns hier alle Mühe der Welt, damit wir einen schönen Nachmittag verbringen können, und du? Bist nur muffelig und stänkerst rum! Bitte, wenn du es so furchtbar findest mit uns, kannst du ja gerne gehen. Da ist die Tür!«

Agatha zeigte mit einer heftigen Geste zum Ausgang.

In Berties Hals schwappte heiße Wut nach oben.

»Gut, alles klar! Dann gehe ich eben!«, rief er aufgebracht, stand polternd auf und riss dabei seinen Stuhl um. Bertie rannte aus dem Kaffeehaus.

Hinter sich hörte er noch, wie Herbert rief: »Komm zurück, Bertie. Deine Mutter hat das nicht so gemeint. Bertie …«

Aber Bertie wusste genau, wie seine Mutter es gemeint hatte.

Sie wollte ihre Zeit mit Herbert genießen, und er störte sie dabei. Bertie war ihr eine Last! Und das, obwohl Bertie sich auch ihretwegen für Wien entschieden hatte. Weil er es nicht übers Herz gebracht hatte, Agatha alleine zu lassen! Ohne Virginie und ohne ihn. Erst jetzt wurde Bertie mit einem Mal klar, dass seine Mutter wahrscheinlich lieber mit Herbert zu zweit in Wien wäre. Dann könnte sie unentwegt mit ihm knutschen und joggen und ihre blöden Tänzer unterrichten. Dann hätte sie keinen Stress mit ihrem Loser-Sohn, der keine Freunde fand, vom Berg fiel und ihr die Laune verdarb!

Bertie stampfte, ohne nach links und rechts zu sehen, durch die Stadt. Überall standen alte Bauten, Villen, Kirchen, Regierungsgebäude, die mit goldener Schrift geschmückt waren und von Statuen bewacht wurden. Meistens stellten die Figuren nackte Männer, Löwen oder Frauen in langen Gewändern dar. Bertie sah sie und sah sie gleichzeitig nicht. In seinem Kopf wirbelten andere Bilder umher. Die taten weh! Von der Zeit, in der seine Eltern Virginie und Bertie erklärt hatten, dass sie sich trennen würden. Auf die Frage, ob die Kinder lieber in Berlin oder in Wien leben wollten, hatte Bertie zu Beginn nur stumm den Kopf geschüttelt. Jedes Mal hatte er den Raum verlassen, wenn seine Eltern mit dem Mist angefangen hatten. Niemals im Leben hätte er sich für einen von beiden entscheiden wollen: für Mama ODER Papa! Bertie wollte mit beiden zusammen leben! Mit beiden Eltern. Wie jedes andere normale Kind auch! Und mit Virginie, klar. Wenn es nicht anders ging.

Mama und Papa hatten Bertie damals immer wieder mit der Frage bombardiert. Virginie war Mamas Liebling, das wusste jeder. Bertie war im Gegensatz dazu immer ein Papa-Kind gewesen. Ein Junge, der Bücher genauso liebte wie sein Vater. Wenn Virginie jetzt bei Papa bleiben wollte, in Berlin, dann durfte Bertie Mama nicht alleine lassen. Oder? Seine Mama?! Bertie hatte genau gesehen, wie traurig sie ausgesehen hatte, als Virginie ihre Entscheidung verkündet hatte. Zuerst hatte Bertie zwar keine Lust gehabt, sein Zuhause zu verlassen, die Wohnung, seinen besten Freund Jochen, die Schule. Alles! Aber gleichzeitig hatte es gebrutzelt, in Berties Bauch, wie Maiskörner, wenn man Popcorn aus ihnen macht! Als er sich vorgestellt hatte, wie er ganz alleine, OHNE Virginie, die neue Stadt erobern würde. WIEN! Das hört sich fremd an und aufregend. ÖSTERREICH! Das Land der Berge, des Schnitzels und der Habsburger. Wo so viele große Musiker gelebt hatten, Beethoven, Mozart, Haydn und wie sie alle hießen; von alldem hatte Agatha Bertie erzählt. Hunderte von Kilometern entfernt von seiner Nerv-Schwester würde Bertie leben! Und wenigstens einmal in seinem Leben wäre er mutiger als seine Schwester. Während Virginie sich nicht traute aus der gewohnten Umgebung wegzugehen – noch nicht mal für ihre liebste Mama –, würde Bertie wie ein PIONIER ein neues Leben erobern. Ausführlich hatte Bertie sich ausgemalt, wie er abends mit Mama ALLEINE am Küchentisch sitzen und ihren leckersten Schokoladenpudding schlabbern würde. Wie er nicht mehr ständig alles teilen müsste, wie er alleine Geburtstag feiern könnte, wie es endlich mal NUR um ihn ginge, Bertie! Nicht immer um ihn und seine Zwillingsschwester zusammen. Virginie würde ihm nicht mehr ständig reinquatschen, wenn er versuchte, etwas am Essenstisch zu erzählen. Sie würde sich auch nicht mehr in Dinge einmischen, die sie nichts angingen.

Nur, wenn Bertie daran gedacht hatte, nicht mehr zusammen mit Papa zu leben, hatte es gezogen in seinem Bauch. Und gebrannt! Schließlich könnten sie aber skypen und telefonieren, mailen und simsen, hatte Bertie sich dann immer beruhigt. Und in den Ferien würden sie sich sehen! Wien–Berlin, mit dem Flugzeug ein Katzensprung.

Und jetzt? War alles anders, als Bertie es sich vorgestellt hatte: Zeit mit Agatha alleine verbrachte er so gut wie nie, weil Herbert ständig an ihr klebte – und sie an ihm! In Wien zu leben, war, als ob Bertie auf einen anderen Kontinent gezogen wäre, nicht in ein Nachbarland von Deutschland. So fremd und eigenartig und schwierig! Gar nicht wie ein Pionier fühlte Bertie sich, sondern wie ein kleiner, dummer Loser, der ständig alles falsch machte. Felix schrieb ihm fast nie Mails oder SMS, und mit ihm zu telefonieren, machte lange nicht so viel Spaß, wie Bertie gedacht hatte. Und Virginie? Virginie fehlte Bertie. Wenn er ehrlich war. Ganz tief innen drinnen, in der Seele! Oder wo es unter den Rippen, nahe am Herzen, Bertie manchmal so wehtat nachts. Wenn er nicht schlafen konnte.

Immer weiter lief Bertie durch die Straßen. Menschen drängten sich an ihm vorbei, Autos brausten die Straßen entlang. Alle paar Minuten hörte Bertie das Klappern von Pferden, die Kutschen durch die Straßen zogen. Sie wurden von Männern gelenkt, die sich in lange schwarze Mäntel gehüllt hatten und Zylinder auf dem Kopf trugen. Bertie hatte manchmal das Gefühl, er wäre mit einer Zeitmaschine zurück in die Vergangenheit gereist, wenn er durch die Wiener Altstadt lief. Dann stellte er sich vor, er wäre Kaiser Franz Joseph und würde *incognito* durch Wien spazieren, mit buschigen Koteletten, einer Pfeife im Mund und einem Spazierstock in der Hand. Wichtige Gedanken würde er sich machen, darüber zum Beispiel, ob er dem ungarischen Volk mehr Rechte geben sollte, oder wie er verhindern konnte, dass Preußen noch mächtiger wurde. Bertie stutzte. Wie war das damals noch mal genau mit Österreich und Ungarn: Warum hatte Ungarn in der Zeit überhaupt zu Österreich gehört? Sein Vater hatte ihm einmal davon erzählt, aber er konnte sich nicht mehr genau an die Geschichte erinnern. Bertie wollte darüber in seinem Lexikon nachlesen, abends, im Bett.

Allmählich lief Bertie langsamer und atmete ruhiger. Er stand jetzt mitten im Grünen vor einer riesigen Frau aus Eisen, die hoch oben auf einem Sockel thronte. In der linken Hand hielt sie ein Zepter und eine Papierrolle, und mit der rechten Hand schien sie zu gestikulieren oder auf etwas zu zeigen. Sie hatte lange geflochtene Haare und ein freundliches Gesicht. Jung sah die Frau aus! Nicht so blass und wabbelig mit weißen Pudellocken wie auf den Bildern, die Bertie sonst von Maria Theresia kannte. Das war sie nämlich, Kaiserin Maria Theresia! Eine der mächtigsten Herrscherinnen auf der Welt und die einzige Frau, die jemals an der Spitze des Hauses Habsburg gestanden hatte. Bertie wurde schwummerig im Bauch, während er zu der gewaltigen Steinfrau hochschaute.

»Ganz schön groß, was?«, fragte plötzlich eine Stimme hinter Bertie.

Er schreckte zusammen und drehte sich um. Da stand Herbert vor ihm, grinste und sagte: »Ich dachte, ich sehe mal nach dir.«

»Bist du mir den ganzen Weg bis hierher gefolgt?«, stieß Bertie hervor.

»Na, so weit ist es ja nun auch nicht, vom Café Gruber bis hierher.« Herbert grinste immer noch.

Bertie schnaufte und ließ sich wie ein nasser Sack auf den Rasen vor dem Denkmal fallen. »Was willst du?«

Herbert setzte sich neben ihn und hielt ihm ein hellgrünes Plätzchen hin. Es bestand aus zwei Biskuitdeckeln, die in der Mitte mit einer grasgrünen Creme gefüllt waren.

»Hier, probier mal, Makronen vom Café Gruber! Die ist mit Pistazien.«

Gierig stopfte Bertie die Süßigkeit in sich hinein. Er merkte nun deutlich, dass er nichts zu Mittag gegessen hatte. Knuspernd zerfloss der Zucker auf Berties Zunge. Es schmeckte intensiv nach Pistazie, nach Süßem und nach Weihnachtsplätzchen.

»Mh, gut!«, nuschelte Bertie, und dachte sehnsüchtig: Schmeckt nach mehr!

Als könnte er Berties Gedanken lesen, zog Herbert eine längliche Packung aus bunt bedruckter Pappe mit Goldband hervor.

»Sieben habe ich noch. Himbeere, Zitrone, Haselnuss, Schokolade, Cassis, Vanille und Karamell. Alle für dich.«

»Echt? Danke!« Bertie griff hastig nach der Packung, zögerte kurz und schob sich dann zuerst eine knallgelbe, dann eine dunkelbraune und als Letztes eine leuchtend violette Makrone in den Mund.

Er schmatzte genüsslich, leckte sich zwischendurch die Finger ab, sah in die Sonne. Herbert sah sich auf dem Platz um und schwieg.

»Besser?«, fragte er, als Bertie die vierte Makrone verschlungen hatte und erleichtert aufseufzte.

»Ja!«, lächelte Bertie. »Jetzt bräuchte ich noch etwas zu trinken, und dann könnte ich wieder so was wie gute Laune bekommen.«

Herbert nickte und zeigte auf ein palastartiges Gebäude, das auf der einen Seite von dem Denkmal stand.

»Da drüben ist das Naturhistorische Museum. Warst du da schon mal drin?«

»Nee!«, Bertie schüttelte den Kopf.

»Da gibt's eine Venus, die ist mehr als 25 000 Jahre alt, Dinosaurier, Gesteine, Meteoriten … Könnte dich interessieren.«

»Ja …«, zögerte Bertie. »Und?«

»Hast du Lust mit mir da reinzugehen? Ich war nicht mehr drinnen, seitdem ich elf war.«

»Ja …, wenn du meinst …« Bertie nickte vorsichtig.

Er wusste nicht, was er von Herberts Vorschlag halten sollte.

Wollte er wirklich stundenlang mit der Dumpfbacke durch Museumssäle laufen? Wahrscheinlich müsste Bertie ihm auch noch alles erklären, denn Herbert hatte bestimmt keine Ahnung von nix.

»Na dann, komm! Da gibt's auch eine Cafeteria und etwas zu trinken«, rief Herbert und sprang auf.

»Was, jetzt?!«, fragte Bertie erstaunt und blickte hoch zu Herbert.

»Ja, klar!«, lachte Herbert. »Wo wir schon mal da sind …«

»Und was ist mit Mama? Wir können sie doch nicht einfach so sitzen lassen, im Café …«

Bertie suchte fieberhaft nach Gründen, die es unmöglich machten, dass er gemeinsam mit Herbert ins Museum ginge. Wenn Würgi das erfahren würde, würde sie ihn als »Verräter« beschimpfen! Als Spalter und als Weichei. Bevor Bertie mit seiner Mutter nach Wien abgereist war, hatten sie sich hoch und heilig geschworen, dass sie niemals einen neuen Freund oder eine neue Freundin an der Seite ihrer Eltern akzeptieren würden. Würgi hatte dazu Berties Zimmer verdunkelt, eine Kerze angezündet und ein Blatt Papier auf Berties Schreibtisch gelegt, auf dem ihr Schwur stand. Sie hatte Bertie befohlen, ihn in seiner schönsten Schrift aufzuschreiben.

Hiermit schwören wir, Virginie und Bertie Auerbach, Kinder von Agatha und Felix Auerbach, feierlich, dass wir niemals neue Partner an der Seite unserer Eltern akzeptieren werden. Mama gehört zu Papa, und Papa gehört zu Mama, und wenn sie schon nicht zusammen leben,

dann sollen sie doch wenigstens nicht mit einer anderen Frau oder einem anderen Mann zusammen leben.
Wir werden alles in unserer Kraft Stehende dafür tun, dass es niemals so weit kommen wird.
Dazu gehören folgende Verhaltensweisen gegenüber potenziellen Kandidaten:
– Unfreundlich, aber nicht unhöflich sein.
– So wenig wie möglich sprechen.
– Schlechte Laune verbreiten, wann immer es geht.
– Eine Liste mit den schlechten Eigenschaften der neuen Frau/des neuen Mannes anfertigen und diese heimlich Mama bzw. Papa zukommen lassen.
– Möglichst oft von der schönen vergangenen Zeit sprechen und gute Eigenschaften des abwesenden Elternteils erwähnen.
Bei Zuwiderhandlung droht die Strafe der Exklusion!

gez. Virginie und Bertie Auerbach, Berlin, den 31. Juli

Bertie hatte den Schwur zuerst albern gefunden. Aber es hatte ihm Spaß gemacht, ihn aufzuschreiben, vor allem solche Begriffe wie »potenziell« und »Exklusion«. Die seine Schwester nicht verstand! Als Virginie Bertie dazu aufgefordert hatte, sich mit einem Küchenmesser in den Daumen zu ritzen und ihn gegen ihren zu drücken, war Bertie ein Schauer über den Rücken gelaufen, und er hatte sich feierlich und wichtig gefühlt. Beide hatten sie danach ihre Daumen mit dem vermischten Zwillingsblut auf das Papier gedrückt, und Virginie hatte den Schwur in ihrem Nachttisch versteckt.

Aber jetzt war Bertie alleine in Wien, er hatte Durst, und das Naturhistorische Museum war bestimmt spannend! Außerdem hatte Herbert ihm gerade acht Makronen geschenkt.

»Ich rufe sie an und frage sie«, sagte Herbert und begann, in sein Handy zu tippen.

Bertie schreckte aus seinen Gedanken auf. »Was?«

»Deine Mutter! Ich sagte, ich rufe Agatha an und frage sie, ob es o. k. ist, wenn wir gemeinsam ins Museum gehen. Sie hat bestimmt nichts dagegen. Dann kann sie in Ruhe Zeitschriften lesen und Tee trinken.«

Herbert drehte sich um und entfernte sich ein paar Schritte. Bertie sah, wie er kurz ins Handy sprach, dann kam er wieder auf Bertie zu. »Geht klar! Also los?«

»Geht klar? Einfach so?«, fragte Bertie verdutzt.

»Einfach so!«, lachte Herbert.

»Also gut …, dann … los!«, antwortete Bertie noch ein bisschen zögerlich und stand dann auf.

Würgi, vergib mir, ich hatte keine Wahl!, murmelte er innerlich, während er neben Herbert zum Eingang des Museums schlurfte. Du weißt nicht, wie anstrengend es ist, immer schlechte Laune zu verbreiten! Ich will das nicht mehr. Papa hat ja schließlich keine neue Freundin, DU musst nicht immer böse sein …

Bertie brauchte außerdem nicht besonders freundlich zu Herbert sein! Er konnte sich auch einfach das Museum anschauen und so tun, als wäre Herbert nicht da, nahm Bertie sich vor, während Herbert die Eingangstür zu dem Museum aufstieß.

Virginie, Berlin, 22.10., 18.03 Uhr, Eisstadion Berlin-Mitte

> Vielleicht könnt ihr zusammen im Zirkus auftreten?! Meister Yoda Nr. 2 und der Mann mit der widerlichsten Zunge der Welt ;-) Ich trainiere und hab riesigen Spaß, alleine … ☹ V.

So weit war es schon mit Virginie gekommen: Sogar am Sonntag trainierte sie! Freiwillig. Das war besser, als zu Hause zu sitzen und traurig zu sein. Außerdem musste sie so nicht die schlechte Laune von ihrem Vater ertragen. Und ihre überflüssigen 1,5 Kilogramm hatte sie auch immer noch nicht wegtrainiert! Die waren verdammt hartnäckig.

Virginie wischte sich den Schweiß von der Stirn, las, was sie ins Handy getippt hatte, und lächelte. Sie wollte Bertie aufheitern! Es musste ihm ziemlich schlecht gehen, wenn er ihr freiwillig schrieb, ohne dass sie sich vorher bei ihm gemeldet hätte. »Wir sind zusammen im Kaffeehaus …« – das hörte sich wirklich nach richtig viel »Spaß« an! Virginie kicherte. Dann zog sie ihre verschwitzten Trainingskleider aus und stellte sich unter die Dusche. Kochend heißes Wasser ließ sie sich über den Kopf und den Körper laufen. Sofort bedeckten rote Flecken Virginies ganzen Körper. Sie seufzte unwillkürlich. Das fühlte sich gut an! Virginie liebte das: wenn sie hart trainiert hatte, ihr alles wehtat, jeder Muskel und jede Sehne, und sie sich endlich unter der Dusche entspannen konnte. Eingehüllt und beschützt von einem dampfenden Wasserfall. Das war ein bisschen wie von-Mama-als-kleines-Päckchen-eng-in-die-Decke-eingewickelt-werden, früher, vorm Einschlafen. Virginie schloss die Augen und summte leise vor sich hin, Herbert Grönemeyer, *Bleibt alles anders*. Dass sie Grönemeyers Songs mochte, durfte Virginie niemandem verraten. Nicht mal Möppi! Viel zu uncool ... Aber wenn Virginie alleine war, in ihrem Zimmer oder in der Dusche, und wenn Bertie, die Pest, auch ganz bestimmt nicht lauschte, stellte sie Grönemeyers Musik laut an und sang mit. *Zum Meer*, *Der Weg*, *Land unter* ... Das waren richtig schön traurige Trostlieder. Wie Hähnchen süßsauer!

Als Virginie die Umkleidekabine verließ und mit ihrer Sporttasche zum Ausgang des Stadions lief, hörte sie ein Knarren. Virginie schrak kurz zusammen. Weit vorne, am Ausgang, erkannte sie die Umrisse eines Menschen. Es sah so aus, als ob er sitzen würde, an der Ausgangstür. Wer war jetzt noch da, am Sonntagabend? Virginie hatte gedacht, sie wäre heute die Letzte beim Training. Unruhig ließ sie die Augen umherschweifen. Gab es einen anderen Ausgang in der Nähe? Wenn sie jetzt umdrehen würde, würde der Mensch an der Tür merken, dass sie Angst hätte. Virginie atmete tief ein und setzte langsam einen Fuß vor den anderen. Es gab keine Hilfe; sie musste weitergehen. Virginie biss sich auf die Zunge. Das war besser als schreien oder weinen! Langsam kam sie der Tür näher. Ein Windstoß fauchte durch den Gang und die Eingangstür schlug krachend auf. Virginie hielt die Luft an.

»Es hat geschneit«, sprach eine tiefe, verrauchte Stimme. »Im Oktober. Seltsam!«

Durch die geöffnete Tür konnte Virginie den Park vor dem

Eisstadion erkennen. Der Schneestaub hatte die Wiesen und Bäume in eine fremde Märchenlandschaft verwandelt. Es war, als hätte jemand eine riesige Packung Puderzucker über der Stadt ausgeschüttet. Die Luft roch nach Frost und Weihnachten. Virginie saugte sie ein und spürte, wie ihr Herz hart gegen die Rippen klopfte.

»Wer sind Sie?«, fragte sie mit zitternder Stimme.

Der Schatten erhob sich umständlich vom Stuhl, stöhnte dabei leise, und näherte sich Virginie.

»Darf ich mich vorstellen? Lotta van der Meer. Freundin der schönen Künste. Und wer bist du?«

»Ich?« Virginies Stimme zitterte immer noch.

Im dünnen Licht der Straßenlaternen, das durch die Eingangstür in das Eisstadion hineinleuchtete, erkannte sie eine zierliche Dame, die ungefähr so groß wie Virginie selbst war. Sie trug eine schwarze Marlene-Hose, einen dicken schwarzen Rollkragenpullover und einen langen schwarzen Wollmantel. Um den Hals hatte sie einen rubinroten Schal gewickelt, und auf ihrem Kopf saß ein eleganter Hut in dem gleichen Rot. An den Händen trug die Frau rote Fingerhandschuhe aus Leder. Ihr Gesicht war sorgfältig geschminkt, mit hellem Make-up, grüngoldenem Lidschatten und rotem Lippenstift. Die Frau hielt eine altmodische Zigarettenspitze in der Hand, an der sie ab und zu zog. Sie betrachtete Virginie amüsiert.

»Ja, du. Ich habe dir beim Training zugesehen. Nicht schlecht! Aber an deinem Ausdruck musst du noch arbeiten …«

»Danke«, antwortete Virginie verdattert. »Virginie heiße ich.«

»Virginie?! Ein ausgefallener Name. Kommen deine Eltern aus Frankreich?«

»Nein. Aber meine Mutter mag komische Namen.«

Die Dame lächelte und zog noch einmal an ihrer Zigarette.

»Was ist? Wollen wir noch lange hier stehen?«

»Nein, äh«, stotterte Virginie, »ich wollte gerade nach Hause gehen.«

Sie blickte die alte Frau fragend an: »Und Sie? Was machen Sie überhaupt hier?«

»Was ich hier ›überhaupt‹ mache? Na, junges Frollein, ein bisschen mehr Höflichkeit wäre wohl angebracht!«

Die Dame schüttelte tadelnd den Kopf.

»Äh, Entschuldigung! So meinte ich das nicht …, ich dachte nur …«, stammelte Virginie. Sie hatte sich in eine kleine Puppe verwandelt, seitdem sie mit der Frau sprach.

»Ich sehe gerne beim Eistanzen zu«, fuhr Lotta van der Meer fort. »Meine Mutter war früher Eistänzerin. Keine sehr erfolgreiche, aber eine begeisterte. Sie hat mich als kleines Kind manchmal mitgenommen zum Training. Ich liebe die Atmosphäre! Das Knirschen des Eises, wenn die Kufen darüberschleifen, die Musik, die tanzenden Körper, die glitzernden Kostüme … Andere alte Menschen gehen in den Zoo. Ich gehe ins Eisstadion.«

Bei ihren letzten Worten hatten die Augen der Frau angefangen zu blitzen, und ihre Wangen hatten sich unter der dicken Make-up-Schicht gerötet.

Virginie stammelte verwirrt: »Ach so …«

Mit einem ironischen Lächeln auf den Lippen schnippte Lotta

van der Meer den aufgerauchten Zigarettenstummel auf den Boden, packte ihre Zigarettenspitze in eine kleine schwarze Handtasche, die sie über der Schulter trug, und drehte sich um. Dann ging sie humpelnd nach draußen, ohne sich noch einmal nach Virginie umzusehen. Erst jetzt sah Virginie, dass sie sich auf einen Gehstock aus dunklem Holz stützte.

Virginie stand wie versteinert da. Dann gab sie sich einen Ruck und rannte der alten Dame hinterher.

»Halt! Warten Sie!«

Heftig atmend stellte sie sich vor die Frau. »Was meinen Sie damit, an meinem Ausdruck muss ich noch arbeiten?«

Lotta van der Meer hob ihren Kopf und blickte Virginie nachdenklich an.

»Das interessiert dich?!«

»Natürlich! Also, was meinen Sie damit?«

Virginie knetete nervös ihre Finger.

»Das kann ich dir nicht in zwei Sätzen erklären. Aber wenn es dich wirklich interessiert, komm mich besuchen. Dann sprechen wir darüber. Und ich zeig dir was.«

Die alte Dame öffnete ihre Handtasche, kramte darin herum und zog eine Visitenkarte hervor, die aus cremefarbenem feinen Papier gefertigt war. Darauf stand in goldenen Buchstaben geschrieben:

Lotta van der Meer
Lebenskünstlerin und Beraterin
Am kleinen Wannsee 17a
14109 Berlin
Tel.: 0049/30/834 56 70

»Am kleinen Wannsee wohnen Sie? Und dann kommen Sie bis hierher, um beim Eistanzen zuzukucken?«, rief Virginie erstaunt aus.

»Mein Vater ist im Altersheim gleich um die Ecke. Ich besuche ihn zweimal in der Woche nachmittags. Manchmal mache ich dann einen Abstecher ins Eisstadion. Reicht das als Erklärung?« Die alte Dame sah Virginie amüsiert an.

»Äh, ja, natürlich«, stammelte Virginie wieder. »Danke! Ich meine, für die Karte …«

»Gerne!« Lotta van der Meer warf ihren Schal über die rechte Schulter. »Meine Schokoladenbirnentorte ist deliziös! Wenn du mich vorher anrufst, backe ich dir eine.«

Ohne Virginies Antwort abzuwarten, verschwand die alte Dame im schimmernden Weißdunkel des Abends.

Bertie, Wien, 28.10., 7.22 Uhr, Stanislaus-Park

Bertie schlurfte durch den Stanislaus-Park, den Kopf nach vorne gebeugt. Es war zu früh, um in die Schule zu gehen, aber er hatte keine Lust mehr gehabt, zusammen mit seiner Mutter und Herbert am Frühstückstisch zu sitzen und ihnen dabei zuzuhören, wie sie über die besten Dehnungsübungen für die Schulterpartie diskutierten. Seitdem sie zusammen im Naturkundemuseum gewesen waren, verstanden Herbert und Bertie sich zwar etwas besser, aber seine Mutter und Herbert im Doppelpack waren immer noch anstrengend! Außerdem ging es Bertie auf den Wecker, dass sich bei den beiden immer alles um Sport drehte. Bertie vermisste seine Gespräche mit Papa! In seinem Bauch zog es.

Draußen war es kalt und dunkel. Bertie zog seine Jackenärmel über die Hände und kniff die Augen zusammen, bis er fast nichts mehr sah. Herbstblätter lagen auf den Wiesen und Wegen, bunte Papierfetzen. Ihre Farben vermischten sich zu gelb-rot-orangenen Strudeln in Berties Kopf. Leise murmelte er vor sich hin, mit gepresster Stimme: »Das du mir büßen wirst, Gauner, elender!«

Dann lachte er kurz auf. Seine Stimme klang jetzt tief und voll. »Das werden wir ja sehen, du Zwerg. Ich harre der Dinge, die da kommen.«

»Dich nicht zu früh freue. Wenn erfährt der Rat der Weisen, was planst du, es um dich geschehen ist«, antwortete nun wieder der Erste aufgeregt.

»Bis dahin bist du längst tot! Mausetot. Und ich habe Coruscant mit dem Todesstern zerstört, ha, ha, ha!«, rief daraufhin der Zweite mit seiner dunklen Stimme lachend aus.

Bertie sprach manchmal mit sich selbst, ohne es zu merken. Wenn er spürte, dass fremde Menschen ihn seltsam ansahen oder über ihn lächelten, lief Bertie jedes Mal puterrot an und tat so, als hätte er in sein iPhone gesprochen, nicht mit sich selbst. Seit einiger Zeit lief er deshalb immer mit einem Ohrstöpsel im Ohr herum. Niemand sollte wissen, dass er Selbstgespräche führte! Dass er sich Reden ausdachte, die er als künftiger Fußballtrainer der deutschen Nationalmannschaft halten würde. Oder Dankesworte anlässlich der Verleihung des Nobelpreises für Chemie an ihn, Doktor Professor Bertie Auerbach, Erfinder des Auerbach-Kraftstoffs, einer preiswerten und umweltfreundlichen Alternative zu Benzin.

Manchmal stellte sich Bertie auch Dialoge vor und spielte sie, zwischen Kanzler Palpatine und Yoda zum Beispiel, wie gerade eben. Dafür war er eigentlich schon viel zu alt! Niemand durfte das wissen, noch nicht mal Jochen. Bertie seufzte leise und blickte in den morgendlichen Milchnebel. Jochen war drei Jahre älter als Bertie und ein »komischer Vogel«, sagte Würgi. Er trug karierte Stoffhosen, Hemden und Pullunder, so 'nen hässlichen Kram. Aber das war Jochen egal! Er las genauso gerne wie Bertie, war auch im Zauberwürfel-Klub Berlin-Mitte und war unschlagbar witzig! Bertie seufzte noch einmal, als er daran dachte, wie Jochen und er sich immer bepisst hatten vor Lachen, hingefläzt auf die Sitzsäcke in Jochens Zimmer. Mit wem Jochen wohl jetzt zusammen Comics las und Mastermind spielte? Bertie hatte schon länger nichts mehr von ihm gehört.

Schnell versenkte Bertie sich wieder in seine Star-Wars-Welt. Er hob die Hände und durchschnitt die kalte Luft mit wellenartigen Bewegungen. Dabei tänzelte Bertie hin- und her. Er spielte einen Kampf mit einem nicht vorhandenen Lichtschwert nach. Bertie bewegte sich immer wilder, und sein prall gefüllter Rucksack schlug bei jedem Sprung hart gegen den Rücken.

Plötzlich knallte es laut und pfeifend vor Berties Füßen. Bertie schreckte auf und riss den Kopf nach oben. Vor ihm standen Theo und Raphael aus der 6a. Die Angeber-Type und das verfettete Rumpelstilzchen.

»Da ist ja unser Gipfelstürmer!«, sagte Theo und grinste breit. »Na, hast du dich wieder erholt? Sah echt lustig aus, wie du den Berg runtergekugelt bist.« Theo kicherte und sah dabei verschwörerisch zu Raphael.

Der brach in wieherndes Gelächter aus.

»Tja, wie du siehst«, murmelte Bertie.

Dann blickte er Theo herausfordernd in die Augen.

»Freut mich, dass es dir Spaß gemacht hat!«

Jetzt bloß nicht rot werden! NICHT ROT WERDEN, dachte Bertie, aber es war schon zu spät. Er fühlte, wie sein Kopf langsam heiß wurde, immer heißer, wie eine Backkartoffel, die ins Feuer gefallen ist.

»Tja, das hat es. Aber so richtig!« Theo haute Bertie kumpelhaft auf die Schulter. »Sag mal, hast du gestern zu viel Ketchup gegessen, oder warum bist du auf einmal so rot im Gesicht?«, witzelte er weiter.

Wahrscheinlich wurde Bertie jetzt noch röter im Gesicht, falls das überhaupt noch möglich war. »Nö, so sehe ich immer aus.

Ist dir das noch nicht aufgefallen? Ich bin nämlich so 'ne Art Albino. Nur in rot.«

»Ha!«, rief Theo aus.

Raphael wippte auf seinen Füßen hin und her und ließ seine Augen langsam an Bertie von oben nach unten wandern. Von unten nach oben, von oben nach unten. Immer wieder. Dabei warf er ab und zu eine schnalzende Knallerbse auf den Boden, direkt vor Bertie. Bertie musste jedes Mal aufpassen, dass er nicht zusammenzuckte.

»Sag mal, du kommst doch aus Berlin, oder?«, fragte Theo wieder, neugierig.

»Kann sein«, erwiderte Bertie schlecht gelaunt.

Er hatte keine Lust, seine Lebensgeschichte vor den beiden auszubreiten. Er wollte einfach nur seine Ruhe haben, ein bisschen noch, bevor die Schule begann, und er sich langweilen musste, Stunde um Stunde. Den Blick verfangen in den Bäumen.

»Redest du oft mit dir selber?« Theo zwinkerte Raphael zu.

Also hatten sie ihn schon länger beobachtet, die beiden Idioten! Bertie wurde heiß vor Scham, und er lief wieder rot an.

»Mmh …, äh …«, stotterte er.

»Mann, der ist doch deppert, Theo. Lass uns abhauen!«, sagte das Rumpelstilzchen verächtlich und zog seinen Nasenschleim hoch.

Selber deppert!, dachte Bertie. Was für ein bekloptes Wort. Genauso ätzend wie Marille anstatt Aprikose, Erdäpfel für Kartoffeln, Sackerl für Tüte.

»Na los, mach, was Sabber-Heini sagt!«, sagte Bertie zu Theo und starrte ihm dabei unverwandt in die Augen.

Grün mit gelben Sprenkeln waren die. Sie sahen aus wie Königsmurmeln. Früher war das Berties Lieblingssorte gewesen.

»Was hast du gesagt?! Wie hast du mich genannt? Hast du das gehört, Theo? Sag das noch einmal, und du hast ein Problem!«, schrie Raphael Bertie ins Gesicht.

Dabei hüpfte er mit gehobenen Fäusten vor Bertie herum und tat so, als würde er gleich zuschlagen. Bertie wurde weich in den Knien. Raphael war mindestens einen Kopf größer als er. Theo sogar zwei! Bertie verabscheute es, sich zu prügeln. Alles wurde dabei dreckig, man wälzte sich auf dem Boden rum, haute und kratzte sich blutig. Danach tat alles weh. Meistens verlor Bertie sowieso! Also, fast immer. Eigentlich immer.

Theo stand schweigend da und lächelte seltsam. Bertie fror, und sein rechtes Auge zuckte. Immer wieder. Das war einer seiner lästigen Ticks, die er nicht unter Kontrolle hatte. Berties Gesichtszüge und Arme machten manchmal einfach, was sie wollten. Dann wurde sein Gesicht für den Bruchteil einer Sekunde zu einer Grimasse. Oder seine Schultern zogen sich krampfartig nach oben und wieder nach unten, im schnellen Wechsel.

»Soll ich zuschlagen, Theo? Soll ich?« Raphael war puterrot angelaufen und kam Bertie immer näher.

Theo sagte immer noch nichts.

»Brauchst du dazu die Erlaubnis von deinem Boss, ja?«, fragte Bertie.

Wie in Zeitlupe, so schien es Bertie, hob Raphael daraufhin seine Faust, und Bertie fühlte schon, wie sie sich in sein Gesicht wühlte. Instinktiv schloss er die Augen. Da hörte er eine laute Stimme:

»Hey, was soll das?! Lasst Bertie in Ruhe, klar?«

Bertie öffnete vorsichtig seine Augen und erblickte vor sich Christoph, der Raphaels Arme im Polizeigriff auf seinem Rücken gekreuzt festhielt.

»Hey, Chris, war doch nur Spaß! Reg dich nicht gleich so auf.«

Theo wirkte wie geschrumpft, einen Kopf kleiner. Er war blass im Gesicht, und seine Stimme zitterte.

»War das nur Spaß, Bertie? Was meinst du?«, fragte Christoph Bertie und sah Theo und Raphael drohend an.

Immer noch ließ er die Arme von Raphael nicht los. Christophs Finger waren blass vor gestautem Blut, und seine Oberarme sahen prall und geschwollen aus. Als ob zwei Miniberge auf ihnen gewachsen wären! Ansonsten war Christoph aber keine Anstrengung anzumerken. Bertie hielt kurz die Luft an und pfiff sie dann leise zischend durch die Zähne wieder aus.

»Lass mich los, Christoph, bitte!«, Raphael stöhnte leise.

»Bertie, ich frage dich noch mal: War das Spaß, ja oder nein?«, fragte Christoph wieder.

»Ja!«, murmelte Bertie, »war Spaß!«

»Na dann …« Christoph sah Theo und Raphael misstrauisch an.

Theo verzog sein Gesicht zu einer künstlichen Grinse-Grimasse, und Raphael jammerte leise herum:

»Nun mach schon, Christoph, bitte!«

Langsam lockerte Christoph seinen Griff. Raphael seufzte erleichtert und rieb sich seine Handgelenke.

»Endlich!«, seufzte er, und Theo streckte seinen Daumen

hoch wie ein Fußballtrainer, dessen Mannschaft gerade ein Tor geschossen hatte. »Top-Entscheidung, Christoph!«

Theo wandte sich zu Raphael. »Komm Raphi, wir hauen ab. Du weißt doch: Die Gruber will, dass wir immer schon Viertel vor da sind.«

Theo zwinkerte Raphael dabei so übertrieben zu, dass es aussah, als wäre ihm eine Mutanten-Fliege ins Auge geflogen. Der letzte Vollidiot hätte gemerkt, dass Theo sich das mit der Viertelstunde gerade ausgedacht hatte! Aber Bertie und Christoph taten so, als glaubten sie ihm.

»Ciao! Und bis bald!«, Theo grinste vielsagend.

Dann zogen die beiden ab.

Christoph rief ihnen noch schnell hinterher:

»Wenn ihr noch mal Spaß mit Bertie macht, kommt ihr nicht so einfach davon. Ist das klar?!«

Aber Theo und Raphael waren schon längst hinter der nächsten Ecke verschwunden.

»Denen hast du's ja … ähm … gezeigt …«, stotterte Bertie verlegen. »Danke.«

Christoph grinste. »Kein Ding!«

»Gehen wir jetzt endlich?«, fragte da eine helle Stimme ungeduldig.

Bertie und Christoph drehten sich um. Marie-Prinzessin-Viktoria stand hinter ihnen. Sie trug eine rote Regenjacke, die ihr ein bisschen zu groß war, und eine Marienkäfer-Spange im Haar.

»Äh, klar, Marie! Ich musste nur kurz was regeln«, antwortete Christoph und strich dem Mädchen über die Haare.

»Hast du dem Buben wehgetan?«, fragte Marie leise.

Sie hatte eine Mega-Rotznase, bemerkte Bertie beeindruckt. Der gelb-grüne Schleim schmierte schon fast bis zu ihrer Unterlippe. Vorsichtig leckte Marie mit ihrer kleinen rosa Zunge daran und sah Christoph dabei tadelnd in die Augen.

»Quatsch! Ich habe ihm nur meine Meinung gesagt«, antwortete Christoph lachend.

»Kommt ihr jetzt mit oder nicht?«

Maries Schokoladenaugen bohrten sich in Berties Gesicht.

»Ähm … wohin denn?«, fragte er überrascht.

»Na, zum Kindergarten! Da bringt mich jetzt der Christoph hin. Danach könnt ihr zusammen zur Schule gehen. Jetzt komm schon!« Energisch ergriff Marie Berties Hand.

Ihre fühlte sich verklebt an. Und weich.

Virginie, Berlin, 29.10., 9.45 Uhr, Marika-Kilius-Sportgymnasium, Pausenhof

Ich habe eine Lebenskünstlerin kennengelernt. Und du so?

Bertie, Wien, 29.10., 14.53 Uhr, Küche

Ich esse Knödel mit Ei.

Virginie, Berlin, 29.10., 14.59 Uhr, S-Bahn

Dit is ja der helle Wahnsinn! ;-) Und sonst so?

Bertie, Wien, 29.10., 20.32 Uhr, vor dem Fernseher

Sonst so?

Virginie, Berlin, 29.10., 21.07 Uhr, am Schreibtisch

Mann, du Vogel, stell dich nicht so doof! Wie geht's dir? Was machst du so? Hast du dich schon an den Typen gerächt, die dich den Berg runtergeschubst haben?

Bertie, Wien, 31.10., 22.18 Uhr, Bett

Nö! Aber dafür hab ich einen neuen Freund. Glaube ich.

Virginie, Berlin, 31.10., 22.24 Uhr, Bett

Och, süß! Freut mich für dich. ☺ Sleep well …

Bertie, 31.10., 22.29 Uhr, Bett

… in your Bettgestell! ☺ P.S. Dass du diese Babysprüche immer noch draufhast …!

Virginie, Berlin, 31.10., 22.30 Uhr, Bett

Tja so bin ich ebend! ☺ Küsschen

Bertie, 31.10., 22.42 Uhr, Bett

Lieber nicht! ;-)

B.

Bertie und Agatha, Wien / Virginie und Felix, Berlin, 31.10., 19.33 Uhr, am Telefon

Als das Telefon bei Agatha, Herbert und Bertie in Wien klingelt, rennt Agatha aufgeregt zum Telefon und will abheben. Aber Bertie kommt ihr zuvor.

Bertie: Bertold Auerbach?

Felix: Hallo, mein Sohn!

Bertie *ruft aufgeregt aus*: Hallo Papa! Hey, wie geht's?

Felix: Deine Mutter wollte, dass wir skypen. Aber mir ist Telefonieren lieber. Du weißt, wie ich bin …

Bertie *lacht*: Ja!

Felix: Wie geht es dir, Bertie? Ich habe gehört, du hattest einen Unfall?

Agatha hat bis jetzt neben Bertie gestanden und zugehört. Plötzlich gibt sie sich einen Ruck, geht ins Wohnzimmer und setzt sich neben Herbert auf das Sofa. Agatha knetet nervös ihre Hände. Auf ihrem Gesicht und Hals erscheinen rote Flecken.

Bertie *sieht seiner Mutter nach*: Ähm, wieso? Wer hat dir das erzählt? Virginie?

Felix: Nein. Deine Mutter.

Bertie *blickt sich schnell nach seiner Mutter im Wohnzimmer um*: Wieso Mama? Ich denke, ihr sprecht nicht miteinander?!

Agatha zeigt keine Regung und schaut konzentriert auf den Fernseher.

Felix: Haben wir auch nicht!

Bertie: Aber?

Felix: Na ja, wir haben uns manchmal gemailt, kurz.

Bertie: Ach so …

Felix: Also, was ist passiert, Bertie? Erzähl!

Bertie *lacht verlegen*: Nichts Schlimmes, Papa! Ich bin nur ausgerutscht, auf dem Traxl-Berg. Ist aber nix passiert, hatte nur nen paar kleine Schürfwunden!

Felix *lacht auch*: Na dann …

Der Vater wird wieder ernst: Hör zu, Bertie, wenn du Probleme hast, sagst du mir Bescheid, ja? Ich bin immer noch dein Papa, auch wenn wir nicht mehr zusammen wohnen. Und ich bin immer für dich da, wenn du mich brauchst! Ist das klar?

Bertie *lacht kurz trocken auf*: Ja, klar! Und wenn ich mal Prügel bekomme oder so, dann setzt du dich in den Flieger und bist in null Komma nix bei mir, um mich zu verteidigen, stimmt's?

Beide schweigen.

Felix *räuspert sich:* So einfach ist das leider nicht … Aber ich werde mein Bestes tun, für dich, immer! Das weißt du, oder?

Bertie *murmelt:* Na ja …

Wieder schweigen beide.

Felix: Hast du Angst, Prügel zu bekommen? Gibt es jemanden, der dich bedroht?

Bertie *stöhnt genervt*: Nein, Papa! War nur 'nen Beispiel, hab nicht groß drüber nachgedacht, als ich's gesagt habe.

Felix *atmet erleichtert auf*: Gut!

Beide schweigen.

Felix: Sag mal, ist deine Mutter da?

Bertie: Ja. Sie sitzt im Wohnzimmer und sieht fern. Willst du sie sprechen?

Felix *antwortet schnell*: Nein! Ich meine, später, vielleicht.

Beide schweigen.

Felix: Und sonst so? Wie geht's dir? Vielen Dank übrigens für deine Karte!

Bertie: Bitte! Danke auch, für deinen Brief.

Felix *lächelt*: Gerne, mein Sohn!

Bertie *druckst herum und fragt dann schüchtern*: Papa?

Felix: Ja?

Bertie: Wann sehen wir uns wieder? Kommst du mich mal besuchen?

Felix *zögert*: Bertie …

Bertie: Bitte, Papa!

Felix: Bertie, du weißt, dass das nicht so einfach ist. Ich muss arbeiten!

Bertie *unterbricht seinen Vater aufgeregt*: Aber du könntest übers Wochenende kommen. Du kannst in meinem Zimmer schlafen. Oder in einem Hotel. Bitte, Papa! Ich möchte dir so gerne meine Schule zeigen und mein Zimmer und den Prater. Bitte!

Felix schweigt. Dann hört man ein leises Schnäuzen.

Bertie: Papa?

Felix: Ich überleg's mir. Ja, Bertie?

Bertie *murmelt enttäuscht*: O.k., Papa …

Felix: Ich überleg's mir, wirklich! Versprochen, Bertie!

Bertie: Gut.

Beide schweigen.

Nach einer Weile beginnt Felix wieder zu sprechen. Er gibt sich Mühe, gut gelaunt zu klingen: Ich gehe jetzt Badminton spielen, einmal die Woche.

Bertie *erwidert teilnahmslos*: Aha …

Felix: Da kommst du mal mit, wenn du mich in Berlin besuchst, o. k.?

Bertie: Wenn du meinst …

Pause.

Felix: Was machen deine Zauberwürfelkünste?

Bertie *murmelt widerwillig*: Neulich habe ich's in acht Minuten und 53 Sekunden geschafft …

Felix *ruft begeistert aus*: Wirklich? Das ist ja großartig! Glückwunsch! Da kannst du auch bald ein Video von dir auf YouTube stellen …

Bertie *brummt*: Vielleicht …

Wieder schweigen beide.

Bertie: Du, Papa, ich gebe dir jetzt mal Mama. Okay?

Felix antwortet nicht.

Bertie: Papa?

Felix: Ja … Gut, Bertie. Mach's gut! Und pass auf dich auf!

Bertie *antwortet erleichtert*: Mache ich. Du auch!

Beide schweigen.

Bertie *spricht wieder fröhlicher*: Pass auf, Papa, wahr oder unwahr: Bei Temperaturen unter +10 °C bekommen die Schüler der Grundschulen und der Hauptschulen in Vietnam Kältefrei.

Felix *muss lachen*: So ein Quatsch, Bertie! Das glaube ich nicht.

Bertie *kichert triumphierend*: Stimmt aber!

Felix: Nein!

Bertie: Doch! Kannste googeln.

Felix *schmunzelt*: Das mache ich, darauf kannst du wetten! Und jetzt kommt meine Frage: Eine Suchanfrage bei Google verbraucht genauso viel Strom wie eine Energiesparlampe benötigt, um eine Stunde lang zu leuchten. Wahr oder unwahr?

Bertie *denkt nach*: Mmh … Könnte sein …

Felix: Beweg's in deinem Herzen, mein Sohn!

Bertie *lacht*: Mache ich.

Beide schweigen.

Bertie: Jetzt hole ich Mama, ja?

Felix: Ja, mach das.

Bertie *flüstert*: Ich hab dich lieb! *und knallt den Hörer auf den kleinen Holztisch, auf dem das Telefon steht, ohne abzuwarten, was sein Vater antwortet. Dann rennt er ins Wohnzimmer und ruft:* Mama, Papa will dich sprechen.

Parallel dazu hört man, wie Felix ins Telefon flüstert: Ich dich auch, Bertie.

Felix hört eilige Schritte und wie jemand den Hörer aufnimmt.

Agatha: Felix?

Felix: Ja?

Agathas *Stimme zittert*: Bist du's, Felix?

Felix *antwortet*: Hallo Agatha.

Agatha: Hallo Felix!

Beide schweigen.

Agatha *fragt schüchtern*: Ähm … würde es dir etwas ausmachen, wenn ich zuerst mit Virginie spreche? Ich habe ihre Stimme so lange nicht gehört …

Felix *antwortet*: Ja, natürlich, kein Problem. *Er ruft*: Virginie! Virginiiiiiieeeee!

Agatha atmet schnell und laut.

Felix: Einen Moment, Agatha. Virginie antwortet nicht. Sie ist in ihrem Zimmer. Ich gehe sie holen.

Agatha: Ja, gut. Danke, Felix!

Agatha hört, wie Felix' Schritte sich entfernen, dann Stimmengemurmel. Plötzlich erhebt sich Felix' Stimme: Ich habe genug von deinem präpubertären Gezicke, Virginie! Du gehst jetzt sofort ans Telefon und sagst deiner Mutter »Hallo!« Verstanden?!

Virginie *stampft leise vor sich hinschimpfend zum Telefon und faucht ins Telefon:* Was is'?

Agatha: Hallo, Virginie!

Virginie: Was willst du?

Agatha: Mit dir sprechen!

Virginie: Ich aber nicht mit dir.

Agatha: Bitte, Virginie.

Virginie *schweigt.*

Agatha: Bitte!

Beide schweigen. Dann beginnt Virginie, widerwillig zu sprechen: Also gut, was willst du wissen?

Agatha: Wie es dir geht!

Virginie *antwortet gelangweilt:* Gut …

Agatha: Ja?!

Virginie: Ja, stell dir vor!

Agatha: Das freut mich!

Virginie: Is' klar …

Agatha: Was meinst du damit?

Virginie *stöhnt genervt:* Ach nix …

Agatha seufzt.

Beide schweigen.

Agatha: Was macht das Training?

Virginie: Alles gut! Manne ist zufrieden mit mir. Nur habe ich leider ein bisschen zugenommen …

Agatha: Ach, das macht doch nichts! Du bist doch so schön schlank!

Virginie *freut sich über die Worte ihrer Mutter und erwidert ein bisschen weicher*: Nicht so wie du!

Agatha *ruft empört aus*: Natürlich!

Virginie widerspricht: Nein … *Ihre Stimme zittert leicht*. Es kocht halt keiner mehr zu Hause …

Agatha: Wieso? Kocht Papa nicht?

Virginie *antwortet ironisch*: Doch, klar! Spiegelei, Nudeln mit Ketchup, Spiegelei, Nudeln mit Ketchup …

Agatha *lacht*: Das ist natürlich nicht ganz das Richtige für die schlanke Linie!

Virginie *lacht auch*: Sag ich ja!

Agatha: Wenn du nach Wien kommst, mache ich dir mein Frühlings-Risotto mit Safran und Zuckerschoten, so wie du es magst. Ja?!

Virginie *murmelt traurig*: Ja …

Beide schweigen für einen Moment.

Virginie: … gerne.

Wieder schweigen beide, diesmal länger.

Agatha: Virginie, bist du noch da?

Virginie *flüstert*: Ja.

Agatha *spricht hastig weiter*: Ich vermisse dich so sehr, meine Süße! Das kannst du dir gar nicht vorstellen …

Virginie *beginnt plötzlich, krampfartig zu schluchzen. Sie hält sich die Hand vor den Mund und legt den Hörer auf den Tisch. Dann rennt sie in ihr Zimmer. Durch den Hörer hört man weiter Agathas murmelnde Stimme:*

Neulich bin ich bummeln gegangen und habe mir vorgestellt, du wärst dabei. Ich wollte mir Winterstiefel kaufen, aber ich konnte und konnte mich nicht entscheiden ... *Sie lacht leise.* Du weißt ja, wie das mit mir ist. Da habe ich daran gedacht, was du jetzt sagen würdest: ›Mama, entscheide dich endlich, oder ich bin weg. Und dann gehe ich nie wieder mit dir einkaufen, nie wieder, hörst du?! ...‹ Ich habe genau gehört, wie du mit mir gesprochen hast, deinen genervten Tonfall, den du dann immer hast ... Da musste ich lachen, mitten im Schuhgeschäft! Einen richtigen Lachanfall habe ich bekommen. Und dann habe ich zwar keine Winterstiefel gekauft, aber Ballerinas, für dich! ...

Felix nähert sich leise dem Telefon, hebt den Hörer ab und hält ihn an sein Ohr.

Agatha: ... sehr süß! Hellrot, mit einem kleinen Schleifchen vorne! Aber keine Angst, das sieht nicht kitschig aus. Wirklich nicht! Ich bin mir sicher, sie gefallen dir! Soll ich sie dir schicken, oder möchtest du sie haben, wenn du uns besuchen kommst? Du könntest doch mal übers Wochenende zu uns kommen, es gibt da ganz preiswerte Flüge. Ich habe mich erkundigt. Du würdest Freitag gleich nach der Schule fliegen und am Sonntagabend wieder zurück. So hätten wir zwei ganze Tage zusammen, du und ich! Nur das Training müsstest du einmal ausfallen lassen. Aber das geht ausnahmsweise mal, oder?! Wir könnten ins Ballett gehen und Eis essen ...

Felix legt vorsichtig auf.

Bertie, 31. 10., 23.02 Uhr, Bett

Wusstest du, dass Mama und Papa sich mailen? B.

Virginie, 1. 11., 6.29 Uhr, Bett

Nein! Wie kommst du darauf?

Bertie, 1. 11., 6.45 Uhr, Frühstückstisch

Hat Papa gesagt, gestern. Am Telefon.

Virginie, 1. 11., 9.43 Uhr, Marika-Kilius-Sportgymnasium, Pausenhof

Ist eigentlich auch normal, oder? Immerhin sind sie unsere Eltern …

Bertie, 1. 11., 13.12 Uhr, auf dem Heimweg

Ja.

Virginie, Berlin, 05.11., 16.37 Uhr, vor dem Haus von Lotta van der Meer

Das kleine verwitterte Häuschen war vorne und hinten mit wildem Wein bewachsen. Wie dünne braune Spinnenbeine mit Minisaugnäpfen klebte er am Putz. An der verrosteten Gartentür, die halb offen stand, hing ein Namensschild aus Ton, mit der Inschrift:

Lotta van der Meer
Lebenskünstlerin und Beraterin
Termine nach telefonischer Vereinbarung

Der Garten hinter dem Haus sah verwildert aus. Büsche und Baumriesen warfen Schatten in die Dämmerung. Es regnete in Strömen, und die Pflastersteine der Straße glänzten dunkel.

Virginie stand hinter einer Kastanie und lugte vorsichtig hinter dem Stamm hervor. Sie hatte sich Lotta van der Meers Haus prächtiger vorgestellt! Mit großen Balkonen und einem golden verzierten Eingangstor, blank geputzt und schick. Fast war sie ein bisschen enttäuscht! Wie eine hohle Trommel fühlte sich Virginies Magen an. In ihrem Kopf flirrten Gedanken. Schon seit einiger Zeit stand sie im Regen unter dem Baum und beobachtete das Haus. Bestimmt würde Lotta van der Meer sich bei dem Mistwetter keinen Schritt vor die Türe wagen! Virginies Haare klebten nass an ihrem Kopf, und ihre roten Turnschuhe waren durchweicht. Dreimal hintereinander musste Virginie niesen.

Es war Sonntag, und Virginie hatte keine Lust gehabt, alleine zu trainieren. In der letzten Zeit riss ihr Vater sich zwar mehr zusammen und versuchte, Gespräche am Abendbrottisch mit Virginie zu führen. Neulich hatte er sogar ein neues Gericht ausprobiert, Gemüselasagne mit Schafskäse. Das hatte nicht schlecht geschmeckt! Trotzdem war Virginie nicht danach gewesen, einen öden Matschspaziergang um den Weißen See mit ihm zu machen, wie er es ihr vorgeschlagen hatte.

Virginie hatte in den letzten zwei Wochen immer wieder an Lotta van der Meer gedacht, sich aber nicht getraut, sie anzurufen. Irgendwie ärgerte sie sich auch über die alte Dame: Für wen hielt die sich, dass sie meinte, über Virginies musikalischen Ausdruck urteilen zu können? Nur, weil ihre Mutter eine Hobbyeisläuferin gewesen war, hieß das noch lange nicht, dass sie eine Expertin war! Virginie kramte in ihrem Rucksack und nahm einen Apfel raus. Sie hatte nichts zu Mittag gegessen, und ihr Magen knurrte ziemlich laut.

Plötzlich ging im ersten Stock des Hauses ein Licht an. Virginie zuckte zusammen und ließ beinahe den Apfel fallen. Schnell versteckte sie sich hinter der Kastanie. Erst nach ein paar Minuten wagte sie wieder, einen Blick auf das Haus zu werfen. Virginie wollte nicht, dass Lotta van der Meer sie dabei ertappte, wie sie die alte Dame ausspionierte. Außerdem wusste sie nicht, was sie zu ihr sagen sollte. Worüber würden sie sich unterhalten? Wollte sie Lotta van der Meer wirklich näher kennenlernen?

Hinter dem erleuchteten Fenster erkannte Virginie die Umrisse einer kleinen Frau. Sie war es! Lotta van der Meer öffnete das Fenster und hielt ihre Hand in den Regen. Sie lachte und warf ihren Kopf dabei wie ein Mädchen nach hinten. Virginie hatte sie viel strenger in Erinnerung. Virginie warf den angegessenen Apfel ins nasse Gras und starrte weiter zum Fenster rüber. Mit einem Mal schrie sie leise auf: Eine fette getigerte Katze stand mit gesträubtem Fell vor ihr und fauchte sie an. Ihre Augen funkelten. Virginie presste sich erschrocken die Hände vor den Mund und rannte davon. Sie hasste Katzen!

Durchnässt und außer Atem warf Virginie sich auf eine Bank der S-Bahn in Richtung Gesundbrunnen. Ihre Brust hob und senkte sich heftig. Virginie wischte sich den Regen mit ihren Händen aus dem Gesicht. Eine ältere Dame sah sie mitleidig an.

»Möchtest du ein Taschentuch?«, fragte sie.

Virginie nickte und versuchte dabei zu lächeln.

»Danke«, krächzte sie.

Virginie musste ihre Stimme wiederfinden. Nachdem sie sich das Gesicht trocken geputzt hatte, drehte sie sich zum Fenster und starrte ins Dunkel. Lichter wischten vorbei, dunkle Häuserklötze, Bäume. Plötzlich wusste Virginie, was sie jetzt tun würde: Sie würde zu Jennifer, Annalena und der J-Monster-Bande fahren! Chickenwings und Donuts essen, Fanta trinken, auf dem Sofateppich fläzen, Musik hören. Oder Fernsehen kucken, irgendwelchen Quatsch!

Virginie lief das Wasser im Mund zusammen, als sie sich das Abendessen bei Annalena vorstellte. Sie liebte die Fastfood-Abende bei Möppi zu Hause! Und die 1,5 Kilogramm zu viel, die sie mit sich herumschleppte, die waren ihr jetzt einfach mal egal. Schnuppepiepegal! Virginie verzog den Mund zu einem schiefen Grinsen. Sie nahm ihr Handy aus dem Rucksack, tippte eine Nummer ein und ließ es klingeln. Schon nach dem zweiten Mal antwortete Jennifer.

»Hallo?«

Im Hintergrund hörte man Kindergebrüll und Geräusche vom Fernseher.

»Hey, du!«, murmelte Virginie zögernd.

»Virginie, was gibt's?«, rief Jennifer fröhlich aus.

»Du …« Virginie stotterte ein bisschen.

»Kann ich heute Abend bei euch vorbeikommen?«

»Ja klar, jederzeit! Brauchste nicht zu fragen …«, antwortete Jennifer lachend.

»Mama bringt Burger mit.« Jennifer lachte noch einmal.

»Und ich habe verfrühte Vanillekipferl gebacken. Die sehen zwar eher aus wie Vanilleklöße, aber schmecken tun sie gut.«

»Cool! Bin in circa 'ner halben Stunde da. Gut?«, fragte Virginie.

»Gut! Freu mich!«, antwortete Jennifer und hatte schon aufgelegt.

Virginie starrte wieder ins Dunkel und lauschte dem Rattern der S-Bahn.

»Gesundbrunnen«, die leuchtenden Buchstaben blendeten Virginie. Als die S-Bahn stillstand, wühlten sich Menschen mit müden Augen aus der Bahn hinaus und wieder hinein. Virginie sprang auf und quetschte sich noch in der letzten Sekunde aus dem Wagen. Ihr wurde warm im Bauch, als sie sich vorstellte, wie Jacko ihr die Tür öffnen und brüllen würde: »Mei Leidi is da, mei leidi!« Wie er Virginie mit Spucke-Kekskrümel-Küssen vollschmieren würde.

Jacko, der jüngste von Jennifers Brüdern, war Virginie der liebste. Seitdem sie ihm einmal aus Spaß erklärt hatte, besonders liebe und tolle Männer würden, wenn sie mit Frauen sprächen, diese »my lady« nennen, nannte Jacko Virginie »mei leidi«. Virginie liebte das! Wie Schokolade fühlte sich das an. Die ploppend auf der Zunge zerschmolz.

Jennifer wohnte am S-Bahnhof Wedding in einem Neubaubetonklotz mit 10 000 kleinen Wohnungen, Wandschmierereien, Hundekacke im Flur, Geschrei in der Nacht und einer kleinen Grünfläche im Hof.

Als Virginie an Jennifers Wohnungstür klingelte, hörte sie, wie nebenan ein Mann betrunken rumbrüllte: »Halt's Maul, du Schlampe! Bring mir lieber mein Bier, sonst knallt's! Aber dalli!«

Herr Nowak war das, ein fetter, verschwitzter Typ mit Halbglatze, der im Jogginganzug rumlief und seine Frau zusammenschrie. Frau Nowak war eine verschüchtert aussehende schmale Frau mit grauer Gesichtsfarbe und dünnen langen Haaren. Manchmal, wenn Herr Nowak abends besoffen auf dem Sofa eingeschlafen war, besuchte sie Annalena, beide tranken zusammen ein »Likörchen«, wie sie sagten, und schimpften auf die Männer.

Annalena öffnete Virginie die Tür. Sie sah müde aus, wie eigentlich immer, mit dunklen Schatten unter den Augen.

»Sternchen, komm rein! Ick freu mir«, sagte sie und ließ Jennifer in die Wohnung.

Aus dem Wohnzimmer hörte man laute Musik und das Gekreische von der J-Monster-Bande.

»Na, hattest du wieder einen anstrengenden Tag?«, fragte Virginie mitfühlend und drückte Annalena einen Kuss auf die Wange. Sie roch nach Zigarettenrauch.

»Wie immer, weeßte ja«, seufzte Annalena.

Ihr Rücken war krumm und dünn vom Mülleimer-Ausleeren, Schreibtische-Wischen und Wasserspender-Auffüllen, und ihre Haut schuppte sich fleckig auf der Stirn, an den Schläfen und in den Armbeugen. Annalena hatte Neurodermitis. Durch die Chemikalien, mit denen sie jeden Tag putzen musste, wurde ihre Haut immer wunder. Abends saß sie auf der Couch, schaute fern und kratzte sich dabei wie abwesend die Haut blutig. Wie kleine besessene Kratzkraken traktieren Annalenas Hände ihre Haut. Manchmal ging Möppi dann zu ihr, mit einem kalten Waschlappen in der Hand, den sie sanft über Annalenas Gesicht, Hals und Arme gleiten ließ.

»Nicht kratzen, Mama. Nicht kratzen«, summte sie dabei leise vor sich hin, und Annalena schloss die Augen.

»Wir machen heute Picknick im Wohnzimmer, ham die Kinder beschlossen«, sprach Annalena weiter, ließ sich auf das Sofa fallen und zündete sich eine Zigarette an.

Auf die Innenseite ihres Unterarms hatte sie sich einen kleinen Engel tätowieren lassen. Der hatte lila Flügel und Löckchen.

»Ditte is' Amalie, mein Schutzengel!«, erklärte Annalena und lachte dann immer.

»Die hat bis heute aber noch nich' so super uff mich uffjepasst.«

Jennifer und die J-Monster-Bande hatten eine Decke auf dem Boden ausgebreitet und sie mit Annalenas pinken und orangen Kissen dekoriert. Darauf standen Chickenwings, Pommes frites, Hamburger, Donuts, zwei große Flaschen Cola und irgendwelche undefinierbaren Teigklöße. Das waren wahrscheinlich Möppis Vanillekipferl! Virginie musste kichern. Die J-Monster-Bande und Jennifer lagen und saßen um das Essen herum, schmatzten, kleckerten und quatschten. Überall brannten Kerzen in Kerzenständern aus Engeln, Herzen, Sternen und Blumen: auf der Fensterbank, in den Regalen, auf dem Couchtisch. Annalena liebte Kerzenlicht.

»Hey, Freunde der Nacht!«, rief Virginie und ließ sich lachend neben Jennifer auf die Decke fallen.

Sofort erhob sich ein begeistertes Gebrüll! Alle drei J-Monster tobten auf Virginie zu und ließen sich plumpsend auf sie fallen. Virginie schnappte nach Luft und kitzelte die drei ab. Alles war warm und weich und klebrig! Virginie fühlte sich luftigleicht, eine menschengroße Portion Zuckerwatte!

»Sachte, sachte, Kiddies, macht mir nich die Virginie kaputt!«, rief Jennifer schmatzend und schob Virginie einen Teller mit einem Hamburger rüber. »Lass es dir schmecken, sweetheart! So jung komm' wa nich' mehr zusammen!«

Mmh, das duftete köstlich! Mit einem Ruck richtete Virginie sich auf, und die J-Monster kugelten wie kleine Igelpäckchen von ihr runter.

»Du bist die Beste, Möppi!«, sagte sie.

Dann biss Virginie mit einem lauten Schmatzen in den Burgerturm.

Virginie, Berlin, 11.11., 20.17 Uhr, am Telefon

Virginie hält eine cremefarbene Visitenkarte in ihrer einen Hand und tippt mit der anderen zögernd Zahlen in das Telefon. Das kleine Kartonstückchen zittert in ihrer Hand; goldene Buchstaben sind darauf zu erkennen. Das Mädchen bewegt murmelnd seine Lippen, als würde es die Worte still einstudieren, die es gleich sagen will.

Virginies *Stimme zittert*: Hallo?

Lotta van der Meer *antwortet mit strenger Stimme*: Hier spricht Lotta van der Meer. Wer ist da, bitte?

Virginie: Äh, hallo! Ich bin's, Virginie.

Lotta van der Meer: Virginie?! Virginie und weiter, bitte? Was möchten Sie?

Virginie *klingt eingeschüchtert*: Ähm, wir haben uns im Eisstadion kennengelernt. In Mitte. Ich bin das Mädchen, dem Sie beim Eistanzen zugesehen haben. Vor ein paar Wochen.

Beide schweigen.

Lotta van der Meer *murmelt fragend*: Virginie …

Virginie: Ja! Sie haben gesagt, ich müsse noch an meinem musikalischen Ausdruck arbeiten. Und dann haben Sie mir Ihre Visitenkarte gegeben und gesagt, ich soll Sie mal besuchen kommen.

Lotta van der Meer *lächelt doller*: Äh ja …, ich erinnere mich dunkel … Das Mädchen mit den dunklen Haaren, das wie ein Eishockeyspieler über die Fläche geschrabbt ist …

Virginie *ruft empört aus*: Wie ein Eishockey …?! Also, ich finde nicht, dass … Was meinen Sie damit?

Lotta van der Meer *lacht*: Nicht so stürmisch, junge Dame! Ich meine das nicht nur negativ. Du hast eine Menge Temperament, das ist gut! Aber du musst noch besser lernen, es zu bündeln, in eine Richtung zu lenken.

Virginie *erwidert trotzig*: Also, Manne ist immer sehr zufrieden damit, wie ich tanze.

Lotta van der Meer *lacht leise*: Ja, Manfred ist ja auch ein Mann! Er ist ein fantastischer Trainer, was die Technik betrifft, aber für den musikalischen Ausdruck …

Virginie: Alles, was ich kann, habe ich von ihm gelernt! Ich …

Lotta van der Meer *unterbricht Virginie entschieden*: Hör zu, Virginie. Warum kommst Du mich nicht einfach besuchen …, mal sehen … *Lotta van der Meer blättert in einem kleinen Kalender:* Wie wäre es mit Samstag, in drei Tagen, nachmittags um 15.30 Uhr?

Virginie *fragt verwirrt*: Äh, ja … o. k. Das geht, denke ich.

Lotta van der Meer: Dann backe ich meine Schokoladenbirnentorte, wie versprochen, und wir unterhalten uns ein bisschen.

Virginie *stottert*: Ähm, also eigentlich darf ich keine Torte … Ich muss auf mein Gewicht acht…

Lotta van der Meer *unterbricht Virginie wieder, freundlich, aber bestimmt*: Papperlapapp! Es ist gut, dass du auf dein Gewicht achtest, Virginie! Aber hin und wieder muss man sich auch etwas gönnen. ICH denke, du bist weit entfernt davon, zu dick zu werden.

Virginie *will ihr widersprechen*: Aber …

Lotta van der Meer: Also, abgemacht! Du kommst am Samstag zu mir. Ich freue mich! Mach's gut, Virginie!

Lotta van der Meer *legt schwungvoll auf.*

Virginie steht noch eine Weile da, den Telefonhörer in der Hand, und starrt in die Luft. Dann gibt sie sich einen Ruck und bringt das Telefon zurück in den Flur.

Virginie, Berlin, 12.11., 9.26 Uhr, Küche

Was machste heute? Ich langweile mich … skypen? Hab 'nen paar neue Ideen für unsere Aktion … Würgi

Bertie, Wien, 12.11., 9.29 Uhr, auf dem Weg zur U-Bahn

Welche Aktion? Bin bei 'nem Theater-Workshop, mit Christoph. Aber Ma weiß nix davon, also Mund halten! B.

Virginie, Berlin, 12.11., 9.32 Uhr, Küche

Na, wie wir Ma und Pa verkuppeln! Ist Christoph dein neuer Freund? Was machst du überhaupt bei einem Theater-WS? Hahaha!

Bertie, Wien, 12.11., 9.52 Uhr, vor dem Dschungel – Kindertheater Wien

Ha! Ja, das ist er. Es geht jetzt los …

Virginie, Berlin, 12.11., 9.55 Uhr, Bett

Viel Spaß! ☺

Bertie, Wien, 12.11., 15.24 Uhr, Kindertheater Wien

»Okay, boys und girls, für Anfange wir mache eine bischen Körperarbeit, alles klar?« Jimmy Gonzalez, der Leiter des Theaterworkshops, sprang wie ein Känguru vor ihnen herum, klatschte in die Hände und kaute Kaugummi. Er hatte lange schwarze Haare, die er zu einem Zopf zusammengebunden hatte, tätowierte Oberarme und trug einen grauen Jogginganzug mit neongelben Streifen.

Bertie stand mit den Händen in den Hosentaschen hinten im Theatersaal und wäre am liebsten im Erdboden versunken. Warum nur hatte er sich auf diesen Scheiß eingelassen? Er hatte sogar gelogen, um mit Christoph hierherkommen zu können! Seit Wochen war klar gewesen, dass er an diesem Samstag mit seiner Mutter und Herbert zu der 95. Geburtstagsfeier von Herberts Großmutter eingeladen war. Also hatte Bertie sich eine Geschichte ausgedacht: Dass er die letzte Mathearbeit versemmelt habe und jetzt unbedingt mit Christoph lernen müsse, der viel besser in Mathe sei als er und so weiter. Nach ungefähr tausend Stunden Diskussion – Bertie wäre beinahe vor seiner Mutter auf die Knie gegangen, um die Erlaubnis dafür zu bekommen, nicht zu der Feier gehen zu müssen – hatte Bertie seine Mutter endlich überzeugt.

Wofür? Bertie sah sich um. Ungefähr 20 Kinder zwischen elf und 14 Jahren hüpften zu Hip-Hop-Musik durch den Raum und hatten offensichtlich Spaß dabei. Gerade groovte Christoph wie eine rothaarige Eminem-Kopie an Bertie vorbei und forderte ihn winkend dazu auf, mitzumachen. Nur Bertie fühlte sich anscheinend nicht wohl! Er würde lieber zehnmal um den Wiener Ring joggen, als bei dem Quatsch mitzumachen. Berties Hände waren schwitzig, und in seinem Bauch grummelte es. Oh nein! Jetzt kam dieser Jimmy-Affe auch noch klatschend direkt auf Bertie zugelaufen.

»Komm, beweg dir, boy, das tue dir gut! Kopf und Body gehöre zusammen, nisch immer denke!« Jimmy lachte Bertie freundlich an.

»Ja, klar!«, nuschelte Bertie und machte halbherzig ein paar Tanzschritte.

In seinem Bauch grummelte es immer heftiger. Ihm wurde schlecht. Bertie machte einige eilige Schritte in Richtung Ausgang und begann dann zu rennen. Wie eine Rakete düste er aus dem Theatersaal raus. Links um die Ecke mussten die Toiletten sein; das hatte Bertie sich beim Reinkommen eingeprägt. Keuchend blieb er vor den Waschbecken stehen; sein Herz klopfte kalt gegen die Rippen. Im Spiegel sah er ein kleines blasses Gesicht mit Schweißperlen auf der Stirn. Ein kleines, kleines Gesicht auf einem winzigen Körper von einem Supermini-Jungen.

»Hey du, allet klar?«, fragte plötzlich eine junge Frau mit blondem Haar bis zum Kinn und rosa geschminkten Lippen hinter ihm.

Sie kaute Kaugummi und sah Bertie neugierig an.

»Äh … ja?! Ist das hier nicht das Männerklo?«, fragte Bertie verwirrt.

»Doch!« Die Frau grinste, blies eine Kaugummiblase und ließ sie zerplatzen.

»Aba du bist wie een anjestochenes Ferkel an mir vorbeijerast! Da habe ick jedacht, ick schau mal nach dir. Ob och allet in Ordnung is' …«

Bertie fühlte einen Stich in seinem Brustkorb. So, wie die Frau sprach … das klang wie zu Hause!

»Ja, klar! Alles in Ordnung.« Bertie sah peinlich berührt auf den Boden.

»Ich geh dann jetzt mal aufs Klo. Deshalb bin ich ja schließlich hier … Denke ich. So.« Bertie stotterte, und sein rechtes Auge zuckte mal wieder spastisch.

Die Situation wurde immer schlimmer.

»Ja, jute Idee, Süßa!«, rief die junge Frau.

»Und danach kommste zu mir, und ick spendiere dir 'ne Cola. Okay? Soll jut sein bei Magenbeschwerden und so weiter, habe ick jehört.«

Die Tür knallte laut, als sie rausging.

»So haben wir denn beschlossen, sehr verehrte Genossinnen und Genossen, den Jupitrax den Krieg zu erklären.«

Der schmächtige Junge trug einen roten Umhang. Seine Wangen waren gerötet, und sein blondes Haar wellte sich in verschwitzten Strähnen auf dem Kopf. Er hatte eine klangvolle Stimme, die den Raum vibrieren ließ, und sah trotz seiner geringen Körpergröße beeindruckend aus. Wie ein mächtiger König! Er hielt eine Rede für seine Jünger, den Außerirdischen Stamm der Saturnos.

»Gebt mir das heilige Schwert, Vorsitzender des Geheimen Rates!« Der Junge machte eine hoheitsvolle Geste, und ein hoch gewachsener junger Mann mit roten Haaren, der in einen Umhang aus schwarzem Samt gehüllt war, reichte ihm einen Stock, der das Schwert darstellen sollte.

Man hätte eine Stecknadel fallen hören können, so leise war es in dem Saal. Alle lauschten gebannt den feierlichen Worten Berties.

»Sprecht mir nach: Der Himmel und die Sterne seien mit uns, in guten wie in schlechten Tagen.«

Der Vorsitzende des Geheimen Rates, Christoph, und fünf andere Mädchen und Jungen, die ebenfalls in lange Umhänge gehüllt waren und vor Bertie auf dem Boden knieten, wiederholten fasziniert die Worte ihres Anführers.

»Es ist unser Auftrag, den Frieden im Universum wiederherzustellen. Wir sind die Krieger der Gerechtigkeit! Geboren, um Frieden zu stiften, dort, wo Krieg herrscht. Um Kranke zu heilen, Armen Brot zu geben, Traurige zum Lachen zu bringen. Verdammt wollen wir sein, auf immer und ewig, wenn wir diesen Auftrag jemals vergessen sollten. So sei es.«

Bertie hatte immer langsamer gesprochen und die letzten drei Worte durch lange Pausen durchbrochen. Dabei hatte er die Arme weit ausgebreitet.

Bertie stand wie ein mächtiger Baum im Raum. Die Luft summte noch von den letzten Worten, die Christoph und Berties Untergebene ihm nachgesprochen hatten. Dann wurde es gänzlich still.

Bertie ließ die Arme sinken und seufzte leise. Es war, als würde er aus einem Traum erwachen. Bertie rieb sich die Augen und blickte erstaunt um sich. Er brauchte einige Sekunden, um sich daran zu erinnern, wo er war, und was er machte. Da hörte er ein schallendes Klatschen: Damm! Damm! Damm! Jimmy kam strahlend auf ihn zu gelaufen und klatschte begeistert.

»Das war große Klasse, boy, rischtik gut! Kiddies, hier sehet ihr einen grose Offnung für der Zukunft, ich schwöre! I swear!« Jimmy klopfte Bertie schwungvoll auf die Schulter und hielt ihm seine Hand zum Einschlagen hin.

Jetzt begannen auch die anderen Kinder zu klatschen. An der Tür stand Alexa, die junge Frau, die Bertie auf die Toilette gefolgt war, und strahlte bis über beide Ohren.

Nachdem Bertie mindestens 20 Minuten auf der Klobrille gehockt und darüber nachgedacht hatte, wie er am besten aus diesem bekloppten Workshop rauskäme, war er schlecht gelaunt und ziemlich ratlos aus der Toilette gestolpert. Alexa hatte ihn zu sich gerufen, ihm eine Cola mit Zitrone auf den Tresen gestellt und gefragt:

»Wat is' denn los, Süßa?! Hast keenen Bock auf diesen Theater-Kram, wa'?!«

Alexa war 23 Jahre alt, studierte Theaterpädagogik und jobbte im *Dschungel* als Kellnerin, hatte sie Bertie erzählt. Sie kam aus Berlin; deshalb sprach sie so lustig, Berlinerisch. Berties Sprache! Alexa hatte Bertie gesagt, Jimmy sei ein fantastischer Schauspieler, supernett und lustig. Er solle es doch einfach mal probieren! Nur heute, nur diesen einen Tag. Wenn es ihm dann immer noch keinen Spaß machte, bräuchte er ja nie wiederkommen.

Und nun stand Bertie da, außer Atem, nass geschwitzt, und alle klatschten. Immer noch! Er fühlte sich leicht, wie ein roter Luftballon und hatte das Gefühl, er würde gleich in die Luft steigen und wegfliegen.

»Mensch, Bertie, das war großartig!« Christoph klopfte Bertie begeistert auf die Schulter und strahlte ihn an.

»Echt?!«, Bertie blickte seinem Freund unsicher ins Gesicht.

»Na klar! Hör doch, wie alle klatschen. Und Jimmy hat's auch gesagt. Hast du das nicht verstanden?«

»Doch …« Bertie lächelte vorsichtig. »Na ja …, hat jedenfalls Spaß gemacht! Coole Idee von deinem Papa.«

»Mein Papa hat öfters coole Ideen!« Christoph schraubte den Deckel von einer Wasserflasche ab und trank gierig ein paar Schlucke.

»Morgen bist du also wieder dabei?«

Bertie nickte.

»Fein!« Christoph reichte Bertie lachend die Flasche und ließ ihn trinken.

»Weißt du, was wir jetzt machen? Wir gehen zum CandyDoc, decken uns mit Gummizeugs ein, und ich zeige dir den Karlsplatz. Abgemacht?!«

»Abgemacht!« Bertie strahlte.

Er war immer noch der rote Luftballon und schwebte circa 50 Zentimeter über der Erde.

Der *CandyDoc* war ein kleiner Laden, der bis oben hin angefüllt war mit knallbunten Gummibärchen. Gummierdbeeren, Gummischlümpfe, Gummischnüre, Gummidinosaurier. Einige waren mit Zuckerstreuseln bestreut, andere glänzten glatt wie Eisbahnen. Für Insider gab es außerdem Lakritze. Die holte die Besitzerin, eine dünne Frau um die 40, die ganz in Schwarz gekleidet war und einen silbernen Nasenring trug, von hinten aus dem Laden. Vor der Eingangstür stand eine Tafel mit der Aufschrift: »Fette Kinder werden seltener gekidnappt.« Bertie stupste Christoph grinsend an und zeigte auf den Schriftzug.

»Ich weiß!« Christoph lachte.

»Das müssten wir mal Raphael sagen. Da würde er sich freuen!«

Prustend vor Lachen betraten beide den Laden.

»Hallo, Chris«, begrüßte Christoph die Ladenbesitzerin.

Sie blickte auf von ihrem Buch und lächelte Christoph und Bertie an.

»Hey, Chris-selber! Lässt du dich auch mal wieder blicken?«

»Klaro! Das ist Bertie, mein Freund«, Christoph zeigte auf Bertie, nahm sich dann einen Plastikhandschuh von einem Halter an der Wand, zog ihn über und begann, in Windeseile seine Tüte mit Süßkram zu befüllen.

»Los, Mister Brad Pitt Nummer 2. Hau rein!« Christoph wandte sich zwinkernd der Frau zu.

»Bertie ist nämlich eine große Nachwuchshoffnung. Schauspielerei, weißt du?!«

Die Frau lächelte.

»Aha, verstehe! Herzlichen Glückwunsch! Bin gespannt, wann wir dich in deinem ersten Kinofilm bewundern können …« Sie nickte Bertie zu.

»Und jetzt schlagt zu! Besonders zu empfehlen sind die

Halloween-Gespenster Zitrone mit Zuckerstreuseln sowie die Lakritz-Gummibärchen-Rennautos mit Himbeer- und Waldmeistergeschmack. Brandneu eingetroffen aus den Staaten!«

Bertie war puterrot und schaute verlegen auf den Boden. Manchmal war Christoph echt nervig. Was der immer alles rumerzählte! Genau wie Würgi, dachte Bertie. Aber er wollte sich jetzt nicht ärgern. Stattdessen begann er, Marshmellow-Haie und -Mäuse in seinen Plastiksack zu schaufeln. Das Wasser lief ihm im Mund zusammen. Bertie merkte, dass er richtigen Hunger hatte!

Später spazierten Bertie und Christoph über den Karlsplatz. Berties Bauch fühlte sich an wie eine pralle, harte Kugel. Sie hatten die Massen von Gummikram mit einer Flasche Fanta runtergespült. Seitdem war Bertie schlecht. Kinder grölten und tobten auf einem kleinen Spielplatz, und ein Straßenkünstler, gekleidet wie ein Adeliger von früher mit Langhaarperücke und von oben bis unten mit goldener Farbe bestrichen, stand unbeweglich auf einem Stuhl. Vor ihm stand ein roter Samtbeutel, in den man Geldspenden werfen konnte.

»Was für ein beknackter Job!«, flüsterte Christoph Bertie zu und stieß ihn in die Rippen.

»Das kannste laut sagen!«, murmelte Bertie grinsend zurück, und beide prusteten.

»Tatatataaaa! Das ist die Karlskirche!«, rief Christoph plötzlich aus und zeigte auf eine imposante weiße Kirche, deren Turm von einer grünen Kuppel mit einem goldenen Kreuz gekrönt war. Davor standen zwei seltsame weiße Säulen, die Bertie an

Moscheen erinnerten. Spiralenförmig waren verschiedene Szenen in den Stein geritzt: Menschen, die zusammen an einer Tafel saßen, Bischöfe mit den typischen spitzen Hüten, ein Mann, der gebeugt ein Kreuz trug.

»Kaiser Karl der Sechste hat sie für Karl Borromäus erbauen lassen. So im 16. oder 17. Jahrhundert. Der Borromäus kam aus Italien, hatte eine riesige krumme Nase und war gegen Luther. Für die Katholiken ist er ein Heiliger. Was ich cool finde: Später hat sich Karl um Pestkranke gekümmert, ohne an seine eigene Gesundheit zu denken. An der Krankheit ist er dann selbst gestorben.«

Bertie hatte den Kopf in den Nacken gelegt, schaute nach oben, in den Himmel, und lauschte Christophs Worten. Die Karlskirche wurde von riesigen Scheinwerfern angestrahlt, und das goldene Kreuz auf der Kuppel funkelte geheimnisvoll in der Abenddämmerung. Bertie fühlte sich winzig, ein kleiner Punkt unter X-Millionen anderen Punkten. Er wagte kaum zu atmen. Alles fühlte sich groß an und gleichzeitig klein. Seine Beine wackelten. Er fühlte sich müde. Ob er wirklich eines Tages ein Schauspieler würde? Oder zum Mond fliegen?

Mail, 12.11., 21.29 Uhr, Bertie → Virginie

Von: au_bertie@gmx.at
An: virginie_eis@gmx.de
Betreff: Verräterin!

Das hätte ich nicht von dir gedacht!!! Dass du mich an Mama verrätst und alles kaputt machst. Echt super, Würgeengel! Jetzt darf ich morgen nicht zum Workshop und habe eine Woche Hausarrest. Hast du eine Idee, wie ich Christoph das erklären soll? Den kann ich jetzt abschreiben. Meinen einzigen Freund hier! Aber das ist dir egal! Hauptsache, du hast dich bei Mama beliebt gemacht. Die süße Mama-Prinzessin … Kotz!
Damit du's weißt: Du bist für mich gestorben!
Mach's gut, hab Spaß und melde dich nicht mehr bei mir. Erst recht nicht mit deinen bekloppten Ma-und-Pa-Plänen! Ich werde sowieso nicht antworten.

B.

Mail, 13.11., 18.55 Uhr, Virginie → Bertie

Von: virginie_eis@gmx.de
An: au_bertie@gmx.at
Betreff: psychofreak!

Du hast se wohl nicht mehr alle, Psychofreak!!! Was hättest du denn gemacht, wenn Mama dich heulend angerufen hätte, weil sie nicht weiß, wo ich bin? Du hättest sie weiter heulen lassen, stimmt's?! Ha! Außerdem habe ich mir auch Sorgen gemacht! Du hättest einfach nur halbwegs rechtzeitig wieder zuhause sein müssen. Wenn man schon lügt, muss man das auch ein bisschen geschickt machen! Dafür kann ich nun wirklich nix!
Keine Sorge: Ich denke nicht dran, mich bei dir zu melden. Ich habe nämlich auch die Schnauze voll von dir. Aber so richtig!
Ich wünsch dir 'nen schönes Scheiß-Leben!

V.

Virginie, Berlin, 20.11., 14.17 Uhr, Alexanderplatz

Laut flatternd stob eine Masse von Tauben auseinander und klebte graue Flecken an den Novemberhimmel. Virginie kreischte unwillkürlich auf und drückte sich an Jennys Seite. Seitdem sie einmal als kleines Mädchen von zwei Tauben attackiert worden war, denen sie Futter hingestreut hatte, fürchtete sie sich vor Tauben. Eklig waren die! Mit ihren fetten Hälsen, die wie Ölpfützen schillerten, und den giftigen roten Äuglein.

»Huch?! Was is denn Virginie?«, rief Jennifer überrascht aus und fügte dann, als sie die Vogelschar erblickte, hinzu:

»Ach so, die Tauben mal wieder! Die Bösen. Komm, icke beschütze dir!« Möppi legte ihren Arm um Virginies Schultern und gab ihr einen schallenden Kuss auf die Wange.

Die Mädchen waren unterwegs am Alexanderplatz. Mia hatte spontan bestimmt, es sei der perfekte Tag zum Bratwurstessen, Punkerkucken und Windowshopping am Alex. Sie hatte die Freundinnen im Anschluss an die Schule zusammengetrommelt: Charlotte, Klara und Jennifer. Als Virginie mitbekommen hatte, dass die vier verabredet waren und ihr nicht Bescheid gesagt hatten, war ihr kalt geworden. Langsam hatte sie ihre Sachen gepackt und sich unendlich müde gefühlt bei dem Gedanken an das bevorstehende Training.

UMZIEHEN AUFWÄRMEN EINZELNE ELEMENTE ÜBEN KÜR LAUFEN AUSWERTUNG MIT MANNE MACHEN AUSLAUFEN DUSCHEN NACH HAUSE GEHEN KÄSEBROTE MAMPFEN KURZER TALK MIT PAPA HAUSAUFGABEN MACHEN INS BETT GEHEN.

»Hey, kann ich mitkommen?« Virginie hatte sich einen Ruck gegeben und war zu den Mädchen gegangen, die zusammengestanden und getuschelt hatten.

Mia hatte schweigend die Augenbrauen hochgezogen, aber Jennifer war vor Freude in die Luft gehopst.

»Na klar, Virginie! Mann, das is ja 'ne Überraschung! Wie aufregend: Virginie schwänzt den Eistanzunterricht. Dit is' 'ne Premiere, darauf gebe ick 'ne Bionade aus, Leute. Los, kommt!«

Jennifer hatte sich auf der einen Seite bei Virginie untergehakt und auf der anderen bei Klara. Einfach losgegangen war sie. Virginie war ein bisschen schwindelig gewesen, im Bauch. In ihren Fingern hatte es gekribbelt.

Am Brunnen vor dem Alexa-Shopping-Center stand eine Gruppe von Punks rum. Sie grölten und lachten und tranken Bier. Die meisten von ihnen waren um die 20 Jahre alt, trugen Piercings, hochgegelte Frisuren, die wie Hahnenkämme aussahen oder wie seltsame Ufos, Militärstiefel und Nietengürtel. Mia und Charlotte zeigten kichernd auf die Versammlung, und Mia murmelte leise, so dass es nur für ihre Freundinnen hörbar war:

»Die stinken bestimmt!«

»Mann, manchmal bist du echt 'ne doofe Kuh, Mia!«, rief Jennifer verärgert aus.

Die Wut malte rote Flecken auf ihre Wangen. Virginie wunderte sich über Jennifers heftige Reaktion. Schnell lenkte Möppi ab:

»Mmh, hier riecht's nach Bratwurst, kommt, lasst uns zuschlagen!«

Jennifer war vor einem dünnen Mann mit rot gefrorener Nase und einer Wollmütze auf dem Kopf stehen geblieben, der einen tragbaren Grill vor seinem Bauch trug.

»Eine Bratwurst mit ganz viel Senf und Ketchup, bitte!«

»Cool, ich nehme auch eine!«, rief Mia.

Schließlich saßen sie alle auf Treppenstufen, mit kalten Pos und heißen, fettigen Würsten in der Hand und schmatzten. Nur Klara hatte sich keine Wurst gekauft und nuckelte mit blassem Gesicht an einem Mineralwasser herum.

»Mmh!«, Virginie seufzte genießerisch und tauchte ihren letzten Bratwurstzipfel in den marmorierten Senf-Ketchup-Hügel auf ihrem Teller.

Sie hatte in der letzten Zeit immer wieder versucht, nur noch Gemüse, Obst und Knäckebrot zu essen, zuckerlose Kaugummis zu kauen und Tonnen von Wasser zu trinken. Aber das machte überhaupt keinen Spaß! Virginie hatte ihre Diätversuche schließlich doch immer wieder abgebrochen. Dann wog sie eben ein bisschen mehr als früher, schnuppe! So lange Manne sich nicht beschwerte …, dachte sie trotzig und ließ sich die letzten Bissen Wurst auf der Zunge zergehen.

»So! Und jetze noch nen Softeis hinterher, was meint ihr?« Virginie blickte abenteuerlustig in die Runde.

»Virginie probt den Aufstand, oder was?!«, Mia blickte sie halb misstrauisch, halb ironisch von der Seite an.

»Gute Idee! Kommt, Mädels!«

Eis lutschend zogen sie von Schaufenster zu Schaufenster und zeigten sich ihre Traum-Outfits. Die hohen schwarzen Stiefel zusammen mit den dunkelblauen Skinny-Jeans, dann noch den grauen Rollkragenpullover, den pinken Endlosschal aus weicher Wolle und den schwarzen halblangen Mantel. Das wäre perfekt!

Jennifer hatte sogar Clara dazu überreden können, dass sie sich ein kleines Eis kaufte. Ihre graublauen Augen sahen riesig aus und funkelten; Virginie hatte sie lange nicht mehr so lustig erlebt. Jennifer zeigte auf ein hellrotes Kleid, das bis kurz über die Knie ging und einen kleinen paillettenverzierten Ausschnitt hatte.

»So ähnlich wird mein Kleid für die Landesmeisterschaften aussehen. Frau Nowak, unsere Nachbarin, näht es mir. Sieht süß aus! Was ziehst du eigentlich an, Virginie?«, fragte Jennifer Virginie.

Virginie vergaß zu atmen. Möppi hatte recht! Was war mit ihrem Trikot?! Sonst hatte immer ihre Mutter alle Kleider zum Tanzen genäht. Aber jetzt? Manne würde sich wohl kaum hinsetzen und Perlen aufnähen. Oder Papa … Virginie musste kurz bei der Vorstellung grinsen, dann wurde sie wieder ernst.

»Mal sehen, habe ich noch nicht so drüber nachgedacht«, murmelte sie.

»Da hast du noch nicht drüber nachgedacht?«, rief Jennifer entsetzt aus, als hätte Virginie ihr gerade anvertraut, sie würde in einer Woche ein Baby bekommen.

»Ick glaub, mein Schwein pfeift! Sag mal, biste krank? Fieber? Gehirnhautentzündung?« Jennifer legte ihre Hand auf Virginies Stirn und tat so, als würde sie deren Körpertemperatur erfühlen wollen.

»Mann, lass mich in Ruhe!«, stieß Virginie patzig hervor und entwand sich den Händen ihrer Freundin.

Ehe Jennifer reagieren konnte, brüllte Mia aus der Ferne, die Hände vor dem Mund geformt wie ein Sprachrohr:

»Fernsehturm! Café! Jetzt!«

Mia und Charlotte waren vorgegangen und winkten ihnen lachend aus der Ferne zu.

»Kommt, streitet euch nicht!«, sagte Klara leise. »Lasst uns lieber zu Mia und Charlotte gehen, ja?!«

»Okay …«, antwortete Jennifer zögernd und sah Virginie fragend an.

»Ja, okay. Und lasst uns bitte das Thema wechseln«, brummte Virginie.

Sie stampfte vorneweg, ohne sich noch einmal umzudrehen.

Im Zeitlupentempo drehte sich das altmodische Café um sich selbst. Die Mädchen saßen auf Stühlen aus rotem Samt und sahen durchgefroren durch die riesigen Fenstergläser nach draußen. Virginie fühlte sich wie King Kong, der nach unten, vor seine Füße kuckt. Ameisen krabbelten über die Steine, und Spielzeugautos krochen die Straßen entlang.

Sie war schon einmal hier gewesen, mit Mama und Papa und Bertie. Virginie erinnerte sich an den Nachmittag. Virginie und Bertie waren vielleicht fünf Jahre alt gewesen. Sie hatten riesige Eisbecher mit Schlagsahne gegessen, die mit bunten Papierschirmchen und Smarties geschmückt gewesen waren. Virginie wusste noch genau, dass sie sich um die Schirmchen gestritten hatten. Sie wollte lieber Berties haben, der hatte rote Sternchen drauf, aber Bertie hatte sich mit Händen und Füßen dagegen gewehrt. Nur aus Trotz! Weil er Virginie nicht ihren Wunsch erfüllen wollte.

Virginie blickte nach draußen. Mit halbem Ohr bekam sie mit, wie ihre Freundinnen sich unterhielten.

»Kuck mal, da ist der Hauptbahnhof!«

»Und das da? Das ist doch die Museumsinsel, oder?«

»Ich glaube, ja. Der riesige Klotz da ist zumindest die Charité, stimmt's Virginie?!«

Mia stupste Virginie unsanft in die Rippen. »Hallo, jemand zu Hause?! Ist das die Charité?« Mia zeigte in die Ferne.

»Da arbeitet doch dein Vater, oder?«

Virginie schreckte zusammen.

»Ja, stimmt«, murmelte sie.

Der eine Bügel von Papas Brille war damals abgebrochen, das wusste Virginie noch. Wie er ihn mit buntem Kinderklebeband notdürftig wieder befestigt hatte. Gelbe Kamele auf pinkem Hintergrund waren auf dem Band gewesen. Virginie sah das Muster vor sich.

Mama hatte sich über Papa lustig gemacht. »Kennt ihr schon die neuste Brillenmode? Ganz frisch aus Japan! Peppiger Kinderlook jetzt auch für Erwachsene!«, hatte sie gerufen.

Papa hatte Grimassen gezogen. Alles hatte sich leicht angefühlt, wie Karussellfahren. Das war lange her! Virginie fühlte, wie ihre Augen begannen, unangenehm zu jucken. Verstohlen zog sie ihr Handy aus dem Rucksack und tippte eine Nachricht an Bertie in die Tasten:

`Es tut mir leid!!! Wollen wir nicht wieder miteinander sprechen? Dein Würgeengel`

»Hey, kuckt mal!«, zischte da plötzlich Charlotte und zeigte direkt vor sich. Am Nebentisch war ein kleiner pummeliger Mann mit Brille und Cordjackett vor einer Frau auf die Knie gegangen. Er hielt ein Schmuckkästchen in der Hand. Die Frau sah älter aus als er und war puterrot angelaufen im Gesicht. Sie hatte kurze graue Haare und trug ein blaues sackförmiges Kleid, dazu eine rote Strickjacke und Turnschuhe.

»So, wie hier die Stadt zu unseren Füßen liegt, möchte ich dir mein Leben vor die Füße legen.«

Die Stimme des Mannes zitterte.

Die Frau errötete noch mehr. Virginie befürchtete, ihr Kopf würde gleich platzen.

»Ein Heiratsantrag …«, murmelte Jennifer zwischen den Zähnen. »Mann, ist das peinlich!«

Mias Mund zuckte verdächtig, Charlotte machte seltsame Geräusche, Klara sah verkrampft auf den Boden und Virginie biss sich auf die Zunge, so doll sie konnte. Als hätten sie sich abgesprochen, prusteten die fünf Mädchen gleichzeitig los.

Andere Gäste drehten sich nach ihnen um und schüttelten tadelnd den Kopf.

»Tss, tss, tss!«, schnalzte eine ältere Dame ärgerlich, die ihre Haare zu einem seltsamen Turm auf dem Kopf hochtoupiert hatte und eine goldene Klunkerkette um den Hals trug.

Der Mann, der den Heiratsantrag machte, war blass geworden und ins Stottern geraten.

»Lllliebste … Anneggggret … mmmöchtest …«

»Ja, ich will, und nun steh endlich auf …«, fuhr die Frau ihn herrisch an und ließ sich zurück auf ihren Stuhl fallen.

»Du machst uns zum Gespött der Menschen. Sieh nur, diese frechen Mädchen!« Die Frau blickte mit vor Wut funkelnden Augen zu den Freundinnen herüber.

»Anstatt Hausaufgaben zu machen, treiben sie sich in der Stadt herum und belästigen andere Menschen!«

Der Mann hatte sich auch wieder hingesetzt und tupfte sich mit einer Serviette die Stirn.

»Kommt, lasst uns abhauen, bevor wir Ärger kriegen!«, quetschte Mia zwischen zwei Lachanfällen hervor, und die anderen stimmten ihr zu.

Als sie aus dem Café stolperten, wiederholte Jennifer mit gedämpfter Stimme:

»… möchte ich dir mein Leben vor die Füße legen … möchte ich dir mein Leben vor die Füße legen« und brachte die Freundinnen damit von neuem zum Lachen.

Schon fast aus der Tür, rannte Virginie noch mal zurück, stellte sich vor den Mann und strahlte ihn an. »Das war eine Spitzen-Idee! So einen Heiratsantrag möchte ich auch mal bekommen.«

Der Mann lächelte schüchtern. »Wwwirklich …?!«, stotterte er erfreut.

Da fuhr seine zukünftige Frau ihm aber über den Mund:

»Du Rotzgöre, du! Gleich gibt's was hinter die Löffel …«

Virginie düste zum Ausgang, wo die anderen Mädchen auf sie warteten.

»Warum hast du das getan?« Charlotte sah Virginie verständnislos an.

»Fandst du den Heiratsantrag wirklich gut?«

»Nein!«, Virginie lächelte atemlos. »Aber der Mann tat mir leid. Ich wollte ihm was Schönes sagen. Bei der Schreckschraube, die er heiratet …«

»Selber schuld!«, rief Mia.

Mail, 24.11., 6.26 Uhr, Virginie → Agatha

Von: virginie_eis@gmx.de
An: auerbach.agatha@gmx.at
Betreff: Frage

Hallo Mama,

ich hoffe, es geht dir gut!
Es tut mir leid, dass wir uns so lange nicht gesprochen haben! Ich hatte so viel zu tun mit der Schule und dem Training. Außerdem habe ich eine Frau kennengelernt: Lotta van der Meer. Sie ist eine alte Dame und kennt sich mit Eistanzen aus. Sie will mir dabei helfen, meinen Ausdruck beim Tanzen zu verbessern. In ein paar Tagen bin ich bei ihr eingeladen. Ich bin schon aufgeregt!
Ich wollte dich fragen: Ich brauche dringend ein Kostüm für die Meisterschaften im Februar für meine Kür zu »pokerface«. Kannst du mir eins schneidern? Das wäre toll! Du hast mir immer alle Kostüme geschneidert und wenn das jetzt jemand anders macht, bringt das bestimmt Unglück!

Bitte melde dich, Mama, ja?!

Ein Küsschen für dich!

Virginie

Bertie, Wien, 24.11., 9.01 Uhr, Bett

Morgensonne fiel durch das Fenster in Berties Zimmer. Stöhnend richtete er sich in seinem Bett auf und rieb sich die Augen. Er war von einem leisen Klopfen aufgewacht und fragte sich verärgert, wer ihn beim Ausschlafen störte.

Mittags war Bertie mit Christoph verabredet. Sie wollten gemeinsam in die Hauptbücherei gehen. Danach trafen sie sich mit Jimmy Gonzalez, dem Schauspieler-Typen, und ein paar anderen Kindern. Jimmy hatte vor, eine Kinder-Theatergruppe zu gründen, die sich regelmäßig traf und Theaterstücke zusammen einstudierte, die sie dann auch aufführen würden. Ein Super-Sonnen-Samstag wartete also auf Bertie! Als ihm das einfiel, grinste er und streckte die Arme in Siegerpose in die Luft. Nachdem Bertie seiner Mutter hoch und heilig versprochen hatte, dass er nie mehr zu spät nach Hause kommen und ihr immer Bescheid sagen würde, wenn er es nicht rechtzeitig schaffte, hatte sie ihm erlaubt, mitzumachen. Yeah!

Wieder klopfte es, und Bertie blickte zum Fenster. Sein Herz machte einen Sprung. Gustav veranstaltete den Krach! Das Eichhörnchen hüpfte auf dem Fensterbrett rum, ein Kobold. Es war dunkelbraun und nicht rotbraun, wie die Eichhörnchen, die Bertie aus Berlin kannte. Bertie hatte Gustav seit ihrem Einzug immer wieder im Garten vor dem Haus gesehen, wie er von Baum zu Baum sprang und über das Gras flitzte. Einmal hatte er sich still an einen Baum gestellt, das Eichhörnchen beobachtet und gewartet. Bestimmt eine Stunde lang. Ohne sich zu bewegen. Gustav hatte ihn umtanzt und neugierig beäugt.

Immer näher war er gehüpft und dann wieder verschwunden. Irgendwann hatte das Eichhörnchen sich Bertie bis auf zwei Fuß genähert. Seine schwarzen Äuglein waren aufgeregt hin- und hergehuscht, und er hatte mit seinem lustig zuckenden Näschen an Berties Schuhen geschnuppert. In Bertie hatte es gekitzelt, als müsste er gleich niesen.

Leise hatte er geflüstert: »Hallo, Kleiner!«

Seitdem waren sie Freunde. Gustav und Bertie. Zwei Zwerge.

Bertie legte Gustav regelmäßig Nüsse aufs Fensterbrett und Eicheln. Mit der Zeit war das Eichhörnchen immer mutiger geworden und traute sich sogar, Berties Gaben vor den Augen des Jungen zu verzehren.

Bertie flüsterte: »Hey, Gustav! Suchst du was zu essen?«

Gustav blinzelte Bertie mit seinen kecken Äuglein zu, und es schien Bertie, als würde er nicken. Schnell sprang der Junge aus seinem Bett auf, kramte zwei Walnüsse aus einer Schreibtischschublade und öffnete vorsichtig das Fenster. Wie ein Blitz hüpfte Gustav zurück auf die Wiese und beobachtete aus der Ferne, was Bertie tat. Bertie hielt seine flache Hand seitlich aus dem Fenster und lockte das Eichhörnchen:

»Komm, Gustav! Komm … Mmh, leckere Walnüsse vom lieben Bertie. Extra für dich gesammelt.«

Vorsichtig näherte sich Gustav und wackelte dabei erwartungsfroh mit seinem buschigen Schwanz. Schneller als Bertie sehen konnte, schnappte er sich eine Walnuss mit den Händen. Die waren komisch groß und sahen mit den behaarten Krallenfingern aus wie Mini-Hexenhände. Gustav begann in Windeseile, an der Nuss zu knabbern. So als hätte er Angst, jemand könnte sie ihm wegnehmen! Seine dunklen Augen wischten hin und her und blickten immer wieder neugierig zu dem seltsamen Riesenfreund, der hinter der Fensterscheibe saß und ihm beim Fressen zusah.

»Ruhig, mein Kleiner! Es ist noch viel da, du musst keine Angst haben. Bertie sorgt für dich ...«, säuselte Bertie.

Würgi würde sich totlachen, wenn sie wüsste, wie er mit Gustav sprach, dachte er und musste grinsen.

»Na, hast du einen Freund gefunden, einen süßen kleinen Spielkameraden, ja?!« Bertie hatte Virginies Stimme im Ohr, mit der sie immer sprach, wenn sie sich über ihren Bruder lustig machte.

Sie hatten jetzt schon lange nicht mehr miteinander gesprochen! Bestimmt zwei Wochen. In Berties Brust zog es. Nicht mal geschrieben hatten sie sich, keine Mail, keine SMS. Das hieß, doch! Bertie drehte sich vom Fenster weg und griff zu seinem Handy, das auf dem Schreibtisch lag. Virginie hatte ihm eine SMS geschrieben, vor ein paar Tagen. Aber Bertie hatte sie nicht gelesen. Jetzt klickte er den Posteingang an:

`Es tut mir leid!!! Wollen wir nicht wieder miteinander sprechen? Dein Würgeengel`

Sieh mal einer an, Bertie lächelte triumphierend. Würgi entschuldigte sich! Das machte sie sonst nie freiwillig. Bertie lachte kurz trocken auf. Virginies Verhalten zeigte, dass er im Recht war! Da konnte sie ihm so viele SMS schreiben, wie sie wollte. Er würde nicht reagieren! Diesmal würde er sich nicht wieder so leicht vertragen, das hatte Bertie sich fest vorgenommen. Virginie musste endlich verstehen, dass sie nicht der Boss war! Dass sie nicht alles mit ihm machen konnte, was sie wollte.

Die Bücherei war ein großer moderner Bau in Orange, der an der Vorderseite abgeschrägt war. Man konnte das Gebäude nicht nur durch den normalen Eingang im Inneren erreichen, sondern auch über die lange steile Treppe, aus der die äußere Schräge bestand. Innen gab es Tonnen von Büchern, Stühle und Tische aus hellem Holz, eine Computerecke für Kinder und eine für Erwachsene sowie oben ein kleines rundes Café, dessen Außenwand aus lauter Fensterscheiben bestand. Von dort aus hatte man einen großartigen Blick auf die Stadt, hatte Christoph Bertie erklärt. Und die Schokolade mit Schlag war auch extrem lecker!

Bertie und Christoph saßen auf bunten Stoffwürfeln in der Leseecke und hatten neben sich zwei Stapel von Büchern aufgebaut. Beide waren in ihre Lektüre versunken. Berties Zungenspitze lugte zwischen den Lippen hervor, und Christoph wühlte abwesend in seinen Haaren herum.

»Summsummsumm, ich bin die Biene, dummdidumm! Summsummsumm …«

Ein kleines asiatisch aussehendes Mädchen, das einen pinken Pullover mit einer fetten Hello-Kitty-Katze trug, rannte um die beiden Jungen herum.

Kreischend folgte ihm ein kleiner Junge: »Ich bin der Panzer dummdidumm und fahr die dumme Anna um! Ich bin der Panzer dummdidumm …«

Er verfolgte das Mädchen, das die Jagd offensichtlich genoss. Bertie verdrehte genervt die Augen und blickte zu Christoph.

Der zuckte grinsend mit den Schultern und fuhr fort zu lesen. Bertie konnte sich bei dem Lärm nicht konzentrieren. Er stützte seine Arme auf die Beine und stopfte sich die Finger in die Ohren. Immer wilder rannten die Kinder um die Sitzwürfel herum, sie kicherten und zogen sich gegenseitig an den Haaren. Hatte denen keiner beigebracht, dass man in einer Bücherei leise war? Wo war ihre Mutter oder der Vater oder die Omi? Irgendjemand musste doch für diese Nervbolzen verantwortlich sein!, dachte Bertie wütend.

Jetzt hatte der Junge das Mädchen gefangen und drosch wild auf es ein.

»Rattatta! Rattattattta! Ich hab ein Maschinengewehr, ein Maschinengewehr, rattatta!«, schrie er.

Das Mädchen fand sein Verhalten plötzlich gar nicht mehr lustig und heulte laut auf.

Aber immer noch kam keine aufgeregte Mutter angelaufen, die die beiden auseinanderzerrte. Leise vor sich hin schimpfend, stand Bertie auf.

»Kleine Stressungeheuer, diese! Noch nicht mal in der Bücherei hat man seine Ruhe ...« Er wandte sich Christoph zu: »Ich geh mal meine Mails checken.«

»Mmh ...«, grunzte Christoph, gebannt von seinem Buch.

Das musste spannend sein! Neugierig bückte Bertie sich und versuchte, den Titel zu erkennen. Irgendetwas mit »Alexander von Humboldt, Forscher, Entd...«. Den ganzen Titel konnte Bertie nicht entziffern, weil Christophs Hand im Weg war. Bertie beschloss, seinen Freund später danach zu fragen.

3 neue Nachrichten

zeigte der Computer an: eine vom Zauberwürfel-Klub Berlin Mitte, eine vom GMX-Magazin und eine von virginie_eis@gmx.de. Bertie überlegte, ob er die Mail von Virginie gleich wieder löschen sollte, aber seine Finger gehorchten ihm nicht. Starrsinnig krampften sie sich um die Maus und klickten auf die Mail:

Von: virginie_eis@gmx.de
An: au_bertie@gmx.at
Betreff: Wien - Berlin

Kennste den? Kuck mal rein, is' lustig! ☺
http://www.youtube.com/watch?v=lt2sEF->sOAgE
Wenn du dich nicht bald meldest, gebe ich eine Vermisstenanzeige auf.
Würgi

P.S. Was soll ich machen damit du mir verzeihst? Mich im Schlamm wälzen? Eine Sahnetorte für dich backen? Dir ein Original-Dars-Vaider-Kostüm schenken?

Bertie musste grinsen. Nicht schlecht, die Vorschläge! Bertie klickte auf den Link, den Virginie ihm geschickt hatte. Gute-Laune-Musik erklang, rhythmisch und hell, durch die Kopfhörer. Eine Frau und ein Mann sangen abwechselnd und manchmal auch zusammen:

Ich hab eine Wohnung in Berlin. Mitten in Berlin.
Ich wollte hier schon immer hin.
Ich finde, Wien ist ziemlich schön.
Du bist ziemlich schön.
Auch wenn ich hier nie mit dir bin.

Ich denk fast jeden Tag über früher nach.
Und ob das richtig ist, dass du woanders bist.

Berlin, wir wollten doch zusammenziehn,
Berlin, wir wollten doch zusammenziehn.
Wien – Berlin, wir wollten doch zusammenziehn.

Das Video zeigte einen jungen Mann, der mit dunklen Locken und Brille auf einem Fahrrad und mit einer Gitarre auf dem Rücken durch Wien fuhr. Dann sah man eine junge Frau mit langen Haaren, die mit einem vollbeladenen Auto auf einer Landstraße an dem Mann vorbeifuhr. Die Sonne schien hell, und die Wiesen waren saftig grün, wie in einem Werbespot. Bertie wippte mit dem rechten Fuß zur Musik und sang leise den Text mit.

Als der Song zu Ende war, schlug YouTube Bertie unzählige andere Songs vor, die er sich unbedingt anhören sollte. Er klickte aber auf Wiederholung und machte sich, ohne lange zu überlegen, daran, Virginie eine Antwort zu schreiben:

Von: au_bertie@gmx.at
An: virginie_eis@gmx.de
Betreff: Re: Wien - Berlin

Ich hab 'ne Wohnung im blöden Wien,
mitten im blöden Wien.
Ich wollte hier noch gar nie hin.
Ich finde, Berlin ist ziemlich schön.
Aber du bist ziemlich blöd.
Gut, dass ich hier nie mit dir bin!

Ich denk fast jeden Tag über früher nach.
Und wie richtig das ist, dass du woanders bist!

Wien, wir sollten nie zusammenziehn.
Wien, wir sollten nie zusammenziehn.
Wien, Wien, wir sollten nie zusammenziehn.

Bertie lachte beim Tippen leise vor sich hin. Er fand sich urkomisch! Unter den Liedtext setzte er einen zwinkernden Smiley und schrieb:

O.k.! Lass uns skypen. Morgen? B.

Dann klickte er auf »senden«.

Virginie, Berlin, 24.11., 17.06 Uhr, Zionskirche, Kirchhof

Lichter flackerten durch die Dämmerung. Eine dichte Masse von Zwergen mit Laternen in der Hand ergoss sich über den Bürgersteig. Die Kinder schrien, heulten und lachten. Aufgeregte Eltern liefen ihnen hinterher, wischten Nasen ab und zündeten erloschene Kerzen wieder an. Ein Vater trampelte ärgerlich auf angekohlter Pappe herum, damit sie nicht weiterbrannte. Es roch nach Qualm. Und nach Schnee.

Die meisten sind auf Plastikbirnen umgestiegen, dachte Virginie schlecht gelaunt und zog die Nase hoch.

Sie schlappte lustlos neben Möppi und ihren drei kleinen Brüdern her. Warum, fragte Virginie sich, ließ sie sich immer wieder von Jennifer breitschlagen, die Babysitterin zu spielen?

»So, und nun wollen wir uns alle um das Martinsfeuer versammeln und gemeinsam ein paar Lieder singen«, rief die Kindergartenleiterin schrill durch ein Megafon.

Nur wenige hörten ihr zu. Die meisten Kinder hatten genug davon, ihre Laternen durch den Abend zu schleppen, und rannten kreischend über den Kirchhof. Justin, John und Jacko heulten, weil sie Hunger und Durst hatten, aufs Klo mussten, nach Hause wollten und aus x anderen Gründen. Virginie fror und warf einen Blick auf ihre Uhr. Wann wäre dieser Krampf endlich vorbei? Jennifer sah ihren Blick und grinste entschuldigend.

»Tut mir leid, Virginie! Wo ich dich wieder hingeschleppt habe, was …?«

»Kannste laut sagen, Möppi!«, antwortete Virginie.

»Ich habe mindestens eine Schoko-Vanille-Kirsch-Muffin-Ladung bei dir gut!«

»Is' klar!«

Jennifer kicherte und versuchte, die J-Monsterbande auseinanderzuzerren. Die Brüder hatten begonnen, sich zu kloppen, und rollten sich wie ein riesiges schmutziges Wollknäuel über den Boden. Rundherum sangen ein paar Eltern schüchtern das »Sankt-Martins-Lied« mit. Die Erzieherinnen und ein paar Kinder brüllten dafür umso lauter. Danach sagte die Kindergartenleiterin wieder durch das Megafon, sie wollten sich nun alle Sankt-Martins-Hefe-Gänse teilen, um sich ein bisschen wie Sankt Martin zu fühlen, der großherzig seinen Mantel geteilt hatte, obwohl es so bitterkalt gewesen war. Die meisten Kinder wollten aber auf gar keinen Fall ihre Sankt-Martins-Hefe-Gänse teilen und fingen an, hysterisch zu heulen und zu schreien:

»Das ist meins! Das ist meins! Ich will mehr! Ich will eine ganze! Eine gaaanze Gans!«

Virginies Magen knurrte; sie hatte es nicht geschafft, zu Mittag zu essen. Also kämpfte sie sich durch den zähen Eltern-Kinder-Klumpen, grapschte sich einen Stapel Gänse aus dem Korb und zuckte dabei entschuldigend mit den Schultern.

»Meine Geschwister haben Hunger. Wir sind sieben zu Hause.«

Die Erzieherin, die den großen Korb trug, blickte sie zweifelnd an, aber schon wurde sie von der Menschenmenge weitergedrängt und konnte Virginie nicht mehr daran hindern, mit ihrer Beute zu verschwinden.

Triumphierend winkte Virginie Jennifer mit ihrer Beute zu. Zusammen mit der J-Monster-Bande verzogen sie sich in eine

Ecke des Kirchhofes und stopften sich die Backen mit dem buttrigen Hefeteig voll. Jennifer zündete eine Laternenkerze an. Das kleine Licht flackerte Schatten in die Gesichter von Justin, John und Jacko. Jacko pulte die Rosinen aus seinem Gansgesicht und hielt sie Virginie unter die Nase.

»Für dich! Mei leidi!« Dabei lächelte er schief.

»Mh, soooo lecker! Danke Jackolein! Du bist ein Schatz!«, Virginie strahlte Jacko an und warf die geschenkten Rosinen mit einer ausholenden Geste in den Mund. Dann schnappte sie sich den kleinen Jungen, umarmte ihn und drückte ihre Nase tief in seinen weichen Nacken.

Der riecht wie Bertie! Genau wie Bertie früher, als wir klein waren, schoss es Virginie durch den Kopf. Nach Zuckerwatte und Sonne.

Seit zwei Wochen hatte sie nichts von ihrem Bruder gehört! Obwohl sie ihm eine SMS und eine Mail geschrieben hatte. So lange hatte Virginie sich noch nie mit ihrem Bruder gestritten! Mehrmals hatte sie in der Zeit von Bertie geträumt. Einmal waren sie in Star-Wars-Kostümen aufeinander losgegangen und hatten miteinander gekämpft. Idiotisch! Bertie hatte wie ein Wilder mit Fäusten auf Virginie eingetrommelt, schnaufend und mit puterrotem Gesicht. Virginie hatte Angst empfunden. Heiße, schmerzende Angst! Das Seltsame war gewesen, dass sie beide sich auf einer Eisfläche befunden hatten. Virginie und Bertie hatten Schlittschuhe getragen, und Bertie war wie eine Eins gelaufen. Superperfekt, vorwärts, rückwärts, im Kreis. Blitzschnell! Virginie hatte den Mund nicht mehr zubekommen vor Staunen und zwischendurch vergessen zu kämpfen. Irgendwann hatte sie sich dann aufgerappelt und ernsthaft versucht, sich gegen Bertie zu wehren. Doch plötzlich war das Eis unter ihren Füßen geschmolzen, und ein rauschender Bach hatte sie in einen Wasserstrudel getrieben. Virginie hatte noch gehört, wie Bertie hämisch gelacht hatte, und gedacht: Jetzt ist es vorbei.

In dem Moment war sie aufgewacht.

Virginie sagte sich immer wieder, dass es gut so war. Dass Bertie und sie keinen Kontakt mehr hatten. Bertie hatte sie sowieso immer nur genervt. Fast immer! Sie passten einfach nicht zusammen. Basta! Nur der Himmel oder wer auch immer wusste, warum sie Zwillinge waren. Wahrscheinlich stimmte selbst das nicht, überlegte Virginie. Nie und nimmer konnten sie zusammen in einem Bauch gewesen sein! Da hätte eher einer den anderen abgemurkst, ehe sie friedlich nebeneinander zehn Monate im Fruchtwasser rumgekugelt wären.

»Was is, mei leidi?« Jacko stand mit fragenden Augen vor Virginie, die in der Hocke vor ihm saß. »Weinst du?«

»Ich?!«, rief Virginie überrascht aus.

»Nein! Wieso sollte ich?«

»Warum sind deine Augen nass?« Jacko strich Virginie mit seiner klebrigen Hand über die Haare.

»Meine Augen sind nicht nass!«

Schnell wischte Virginie sich über ihr Gesicht.

»Kommt ihr jetzt? Lasst uns abhauen; ick habe jenug von diesem Prenzlauer-Berg-wir-sind-alle-eene-große-glückliche-Familie-Kram!«, rief da ungeduldig Möppi.

Abwartend stand sie da. Justin und John hielt sie jeweils an einer Hand fest. Drei flackernde Augenpaare fixierten Virginie und Jacko.

»Klar!«, rief Virginie, sprang auf und nahm Jackos Hand.

In der Straßenbahn sah Virginie aus dem Fenster in die Dunkelheit. Sie kraulte Jacko seine dunklen Stoppelhaare. Damit Annalena nicht so viel Arbeit mit dem Haarewaschen und -kämmen bei den J-Monstern hatte, rasierte sie ihnen alle paar Monate die Haare raspelkurz ab.

Jacko, der auf Virginies Schoß saß, kuschelte seinen Kopf gegen Virginies Brust und seufzte: »Is' schön, mei leidi! Weitermachen!«

Aus ihren Augenwinkeln nahm Virginie wahr, dass Justin und John versuchten, mit ihren Schuhen den Touchscreen des Fahrkartenautomaten zu bedienen. Jennifer zerrte sie schimpfend immer wieder vom Fahrkartenautomaten weg.

Draußen zogen Straßenlaternen an Virginie vorbei, Leuchtreklamen und Autoscheinwerfer. Jacko schnorchelte auf ihrem Schoß. Er war eingeschlafen! Da piepte Virginies Handy. Ein Ruck ging durch ihren Körper, und sie wühlte hastig in ihrem Rucksack. Hatte Bertie ihr endlich zurückgeschrieben? Virginies Herz pochte stark. Sie entsperrte ihr Handy und schaute auf das Display:

Morgen Training schon um 14.00 Uhr, nicht vergessen! Manne

Enttäuscht ließ Virginie ihr Handy zurück in den Rucksack plumpsen. Der olle Manfred hatte ihr geschrieben! Das hatte er ihr schon x-mal gesagt, sie war ja nicht blöd, am Donnerstag war das Training schon um 14.00 Uhr. Jaha! Virginie haute mit der flachen Hand auf die Lehne des Vordersitzes. Schnaufend kam Jennifer zu ihr gelaufen, Justin und John vor sich herschiebend.

»Mann, Virginie, hättste nicht aufpassen können? Letzte Station hätten wir rausgemusst!«

Erschrocken schaute Virginie nach draußen, Bornholmer Straße stand da: Mist! Sie waren zu weit gefahren.

Mail, 25.11., 8.03 Uhr, Agatha → Virginie

Von: auerbach.agatha@gmx.at
An: virginie_eis@gmx.de
Betreff: Re: Frage

Meine Süße,

schön, von dir zu hören!!! ☺
Natürlich schneidere ich dir das Kostüm! Ich brauche aber noch genauere Angaben: Wie soll es aussehen? Farbe, Länge, eher schlicht, klassisch, flippig usw.? … Schick mir mal den Link zu Lady Gagas Song, damit ich ihn mir anhören und mich inspirieren lassen kann, ja?!
Virginie-Mäuschen, hast du vielleicht Lust, uns zu Weihnachten zu besuchen? Das würde auch das Anprobieren und Schneidern des Kostüms einfacher machen! Du könntest am zweiten Weihnachtsfeiertag kommen – so verbringst du noch die Feiertage gemeinsam mit Papa – und über Silvester bleiben. Ich habe schon ganz viele Ideen, was ich dir alles zeigen will. Ich würde mich so freuen! Denk mal drüber nach und sag mir möglichst bald Bescheid, damit ich einen Flug für dich buchen kann.

Küsse, viele, und eine dolle Umarmung von
deiner Mama

Skype-Gespräch Virginie und Bertie, 28.11., 19.11 Uhr, vor dem Computer

ladyVi: (music)
ladyVi: (heart)
ladyVi: (*)
lukeSky: (puke)

Bertie ruft Virginie an.
Bertie *spricht betont gelangweilt*: Hallo …
Virginie *antwortet betont fröhlich*: Hallo! Toll, dass wir uns mal wieder sprechen!
Schweigen.
Virginie *kichert leise*: Is' lustig, dein Lied …
Bertie *kichert auch*: Ja …
Virginie: Wie geht's dir?
Bertie: Und dir?
Virginie: Ganz gut. Neulich habe ich Eistanzen geschwänzt!
Bertie *ruft ehrlich erstaunt aus*: Was???!!! Die Musterschülerin ist nicht zum Unterricht gegangen? Wie konnte es so weit kommen?
Virginie *überlegt*: Irgendwie hatte ich keine Lust. Wir sind zusammen zum Alexanderplatz, mit Mia, Charlotte, Klara und Jennifer. Haben Windowshopping gemacht und waren auf dem Fernsehturm. Da war nen schrulliger Mann, der hat seiner Frau einen Heiratsantrag gemacht, im Café! Er ist auf die Knie gegangen und hat rumgestottert … *Virginie kichert.* Seine Olle war schlimm, hat ihn die ganze Zeit vollgemeckert. Das war sooo peinlich!

Bertie *lacht auch*: Hört sich so an …
Virginie *senkt ihre Stimme:* Weißt du, ob Mama und Papa sich noch schreiben?
Bertie: Nö, keine Ahnung. Wieso?
Virginie: So halt.
Pause.
Virginie: Mama hat mich gefragt, ob ich über Silvester zu euch komme, nach Wien.
Bertie: Und?
Virginie *kichert*: Na ja, vielleicht …
Bertie *murmelt leicht erschrocken*: Heißt das, du kommst?
Virginie *antwortet verärgert*: Ja, stell dir vor, vielleicht komme ich! Wäre das schlimm?
Bertie: Nö … Bin nur überrascht! Das ist alles. *Kurzes Schweigen.* Und was ist dann mit Papa?
Virginie: Der bleibt hier, denke ich. In Berlin. Was sonst?
Verärgert bricht es aus Bertie *hervor*: Mann, seit Wochen frage ich ihn schon, wann er mal nach Wien kommt! Finde ich echt kacke von ihm, dass er nicht kommt!
Virginie: Wo soll er denn bitte wohnen, Bertie? Bei euch zu Hause etwa? Dann streiten Mama und Papa sich die ganze Zeit. Das wäre der pure Horror!
Bertie: Wieso denn? Vielleicht verstehen sie sich sogar ganz gut! Wenn sie sich eh Mails schreiben und so. Und wenn Herbert weg ist …
Virginie *denkt nach:* Wenn du meinst … Ich könnte natürlich versuchen, ihn zu überreden, dass er mitkommt.
Bertie: Das wär' cool!

Virginie: Aber wie? Wie machen wir vor allem Mama klar, dass Papa mitkommt? Sie will das bestimmt nicht.
Bertie: Mh … weiß nicht. Aber der Zeitpunkt ist auf jeden Fall supergünstig. Herbert fährt nach Weihnachten nämlich 'nen paar Tage nach Oberösterreich.
Virginie: Komm schon, Bertie, streng dich ein bisschen an! Du bist hier für die genialen Einfälle verantwortlich! Ich kümmere mich dann um die praktische Umsetzung.
Bertie *verzieht sein Gesicht zu einer Grimasse:* Ja, das habe ich gemerkt … Kreischkrachbummbrüllbrüll-Ärger-hoch-zehn!
Virginie *kichert*: Stimmt! Aber aus Fehlern lernt man … Ich bin seit neustem in so 'nem Forum, da kann man sich Tipps holen, wie man seine Eltern wieder zusammenbringt. Leider sind die meisten Ideen ziemlich … na ja … ich weiß nicht, irgendwie komisch! Außerdem muss man da zusammen sein, als Geschwister. An einem Ort! Nicht in zwei verschiedenen Ländern, wie wir.
Bertie *fragt neugierig:* Sag mal nen Beispiel!
Virginie *lacht:* Drei Kinder haben zum Beispiel die Wohnung vom Papa abgefackelt. Sie dachten, er würde dann wieder bei ihnen und der Mama einziehen …
Bertie *brummt:* DAS is ja mal 'ne Spitzen-Idee!
Virginie *lacht spitz auf:* Stattdessen waren ihre Eltern endgültig pleite, die Laune ist noch mehr in den Keller gesunken, und das Taschengeld von den Kindern wurde ein halbes Jahr lang gestrichen.
Bertie schnaubt verächtlich.
Pause.
Virginie: Wenn du mich fragst, passen Mama und Papa einfach

nicht richtig zusammen. Papa mit seinen wissenschaftlichen Artikeln! Der will auf der Couch rumliegen, Musik hören und lesen. Diskutieren. Aber Mama, die will was erleben, rausgehen, tanzen, schicke Kleider kaufen, reisen und so. Das passt nicht, Bertie!
Bertie *murmelt nachdenklich*: Aber irgendwann hat es doch gepasst … Ich meine, sonst hätten sie nicht geheiratet und uns bekommen.
Virginie *seufzt ratlos*: Ja, ich weiß …
Bertie *ruft mit einem Mal entschlossen aus:* Ich schreibe Papa noch mal ’ne Karte und frage ihn. Steter Tropfen höhlt den Stein … Wenn Herbert nicht da ist, kommt er vielleicht. Ich probier’s einfach!
Virginie: Papa spielt jetzt Badminton. Neulich war er sogar mal abends im Kino, stell dir vor! Ein bisschen ändert er sich vielleicht doch. *Pause*. Ich hab schon überlegt, ob er vielleicht ’ne neue Freundin hat … *Virginie kichert*. Aber das kann ich mir irgendwie nicht vorstellen: Papa mit ’ner anderen Frau als Mama!
Bertie: Papa und eine andere Frau? Das glaube ich nicht! Was für eine soll das bitte sein? Papa verknallt sich nicht einfach so, in irgendjemanden. Der liebt nur die Mama!
Virginie: Wenn du meinst …
Pause.
Virginie: Und was machst du so? Habt ihr euch eigentlich wieder vertragen, du und Mama?
Bertie: Ja, schon. Irgendwie. Ich bin jetzt in ’ner Theatergruppe, zusammen mit Christoph. Wir führen ein selbst geschriebenes

Theaterstück auf, im nächsten Sommer. Jimmy sagt, ich habe Talent.
Virginie *fragt überrascht:* Jimmy? Wer ist das?
Bertie: Unser Schauspiellehrer. Der kommt aus den USA; da ist er so 'ne Art Musicalstar. Ziemlich coole Type!
Virginie: Aha … Und der sagt, du hast Talent?
Bertie *lacht*: Ja, stell dir vor, Würgi! Hättste nicht gedacht, was?
Virginie: Ein bisschen überrascht bin ich schon …
Bertie: Du kannst ja zur Aufführung kommen!
Virginie *zögert:* Okay …
Schweigen.
Virginie: Und Christoph und du, ihr seid jetzt dicke Freunde?
Bertie *lacht wieder*: Sieht so aus! Seine ganze Familie ist ziemlich nett. Und Christophs Mama backt urleckere Kuchen …
Virginie *unterbricht Bertie*: Was hast du gesagt?
Bertie *wiederholt perplex seine letzten Worte*: Christophs Mama backt urleckere Kuchen …
Virginie *bekommt einen Lachanfall*: Urlecker! Urlecker hast du gesagt!!! Ich fass es nicht … Bertie ist zum Wiener mutiert! Zum waschechten Wiener! Urlecker … hahaha!
Bertie *fragt verständnislos*: Kannst du mir bitte sagen, was daran so komisch ist?
Virginie: Mann, Bertie, das sagt in Berlin kein Schwein: Urlecker! Total lecker oder krass lecker oder richtig lecker oder bombastisch lecker, aber doch nicht urlecker!
Bertie *murmelt*: Ach so …
Virginie *hat sich etwas beruhigt und räuspert sich*: Hmm, sorry! Also, los! Erzähl weiter …

Bertie *brummt beleidigt*: Wieso weiter? Das war's.
Virginie: Jetzt sei nicht so 'ne Mimose! Du hast gerade von Christophs Familie erzählt …
Bertie *unterbricht seine Schwester patzig*: Ja, die sind halt alle nett.
Virginie: Mmh … hört sich cool an!
Bertie: Ist es auch.
Virginie *murmelt leise*: Die würde ich gerne mal kennenlernen.
Bertie: Kannste ja! Wenn du zu Silvester nach Wien kommst.
Virginie: Stimmt!
Schweigen.
Virginie *seufzt*: Ich muss noch Hausaufgaben machen. Die letzten zwanzig Seiten lesen von diesem Buch mit dem Hund und dem Jungen. Hast du das eigentlich gelesen?
Bertie: Bin noch dabei. Gefällt mir ganz gut, übrigens. Danke!
Virginie: Der Junge erinnert mich ein bisschen an dich …
Bertie *lacht*: Echt?!
Virginie: Ja!
Bertie: Komisch … Hab ich auch schon gedacht.
Virginie *lacht*: Siehste?!
Bertie *kichert*: Siehste, siehste …
Virginie: Kaktus in der Wüste!
Bertie: Baba!
Virginie: Bussibaba!

ladyVi: jetzt hast DU mit den babysprüchen angefangen … übrigens!
lukeSky: Stimmt! Du inspirierst mich!]:)
ladyVi: (cool)

Virginie, Berlin, 29.11., 15.17 Uhr, vor dem Haus von Lotta van der Meer

Frierend stand Virginie vor dem kleinen Haus von Lotta van der Meer. Sie traute sich nicht zu klingeln. Virginie war zu früh von zu Hause aufgebrochen, weil sie so aufgeregt gewesen war und nichts mit sich anzufangen gewusst hatte. Außerdem hatte ihr Vater eine Ewigkeit mit irgendeiner Schnepfe telefoniert. Wahrscheinlich die, mit der er zusammen Badminton spielte. Seine Stimme hatte geklungen, als hätte er zu viel Sahne auf einmal in sich hineingestopft. Virginie schüttelte sich, als sie daran dachte.

Sie hielt einen kleinen Blumenstrauß mit hellroten Röschen in der Hand. Die Verkäuferin hatte ihn in Zellophan eingepackt und mit zwei grünen Schleifen versehen. Ein kalter Wind wehte durch die Straßen. Auf den Autos, Zäunen und Häusern lagen vereinzelte graumatschige Schneeklumpen. Vor zwei Tagen hatte es geschneit, aber der Großteil des Schnees war gleich wieder weggetaut. Eine Märchen-Zauber-Schneedecke wie an dem Tag, als Virginie Lotta van der Meer zum ersten Mal begegnet war, hatte es seitdem nicht mehr gegeben.

Virginie sah zu den erleuchteten Fenstern und versuchte, etwas zu erkennen. Das große Fenster gehörte offenbar zur Küche. Getrocknete Gewürze hingen über dem Fenster und Virginie meinte, im Hintergrund einen Tisch zu erkennen, auf dem ein Blumenstrauß in einer Vase stand. Aber alles war leer – von Lotta van der Meer keine Spur!

»Kann ich dir helfen?«, fragte da plötzlich eine tiefe Stimme hinter Virginie.

Erschrocken drehte sich das Mädchen um und knallte fast gegen Lotta van der Meer. Sie trug eine schwarze Winterjacke, Moonboots in derselben Farbe und einen dunkelrote Wollhut, den sie tief ins Gesicht gezogen hatte. Um ihre eine Hand hatte sie eine Hundeleine geschlungen, an der ein grauhaariger Schäferhund kläffend zerrte.

Virginies Herz schlug schneller. »Äh … ich … ich … war zu früh …«, stotterte sie, »da wollte ich noch ein bisschen warten.«

Lotta van der Meer lachte leise. »Verstehe! Schön, dass du da bist, Virginie. Darf ich vorstellen: Oskar, mein Begleiter. Ich war gerade mit ihm spazieren. Oskar ist schon dreizehn Jahre alt und völlig harmlos, auch wenn er manchmal kläfft wie ein Wachhund.«

»Ah … freut mich, Oskar!« Vorsichtig ließ Virginie ihre Hand über das Fell von dem Schäferhund gleiten. Feucht fühlte es sich an. Dicht und fest.

»Ich würde vorschlagen, wir gehen jetzt hinein und trinken eine Tasse Tee. Meine Torte steht schon bereit, mit frisch geschlagener Schlagsahne. Was meinst du?«

Die alte Dame lächelte Virginie verschwörerisch zu, und Virginie liefen mehrere kleine Schauer über den Rücken. Wieder fragte sie sich, ob sie Lotta van der Meer vertrauen konnte.

Nachdem die beiden ihre Jacken ausgezogen hatten, zeigte Lotta van der Meer auf die Kellertür. »Zunächst muss ich aber nach meinen drei kleinen Schützlingen im Keller sehen. Kaspar, Melchior und Balthasar.«

Virginie verschluckte sich und bekam einen Hustenfall. Drei kleine Schützlinge? Im Keller?

»Igel, die bei mir überwintern.«

Virginie fragte sich, ob die alte Dame ihre Unsicherheit gespürt hatte.

Lotta van der Meer zwinkerte Virginie zu. Jung sah sie dabei für einen Moment aus, fast wie ein Mädchen. »Na, was ist? Kommst du mit?«

»Klar!«

»Psst!« Lotta van der Meer legte den Zeigefinger warnend auf die Lippen, als sie gemeinsam die Steintreppen hinunterschlichen. »Wir dürfen nicht zu laut sein. Sonst erschrecken sie sich!«

Virginie musste ein Zittern unterdrücken. Sie blinzelte in das Kellerdunkel. Lotta van der Meer knipste einen Lichtschalter an und zeigte auf drei Holzkisten, die im hinteren Raumbereich auf dem Boden standen.

»Vielleicht lassen sie sich blicken … Melchior ist besonders vorwitzig! Der lässt sich sogar von mir streicheln.«

Ein starker Geruch nach Tieren und Urin stieg Virginie in die Nase. Sie hielt unwillkürlich den Atem an.

»Die drei waren so schmächtig, als ich sie gefunden habe. Du hättest sie sehen sollen! Am helllichten Tag sind sie mir quasi in die Arme gelaufen, in unserem Garten. Ich wusste gleich, dass etwas mit ihnen nicht stimmt. Igel sind sonst nur nachts unterwegs. Sie waren nicht schwerer als 300 Gramm. Da wusste ich, ich muss mich um sie kümm…«

Lotta van der Meer hörte abrupt auf zu sprechen.

»Psst! Ich glaube, Melchior kommt …«, flüsterte sie.

Virginies Gänsehaut wurde stärker. Niemals hätte sie gedacht, dass Lotta van der Meer eine Tierliebhaberin war!

In einer der drei Holzkisten raschelte es. Virginie sah, wie eine kleine stachelige Halbkugel durch ein Türchen in der Holztrennwand zum Futternapf tapste. Mit seinem spitzen Näschen schnupperte der Igel vorsichtig an dem Trockenfutter, das sich darin befand, fraß ein paar Happen und trippelte weiter zu einer bräunlich angelaufenen Banane. Genüsslich knabberte er an ihr. Seine kleinen Augen bewegten sich schnell hin und her, und seine nasse schwarze Nasenspitze wackelte. In Virginie Hals blubberte ein Lachen. Das sah oberniedlich aus!

Lotta van der Meer betrachtete den Igel, ohne sich zu bewegen, und schlich dann langsam auf die Holzkiste zu. Dabei summte sie leise. Einen hohen, zarten Ton. Melchior spitzte seine winzigen Ohren und hörte auf zu knabbern. Dann trippelte er langsam zur Kistenwand und lugte aus einer Öffnung hervor.

Die alte Dame beugte sich zu dem Igel herab und streckte ihm ihre Hand entgegen. Melchior beschnupperte sie neugierig, mit zuckendem Näschen.

»Melchior-Liebling! Ich bin's, Lotta!«, flüsterte Lotta van der Meer.

Ihre Finger waren seltsam gekrümmt. Das fiel Virginie zum ersten Mal auf.

»Willst du auch mal?« Die alte Dame lächelte Virginie aufmunternd zu, ergriff ihre Hand und führte sie vorsichtig zu der kleinen Stachelkugel. Es kratzte ein bisschen. Kurz zuckte Virginie zurück, aber Lotta van der Meer hielt ihre Hand fest und lächelte ihr aufmunternd zu.

»Na los, trau dich! Melchior beißt nicht …«

Virginie fasste sich ein Herz und streichelte den Igel. Er bewegte sich nicht und schaute Virginie mit seinen schwarzen Äuglein an, als würde er sie schon lange kennen.

Plötzlich geschah alles auf einmal: Lotta van der Meer stolperte, Virginies Hand zuckte zurück, der Igel hoppelte zurück in sein Holzhäuschen, und die alte Dame fluchte:

»Verdammt! Meine alten Knochen spielen mir immer wieder Streiche. Jetzt habe ich Melchior mit meiner Tollpatschigkeit verjagt. Tut mir leid, mein Kind!«

»Mmmacht … dddoch … nnnichts …«, stottere Virginie verwirrt.

Noch spürte sie die nasse Igelschnauze auf ihrer Haut.

Virginie und Lotta van der Meer saßen auf einem altmodischen Sofa aus violettem Samt. Auf dem Couchtisch leuchtete eine weiße Kerze in einem silbernen Kerzenständer. Nachdenklich sah die alte Dame Virginie an.

»Ich möchte dir jetzt gerne etwas zeigen!«, sagte sie, ging zum Fernseher, schaltete ihn ein und schob eine DVD in den Recorder.

Virginie sah zwei Gestalten mit dunklen Haaren auf einer Eisfläche. Einen Mann und eine Frau. Beide trugen schlammfarbene Kostüme mit goldenen Borten. Sie sahen wild aus, wie Raubkatzen oder Dschungeljäger. Trommeln erklangen, dann setzte düstere Musik ein. Die Menschen im Stadion johlten und applaudierten.

»Das sind die kanadischen Geschwister Duchesnay. Sie haben den Eistanz revolutioniert. 1988 war das, vor mehr als 20 Jahren.« Lotta van der Meer sah Virginie kurz lächelnd an. »Da warst du noch lange nicht auf der Welt.«

Die alte Dame wandte sich wieder dem Fernseher zu und schaute den Tänzern fasziniert zu. Ihre Hände, die sie im Schoß gefaltet hatte, zitterten leicht.

»In meinen Augen sind das immer noch die wunderbarsten Tänzer der Welt: Isabel und Paul Duchesnay«, murmelte sie.

Der Mann und die Frau begannen, sich auf der Eisfläche zu bewegen. Es sah aus, als würden sie durch den Urwald schleichen. Sie schauten sich immer wieder um und sahen so aus, als würden sie eine Spur wittern. Die Frau hatte die Augen mit dickem schwarzen Kajalstift umrandet und ihre Haare zu einem wippenden Pferdeschwanz am Hinterkopf zusammengebunden. Virginie konnte die Augen nicht von ihr wenden. Die Musik wurde immer schneller, lauter und heftiger. Der Mann und die Frau sprangen in die Luft, krochen auf dem Boden, drehten ineinander verschlungen Pirouetten. Mal sah es so aus, als würden sie miteinander kämpfen, und mal so, als würden sie sich gegenseitig beschützen. Es war wie ein wilder Buschtanz, in dem es um Jagen und Gejagtwerden ging, um Gefahr und Macht und Angst. Beide Tänzer waren gleich auf der Eisfläche; es gab keinen Unterschied zwischen dem Tanzstil der Frau und dem des Mannes. Mal hielt die Frau den Mann, mal der Mann die Frau. Einmal hob er sie in die Lüfte, dann wieder lehnte er sich erschöpft an ihre Schulter. So etwas hatte Virginie noch nie gesehen!

Sie schwitzte, und ihre Füße und Beine zuckten. Virginie wäre am liebsten in den Fernseher gekrochen, um ganz nah dabei zu sein. Um die Tänzer hautnah zu erleben. Am liebsten hätte sie an ihrer Stelle getanzt. Vier gewaltige letzte Schläge erklangen: Damm! Damm! Damm! Damm! In seiner Endpose erstarrte das Paar. Tobender Applaus brandete auf und ließ das Stadion erzittern. Die Menschen erhoben sich von ihren Bänken, Standing Ovations überall. Virginie fühlte sich, als wäre eine Rakete in ihr explodiert: Alles war wie aufgeplatzt, ihr Herz, ihre Haut, ihr Kopf.

Lotta van der Meer ergriff die Fernbedienung und drückte die Stopptaste.

»Hat es dir gefallen?«, fragte sie Virginie lächelnd.

»Ähm …« Virginie räusperte sich, sie musste erst ihre Stimme wiederfinden. »Ähm …, ja …, sehr! Es war … fantastisch! So etwas habe ich noch nie gesehen, noch nie!«

Die alte Dame nickte sinnierend mit dem Kopf. »Ja … Und weißt du, was das Große an den beiden ist? Sie sind artistisch perfekt, aber gleichzeitig sind sie nur Gefühl auf der Eisfläche. Sie zeigen uns ihr Innerstes: ihre Angst, ihre Liebe, ihr Glück und ihre Trauer. Das ist es, was die Zuschauer so mitreißt!«

Virginie sah Lotta van der Meer erstaunt an. Die alte Dame hatte ungewohnt leidenschaftlich gesprochen! Sonst wirkte sie immer so kontrolliert, als würde sie nie die Beherrschung verlieren. Als liefe bei ihr immer alles nach Plan!

»Genau das brauchst du auch, Virginie!« Lotta van der Meer sah das Mädchen liebevoll an. »Den Mut, auf dem Eis deine Gefühle zu zeigen. So zu tanzen, wie du wirklich bist. Verstehst du, was ich meine?«

»Ich … glaube … schon …«, stotterte Virginie verwirrt.

»Gut!« Lotta van der Meer nickte zufrieden. Sie erhob sich und schenkte Virginie noch eine Tasse Tee ein.

»Hast du Geschwister, Virginie?« Lotta van der Meer sah Virginie fragend an.

Das Mädchen lachte kurz trocken auf. »Sie meinen, weil die Duchesnays Bruder und Schwester sind? Ja, Bertie, meinen Zwillingsbruder! Aber mit dem könnte ich nie tanzen. Das ist ein unsportlicher Freak.«

»Du hast einen Zwillingsbruder?« Die Augen der alten Dame blitzten auf. »Interessant!«

Lotta van der Meer nahm einen Schluck aus ihrer Teetasse und ergriff die Fernbedienung.

»Willst du noch mehr sehen?«

Virginie nickte heftig und verschüttete dabei fast ihren Tee. »Ja, klar. Unbedingt!«

Lotta van der Meer lächelte wieder. »Dann springen wir jetzt ins Jahr 1990. Die Duchesnays haben zur Enttäuschung ihrer Fans nur den dritten Platz bei den Europameisterschaften gemacht. Nun treten sie bei den Weltmeisterschaften an. Die Erwartungen sind hoch. Wird es ihnen gelingen, Weltmeister zu werden?«

Virginie hing an den Lippen von Lotta van der Meer. Sie konnte es nicht erwarten, die Geschwister wieder tanzen zu sehen. Draußen war es dunkel geworden, und ein verbeulter Fast-Vollmond leuchtete am Himmel. Oskar, der alte Hund von

Lotta van der Meer, lag zu ihren Füßen und knurrte leise vor sich hin. Fast ohne es zu merken, begann Virginie ihn zu kraulen, während sie wie gebannt auf den Bildschirm des Fernsehers starrte.

Postkarte mit einer bunten Abbildung des Wiener U-Bahn-Netzes auf der Vorderseite

Wien, 31.11.

Lieber Papa,

Wien hat
– einen Umweltfriedhof
– keine U-Bahn-Linie 5
– einen Vermählungsbrunnen
– eine Autobahn, die bei Kilometer neun beginnt
– ein Bestattungsmuseum
und
– eine Bergziegenzuchtstation.

Wann kommst du endlich, damit ich dir das alles zeigen kann? Zusammen mit Virginie nach Weihnachten? Herbert ist dann verreist. Bitte!

Dein Bertie

Bertie, Wien, 6.12., 16.25 Uhr, Kindertheater Wien

»Na Süßa, wat hab' ick dir jesacht?! Jimmy is' nen Juter!«

Alexa stand auf den Tresen gestützt und grinste Bertie mit schokoladenverschmierten Zähnen an. Bertie hatte seine Nikolaussüßigkeiten zur Theatergruppe mitgebracht und teilte sie nun mit Alexa und Christoph.

Am Morgen hatte Bertie, wie jedes Jahr, seine Stiefel mit leckeren Dingen angefüllt gefunden: selbst gebackene Plätzchen von Mama, Schokoladensterne, bunte Kringel, Orangen, Nüsse und einen duftenden Tannenzweig. Ein Paar selbst gestrickte Wollstrümpfe in rosa-weiß von Herberts Uralt-Omi, zu deren Geburtstagsfeier Bertie nicht mitgekommen war, war auch dabei gewesen. Die dachte anscheinend, er sei ein Mädchen! Außerdem hatte Herbert ihm ein Buch über Alexander von Humboldt geschenkt. Das, das Christoph neulich in der Hauptbücherei gelesen hatte. Alexander von Humboldt war ein leidenschaftlicher Reisender und Entdecker gewesen. Jahrelang war er durch Mittel- und Südamerika gereist, auf Riesenberge gestiegen und mit einem Einbaum auf Urwaldflüssen dahingeschippert. Vulkane hatte Alexander von Humboldt untersucht, neue Tierarten entdeckt, unbekannte Pflanzenarten und Gewässer. Bertie hatte sich riesig über das Nikolausgeschenk von Herbert gefreut!

»Biste in Jimmy vaschossen oda wat?«, fragte Bertie Alexa grinsend zurück und biss herzhaft in ein Marzipanbrot.

Bertie hatte früher nie berlinert! Eigentlich konnte er es auch nicht richtig gut, aber hier in Wien, wo alle so gedehnt sprachen, packte ihn manchmal die Lust, wie ein dicker Urberliner an 'ner Currywurstbude zu sprechen, mit 'ner Bierpulle in der Hand. Vor allem, wenn er mit anderen Berlinern sprach wie mit Alexa.

»Wat, wie kommste denn da druff?!«

Alexa wurde rosa im Gesicht und begann schnell, ein paar Gläser abzuwaschen.

»Hey, könnt ihr bitte normal sprechen?«, fragte Christoph ungeduldig. »Ich verstehe kein Wort!«

»Gib ma' 'ne Apfelschorle rüber, Kleene!«, rief Bertie Alexa zu, ohne auf Christophs Bitte zu achten, und erntete dafür einen genervten Blick von seinem Freund.

»Mann, sonst bin ich immer derjenige, der nix versteht«, fuhr er erklärend fort.

»Bei euch gibt's ja noch nicht mal 'ne einfache Apfelsaftschorle, sondern nur gespritzten Apfelsaft. Und Batschen-Gatschhosen-anbatzen-Stiege-Schwammerl-Körberl-Bobsch-Erdäpfel-Federpenal-Maschen-Topengolatsche-Weste-Haube-Kasten …« Bertie war ganz außer Atem geraten beim Aufzählen. »All diese verrückten Wörter musste ich lernen. Muss ich immer noch!«

»Bertie hat recht!« Alexa stellte Bertie ein Glas Apfelsaft gemischt mit Mineralwasser vor die Nase. »Dit müssen wa ausnutzen, wenn wa ma' unter unseretgleichen sind, Chris, dit musste vastehn!«

Christoph lachte versöhnlich. »Ja, okay, verstehe. Dann berlinert mal weiter! Ich gehe in der Zeit Flyer anschauen.«

Christoph schlurfte, die Hände in den Hosentaschen und sein Käppi verkehrt herum auf den Kopf gesetzt, zu einem Ständer mit Postkarten und Werbe-Flyern.

Während Alexa zwei Melanges an der Kaffeemaschine zubereitete, rief sie zu Bertie hinüber: »Okay, kennste ditte: Currypieka?«

»Ne!« Bertie musste lachen.

»Dünne Arme ohne Muskeln!«, Alexa lachte auch, »wie die Pieker, die man in die Currywurst steckt.«

»Ach so!« Bertie packte einen Schokogoldtaler aus und schob ihn sich in den Mund. »Jut, jetzt kommt meiner: ›Flitzpiepe!‹«

»Äh, dit is' doch supereasy: Nerd, Freak, Psycho.« Alexa zuckte mit den Achseln.

»Jetze bin icke wieder dran: Fußhupe.« Sie sah verschmitzt zu Bertie.

Bertie musste wieder kichern.

»Keine Ahnung! Quietschende Schuhe?«

»Nö! Kleiner Hund.«

Bertie und Alexa prusteten wie auf ein Kommando los.

So ging es weiter. Alexa kannte die verrücktesten Wörter: Schieleisen für Brille, Graf Kacke für Angeber, Rotzbremse für Oberlippenbart, Rentnerporsche für Rollator, Tretmine für Hundekot auf dem Bürgersteig und, besonders eklig, tote Oma, für gebratene Blutwurst. Bertie lachte sich schlapp.

Virginie, Berlin, 6.12., 17.03 Uhr, Eisstadion Berlin-Mitte

Virginies Beine fühlten sich an wie Betonklötze mit Uhu dran, die am Eis festklebten. Obwohl erst später Nachmittag war, hatte sie schon einen langen Tag hinter sich: Schule, Hausaufgaben im *Bambule-Brötchen*, Training mit Manne und jetzt auch noch mit Lotta.

»Hier, binde dir das mal um den Kopf!«

Lotta van der Meer sprach mit ihrer entschiedenen tiefen Stimme und reichte Virginie einen schwarzen Seidenschal. Er roch nach Lottas schwerem Parfum und nach Minze.

»Ich möchte, dass du deine Kür zu *Pokerface* mit verbundenen Augen tanzt! Es ist gleichgültig, ob du Fehler machst. Wichtig ist, dass du die Musik hörst und in dir spürst. Und dass du sie gestaltest! Du musst aus dem Lady-Gaga-Song DEINEN Song machen. Den Virginie-Pokerface-Song!«

»Das … geht … nicht, Lotta, bitte! Das kann ich nicht! Mit verbundenen Augen die ganze Kür!« Virginie war zum Weinen zu Mute.

Das würde sie nie schaffen! Es war schon schwer genug, einzelne Figuren mit geschlossenen Augen zu laufen, eine Arabeske oder eine Pirouette. Aber die ganze Kür? Das war unmöglich!

»Stell dich nicht so an, Virginie. Tu einfach, was ich dir sage«, Lotta van der Meers Augen sahen undurchdringlich an Virginie vorbei. Erschöpft schleppte Virginie sich zur Eisfläche. Ihr Kopf brummte, und in der Nase juckte es. Sie fühlte, dass eine Erkältung im Anflug war. Und das am Nikolaustag! Virginie seufzte. Beknacktes Leben! Früher hatte ihre Mutter zur Adventszeit einen Adventskranz geflochten, aus duftenden Tannenzweigen und mit dicken roten Kerzen geschmückt. Selbst gebastelte Adventskalender hatte es gegeben, mit Schokolade gefüllt und anderen Kleinigkeiten, Haarspangen, Notizblöcken, Aufklebern. Die Weihnachtszeit war immer eine besondere Zeit für Virginie gewesen. Eine Familien-Schnee-Zauber-Zeit! Mit brennenden Kerzen, selbst gebastelten Sternen an den Fenstern, Plätzchenbacken, Zimtduft und tausend Geheimnissen. Ihr war damals nicht bewusst gewesen, dass ihre Mutter das alles organisiert hatte. Jetzt, mit Papa, gab's noch nicht mal 'ne kümmerliche Kerze auf dem Küchentisch. Nikolaus hatte er natürlich auch vergessen! Virginie hatte ihm eine Packung mit Schokoladenlebkuchen und einen Strohstern in die Schuhe gesteckt, heimlich. Aber in ihren Stiefeln war nix gewesen! Nullkommanullnix.

Regungslos stand Virginie auf der Eisfläche. Plötzlich fuhren ihr die ersten Takte wie Blitze in die Beine. Virginie hatte kurz den Eindruck, das Eis krachen zu hören. Dann flog sie los. Gleich bei der zweiten Schrittkombination auf die Fresse!

»Shit!«, entfuhr es Virginie, aber sie rappelte sich schnell wieder auf und tanzte weiter.

Virginies Atem raste; der Schweiß brach ihr aus. Es war seltsam, ohne Augen zu tanzen. Im Dunkeln, nur im eigenen Körper. Tief drinnen. Ohne Kontakt zur Außenwelt. Virginie merkte, dass sie die Orientierung verloren hatte und nicht mehr wusste, an welcher Stelle auf der Eisfläche sie sich befand. Kalt kroch Angst in ihr hoch. Bumm! Schon wieder hatte sie sich hingelegt. Das konnte nicht wahr sein! Heiße Wut stieg in Virginie auf: Was sollte diese beschissene Übung?! Warum musste sie sich wie die letzte Loserin blamieren? Lotta van der Meer wollte sich über sie lustig machen! Wahrscheinlich stand sie an der Bande, zusammen mit Manne, und lachte sich scheckig.

»Tanz weiter, Virginie! Nicht aufgeben!«, hörte Virginie wie durch eine dicke Watteschicht hindurch.

Die Wut brodelte und stach in ihr. Plötzlich machten sich Virginies Arme und Beine selbstständig. Sie hielten sich nicht mehr an die Choreografie, sondern bewegten sich wild durch die Luft. Virginie wuchs zu einer Kriegerin heran, mit einem schwarzen Umhang und Lichtschwert in der Hand. Ein bisschen so, wie in Virginies Traum neulich. Von Bertie und sich, auf der Eisfläche. Bilder wirbelten um sie herum, ihre Mutter, wie sie zu Lady Gaga tanzte, Bertie, der auf einem Zauberwürfel-Berg stand und ihr zuwinkte, Möppi, die über Virginie hinwegflog. Virginies Körper vibrierte, als würde er gleich zerspringen.

Schnaufend lag Virginie auf dem kalten Eis. Sie hatte das Gefühl, aus einem tiefen Schlaf zu erwachen. Langsam hob sie den Kopf, zog das Tuch von ihren Augen und versuchte, sich zu orientieren. Virginies rechtes Handgelenk schmerzte. Anscheinend war sie beim Hinfallen unglücklich mit der Hand aufgekommen. Hoffentlich war es nichts Ernstes!

»Alles okay?!« Lotta van der Meer stand plötzlich vor Virginie auf der Eisfläche.

»Äh …, ja …, ich denke schon«, stotterte Virginie verwirrt.

Sie hatte Lotta noch nie auf Schlittschuhen gesehen und hätte bei dem Anblick am liebsten ein bisschen gekichert.

»Steh auf! Du Wilde!« Lotta hatte die Arme in die Hüften gestemmt und lächelte Virginie liebevoll zu.

Dann fuhr sie langsam mit eleganten kleinen Schritten zum Ausgang, und Virginie fragte sich zum ersten Mal, ob wirklich nur Lottas Mutter eine Eistänzerin gewesen war. Die alte Dame bewegte sich erstaunlich sicher auf dem Eis.

»Lotta?!«, rief Virginie ihrer Lehrerin hinterher. »Ähm …, Entschuldigung!«

»Wofür?« Lotta hatte sich umgedreht und lachte überrascht.

»Dafür, dass ich mich so aufgeführt habe! Wie 'ne Durchgeknallte … Ich weiß auch nicht, was in mich gefahren ist.« Virginie lächelte verlegen und erhob sich ächzend.

Ihr Handgelenk tat jetzt richtig weh. Wie heiße Suppe beim Kochen pumpte und bollerte es von innen gegen ihre Haut.

»Wieso? Das war großartig, meine Liebe! Richtig gut.« Lotta van der Meer lachte schallend, als sie Virginies verdutztes Gesicht sah.

Bertie, Wien, 6.12., 17.20 Uhr, Museumsquartier

Kalte Novemberluft schlug Bertie und Christoph entgegen, als sie den *Dschungel* verließen. Ihr Atem bildete kleine Nebelwolken vor dem Mund. Christoph holte eine Tupperdose mit Linzer Torte aus seinem Rucksack hervor.

»Hat Mama gebacken. Hatte keine Lust, den anderen etwas abzugeben …«, erklärte er Bertie grinsend und stopfte sich ein Stück in den Mund.

»Gute Idee!«, entgegnete Bertie und bediente sich.

»Deine Mutter ist ’ne Granate!«, mümmelte er begeistert.

»Eine was?« Christoph lachte überrascht auf.

»’ne Tolle! Der Hammer! Superwoman oder so. Vastehste?«

»O Mann, fang bitte nicht schon wieder an mit deinem komischen Dialekt!«, Christoph machte eine abwehrende Geste, »komm, wir setzen uns da drüben hin!«

Christoph zeigte auf ein Mäuerchen gegenüber vom Leopold-Museum. Das Kindertheater befand sich in einem riesigen Areal, dem »Museumsquartier«, mitten im Zentrum von Wien. Dort lagen mehrere große Museen, Cafés, Buchläden und Kneipen beieinander. Bertie war im Frühherbst schon mal dort gewesen, mit seiner Mutter und Herbert. Die Sonne hatte geschienen, und überall hatten pinke Plastikwürfel herumgestanden, auf denen Kinder herumgeklettert waren und Erwachsene sich gesonnt hatten. Mitten auf den Steinen war ein Sandspielplatz errichtet worden. Eis und Kuchen hatte es an jeder Ecke gegeben und komische Installationen, von denen Bertie nicht gewusst hatte, was sie darstellen sollten. Damals hatte Bertie sich zum ersten Mal an

Berlin erinnert gefühlt! Endlich war er in Wien einmal auf einen Ort gestoßen, der ihm ein bisschen vertraut vorgekommen war.

Heute ging es ihm wieder so, und er bedauerte es, dass er mit Agatha und Herbert am Stadtrand lebte anstatt mitten im Herzen der Stadt.

»Schau mal, da!« Christoph stieß Bertie in die Seite und zeigte auf eine überlebensgroße Abbildung aus Pappe, die einen nackten Mann darstellte.

Mit kinnlangen offenen Haaren lag er da, seitlich aufgestützt, und präsentierte grinsend seine braun gebrannte Haut, seine Muskeln und seinen überdimensionalen Penis. Die Abbildung war aus verschiedenen Pappplatten gebaut, die voreinandergeschoben waren, und zwischen denen man hin- und herlaufen konnte. Vor dem Brusthaar des Typen boxten sich zwei kleine Jungs, unter seiner rechten Armbeuge lugte eine neugierige Frau hervor und zwischen seinen Beinen stand eine Gruppe von kichernden Mädchen, die gegenseitig Fotos von sich machten.

Bertie prustete: »Sieht nen bisschen aus wie Herbert! Sollte ich mal meiner Mutter zeigen …«

»Lieber nicht!« Christoph lachte auch und hielt Bertie die Tupperdose hin. »Noch ein Stück?!«

»Klaro!«, rief Bertie aus und griff zu.

»Woher kennst du eigentlich das Buch mit dem Jungen und dem Hund? Das, das du für unser Theaterstück vorgeschlagen hast …?«, fragte Christoph zwischen zwei Bissen.

»Hat meine Schwester mir geschenkt«, nuschelte Bertie mit vollem Mund.

»Echt?« Christoph sah Bertie neugierig an. »Wie ist sie eigentlich? Sieht sie dir ähnlich? Ist sie auch so ein Bücherwurm wie du?«

»Überhaupt nicht!« Bertie lachte laut auf. »Würgi hasst lesen. Dafür ist sie ein Sport-Ass! Virginie macht Eistanz, mit Tutu und Pirouetten, Sprüngen und Glitter. Sie hat schon mal die Berliner Meisterschaften gewonnen, in ihrer Altersklasse.«

Bertie merkte beim Sprechen, dass er stolz auf seine Schwester war. Er bekam Lust, mit ihr anzugeben: »Na ja, und sie ist so ’ne ganz Hübsche. Groß und durchtrainiert mit langen dunklen Haaren.«

Bertie sah Christoph forschend von der Seite an. »Wieso willst du das wissen?«

»Na ja, immerhin ist sie deine Schwester, oder? Sogar deine Zwillingsschwester! Das finde ich spannend. Man sagt doch immer, Zwillinge sind sich näher als normale Geschwister. Dass sie auf irgendeine geheimnisvolle Art und Weise miteinander verbunden sind.«

Christoph musste grinsen. »Allerdings scheint ihr sehr verschieden zu sein …«

»Du sagst es!« Bertie sprang auf und klopfte sich seine Hände an den Hosen ab. »Komm, wir hauen ab! Mir ist kalt.«

Er wollte sich schon wegdrehen und loslaufen, fügte dann aber noch hinzu: »Virginie kommt übrigens über Silvester nach Wien. Dann kannst du sie kennenlernen.«

»Echt? Cool«, murmelte Christoph zerstreut.

Er war damit beschäftigt, die leere Tupperdose im Rucksack zu verstauen. Aus der Ferne erklangen plötzlich ein anhaltendes Schreien und dumpfe Glockenschläge. Abrupt riss Bertie seinen

Kopf zur Seite. Bummernde Rockmusik setzte jetzt ein. Links vom Museum für Moderne Kunst, das wie ein riesiges Schiff aus grauem Stein in den Himmel ragte, hatte sich eine Menschenmenge versammelt. In der Mitte eines kreisförmig abgesperrten Bereichs standen zwei große brennende Scheiterhaufen und mehrere kleine Holzstöße. Überall standen Feuerwehrmänner herum und bewachten den Platz und die Absperrungen.

»Oh Mann, der Krampuslauf! Habe ich völlig vergessen … Jetzt wirst du was erleben, Bertie. Mach dich auf was gefasst! Wenn ich deine Hand halten soll, sag Bescheid.«

Christoph lächelte und begann, auf die Menschenmenge zuzulaufen.

Bertie folgte ihm zögernd. Der Lärm war ohrenbetäubend, und Bertie hatte Lust, sich die Ohren zuzuhalten. Alle blickten wie gebannt in die Richtung des Eingangstores. Nach einem gewaltigen Trommelwirbel, der den gesamten Innenhof erzittern ließ, fuhren mehrere brennende Holzwagen in rasendem Tempo in den abgesperrten Bereich, die von pelzigen Kreaturen gezogen wurden. Auch oben auf dem Holzwagen standen haarige Monster mit ziegenbockähnlichen Geweihen und Teufelsmasken. Sie ließen Peitschen durch die Luft schwirren, hielten Dreispitze und Mistgabeln in den Händen und brüllten in die Menge. Manche sprangen von den Wagen und begannen, miteinander zu kämpfen. Andere hielten ihre brennenden Fackeln drohend in die Richtung des Publikums und zündeten kleine Holzstöße an. Rote Scheinwerfer tauchten den gesamten Platz in grelles Licht. Kinder kreischten. Neben Bertie standen kopfschüttelnd zwei alte Damen in Pelzen.

»Das haben sie aus unserer Tradition gemacht: ein Hollywood-Spektakel. Widerlich!«

Die eine der beiden Damen spuckte ihre Worte aus, als seien es ungenießbare Kirschkerne, während ihre Begleiterin missbilligend dazu den Kopf schüttelte. Dann verließen beide wie auf ein Zeichen ihren Zuschauerposten.

Erst jetzt erkannte Bertie, dass in manchen Holzwagen gefesselte Menschen saßen, zusammengekauert.

»Der Nikolo belohnt die Guten, und die Krampusse strafen die Bösen. In den Holzwagen sitzen solche Sünder. Außerdem stehlen die Krampusse auch Kinder. Schau, da!«

Christoph zeigte auf einen Krampus mit roter Teufelsmaske, der einen Holzkorb auf seinem Rücken trug. Nur unscharf konnte Bertie den Körper einer lebensgroßen Kinderpuppe erkennen, die darin gefangen war.

Mit offenem Mund stand Bertie an der Absperrung und bestaunte das Spektakel. Er bemerkte nicht, dass sich ihm ein zottiges Ungeheuer näherte. Ehe Christoph seinen Freund warnen konnte, hatte der Krampus Bertie gepackt und rannte brüllend mit seiner Beute davon.

»Hilfe! Hilfe! Christoph!«, schrie Bertie verzweifelt und wand sich in den Armen des Teufels. Der lachte triumphierend und führte einen wilden Siegestanz aus. Das Monster drehte sich im Kreis, sprang in die Luft und rannte hin und her. Dabei grunzte und fauchte es wie ein Mammut. Bertie verlor bald vollständig die Orientierung. Feuerzungen zischten an ihm vorbei, manchmal sah er einen Fetzen schwarzen Himmel mit Sternenkrümeln oder erschrockene Kinderaugen, die ihn gebannt beobachteten, dann wieder nur den Steinboden unter sich. Ihm war schwindelig, und in seinem Magen rumorte es. Die Ösis hatten echt einen an der Waffel! Und wo war überhaupt Christoph? Scheiße! Bertie fürchtete sich, obwohl er wusste, dass es nur ein Spiel war. Trotzdem hatte er Angst! Sie biss wie ein kleiner wütender Dackel in seinen Bauch und ließ nicht mehr locker.

»Christoph! Chriiiistoooph!«, schrie Bertie wieder.

»Hab keine Angst, Kleiner!«, brummte da eine tiefe Stimme, und ließ Bertie aufhorchen.

Wer hatte mit ihm gesprochen?

»Ist nur Spaß! Gleich vorbei … Dann bring ich dich zum Nikolo und du bekommst ein riesiges Sackerl voll mit Schokolade.«

Der Krampus hatte kurz innegehalten in seinen wilden Bewegungen.

Bertie atmete auf und spürte, wie sein wild schlagendes Herz sich ein bisschen beruhigte. Von Schokolade hatte er allerdings langsam genug! Frisch von der Leber weg gesagt, wie der Berliner sagt. Dachte Bertie, dem Gedanken wie Feuerfunken durch das Gehirn wirbelten. Er musste lächeln. Plötzlich kam ihm eine Idee! Sobald er diesem Irrsinn entkommen war, würde Bertie Würgi schreiben.

Virginie, Berlin, 6.12., 18.11 Uhr, auf der Straße

Müde schlurfte Virginie den Bürgersteig entlang. Die Schneeschicht lag wie eine dünne Federdecke auf den Straßensteinen. Aus der Ferne hörte Virginie leise singende Stimmen, die von einem zitterigen Klavier begleitet wurden:

Lustig, lustig, tralleralllerla,
heut ist Nikolausabend da!
Heut ist Nikolausabend da.

Virginie erkannte das Kinderlied. Nikolaus ohne Mama war echt das Letzte!, dachte sie missmutig und trat gegen eine Metalldose, die vor ihr auf dem Boden lag. Und ohne Bertie. Als Virginie spürte, dass ihre Augen nass wurden, hob sie schnell die Hand und befühlte das schmale Metallstück, das sich unter der Mütze in ihren Haaren versteckte.

Lotta hatte ihr eine alte Haarspange geschenkt! Aus Silber, mit drei kleinen rosa-weiß leuchtenden Edelsteinen drauf.

»Für dich. Zum Nikolaustag!«, hatte die alte Dame gesagt und Virginie angelächelt.

»Die hat schon meine Großmutter getragen. Ich dachte mir, sie würde gut zu deinen dunklen Haaren passen.«

Virginie hatte für einen Moment vergessen zu atmen. So sehr hatte sie sich gefreut! Sie hatte nicht gewusst, was sie sagen sollte. Dann war sie Lotta um den Hals gefallen.

Virginie dachte lächelnd an den Moment zurück, wühlte in ihrer Jackentasche und zog eine Cellophan-Tüte mit Zimtsternen hervor. Dunkler Gewürzduft zog in Virginies Nase. Mit einem genießerischen Seufzen biss sie in einen Keks. Lotta hatte die Sterne für Virginie gebacken. Auch zu Nikolaus! Immerhin EIN Mensch, der an sie dachte. Virginie steckte ihre Hände zurück in die Jackentaschen und beschleunigte die Schritte. Sie wollte jetzt möglichst schnell nach Hause kommen.

Ansichtspostkarte mit einem Foto von dem Reichstag

Berlin, den 7. Dezember

Lieber Bertie,

vielen Dank für die Wien-Infos! Vor allem der Umweltfriedhof, das Bestattungsmuseum und die Ziegenzuchtstation interessieren mich.
Ich habe noch mal nachgedacht und mir überlegt, dass ich gerne nach Wien zu dir komme. Wie wäre es mit den nächsten Osterferien? Dann könnten wir zusammen das Wiener Umland bereisen, ins Burgenland, nach Niederösterreich oder in die Steiermark. Nach Weihnachten würdest du dafür zu mir nach Berlin kommen, und wir feiern ein Männer-Silvester mit Raketen, Pizza und Berliner Weiße mit Waldmeister. Was meinst du?
Ich freue mich auf dich!

Dein Papa

Mail, 9.12., 16.04 Uhr, Bertie → Virginie

Von: au_bertie@gmx.at
An: virginie_eis@gmx.de
Betreff: neuer Plan!

Virginie, hör zu: Wir dürfen noch nicht aufgeben! Ich schlage folgendes NEUES Vorgehen vor: Du verkackst die nächsten Schularbeiten, noch mehr als sonst ;-)! Nicht nur in Deutsch, sondern auch in Mathe, Nawi und so. Der Tannenbaum flippt rum und will mit Papa sprechen von wegen Versetzung und so. Du heulst, dass du Angst hast vor Papa, weil der so streng ist. Ob der Tannenbaum nicht lieber mit deiner Mutter reden kann? Du gibst ihm Mamas E-Mail-Adresse, und der Tannenbaum schreibt an beide, Ma und Pa, dass du Probleme hast in der Schule. Gut wäre, wenn er auf die Idee kommt, dass die Trennung von Ma und Pa der Grund für deine Schulprobleme ist; das musst du ihm irgendwie verklickern. Dürfte nicht schwierig sein! Der Tannenbaum bittet beide zum persönlichen Gespräch, Ma und Pa. Ma muss dafür extra nach Berlin anreisen, was sie natürlich, als Vorzeige-Mama, macht. Nachdem Ma und Pa zusammen beim Tannenbaum waren, gehen sie einen Kaffee trinken und sprechen sich aus. Gleich wieder abzureisen, macht keinen Sinn! Ma bleibt also für nen paar Tage in Berlin. Du musst dann dafür sorgen,

dass die beiden sich öfter sehen, sprechen und so.
Das Ganze hätte auch den Vorteil, dass wir Herbert nicht aus dem Weg schaffen müssten!
Was meinste?

Bertie-Napoleon

Mail, 9.12., 20.43 Uhr, Virginie → Bertie

Von: virginie_eis@gmx.de
An: au_bertie@gmx.at
Betreff: Re: neuer Plan!

Hey Mister Napoleon ☺,
hört sich nicht schlecht an, dein Plan. Nur, dass **ICH** mal wieder die Lernbehinderte bin, nervt! Aber gut, dir würden sie's wahrscheinlich wirklich nicht abnehmen …
Wann soll das Ganze starten? Vor Weinachten noch?

See you later, Alligator,

V.

Bertie, Wien, 19.12., 16.52 Uhr, Weihnachtsmarkt am Karlsplatz

Wahnsinn, was die Wiener für die Weihnachtsbeleuchtung ausgeben!, dachte Bertie, während er an Herberts Seite durch die Einkaufsstraßen am Stephansdom schlappte. Überall hingen knallrote Glitzerkugeln am Himmel wie überdimensionale Lampions, weiße Riesenschleifen und Glitzerketten, die den Eindruck erweckten, als würde am laufenden Band Sternenstaub über die Stadt rieseln. Herbert hatte Bertie gefragt, ob er mitkommen wolle zum Weihnachtsmarkt auf dem Karlsplatz. Er hatte vor, nach einem Geschenk für Agatha zu suchen, und weil Bertie sich sowieso gelangweilt und noch kein einziges Weihnachtsgeschenk hatte, hatte er zugestimmt.

An fast jeder Ecke standen dick eingemummelte Männer mit Schals vor dem Mund und Wollmützen tief ins Gesicht gezogen, die heiße Maroni und Kartoffelecken verkauften. Ihre Hände waren dick und schwielig, weil sie ständig in die heiße Glut auf ihren Öfen greifen mussten, um die besten Kastanien rauszufischen.

Herbert hatte ein paar Maroni gekauft, ging nun schweigend neben Bertie her und puhlte konzentriert die Schale von den kleinen braunen Kugeln ab. Er hatte Bertie welche angeboten, aber Bertie hatte abgelehnt.

»Nee, danke! Die schmecken immer so wie eingeschlafene Füße, finde ich.«

»Na dann …, guten Appetit!«, hatte Herbert gelacht, sich die nächste Maroni reingeschoben, und sie waren weiter schweigend nebeneinander hergegangen.

Das mochte Bertie an Herbert! Dass er selten mit irgendwelchen blöden Fragen nervte. Nie drängte er Bertie, von sich zu erzählen, so wie Mama.

»Geht's dir auch wirklich gut?«

»Hast du schon mehr Freunde gefunden?«

»Willst du mir nicht mal genauer erzählen, was ihr gerade in der Schule macht?«

Wenn Herbert und Bertie zusammen waren, sahen sie fern, Sport oder irgendwelche Reportagen über den tropischen Regenwald und die New Yorker Börse. Sie mampften Wurstbrote und Marillentopfentaschen und lösten Kreuzworträtsel. Neulich hatte Bertie Herbert gezeigt, wie das mit dem Zauberwürfel ging. Seitdem hatte Herbert das Zauberwürfelfieber gepackt. Abends kam er manchmal mit einer neuen Idee oder einer Frage an:

»Du, Bertie, ich hab mir gedacht, vielleicht könnte man das auch so machen …?«

»Komm, such dir was aus!«, sagte Herbert und hielt an einem Stand mit Punsch, gebrannten Mandeln und anderen Süßigkeiten an.

Sie waren auf dem Karlsplatz angekommen.

»Ich brauch was zur Stärkung! Diese Lichtermassen machen mich ganz duselig im Kopf!« Herbert rieb sich stöhnend die Augen.

»Das kannst du laut sagen!«, murmelte Bertie und wählte einen rot kandierten Apfel.

Die krachten so schön, wenn man reinbiss. Sie schmeckten

nach früher, nach Berlin mit Mama und Papa. Und Würgi! Kurz brannte es in Berties Bauch, nur noch acht Tage, dann wäre sie hier, in Wien. Abends am ersten Weihnachtstag würde sie ankommen, ohne Papa! Der stellte sich doof und taub und blind und tat so, als wäre es eine tolle Idee, zu Ostern nach Wien zu kommen. Bis dahin waren es noch vier Monate! Sollte er doch vermodern in seinem blöden Berlin mit dem beknackten Badminton und seiner Mitspieltussi und allen Magnetgeräten. Bertie hatte nicht auf Felix' Postkarte geantwortet und auch nicht mit ihm sprechen wollen, als er das letzte Mal angerufen hatte.

Während Herbert an einem heißen Weihnachtspunsch nuckelte, knabberte Bertie an seinem Apfel. Beide beobachteten die Menschenmenge, die sich durch die engen Gassen des Weihnachtsmarktes schob. Der Platz stand voll mit Holzhütten, die mit Lichterketten geschmückt waren. Handgestrickte Wollstrümpfe, Kerzenständer und Tassen aus Ton, Strohsterne, Lebkuchen und Liköre, schillernder Schmuck, bunte Seidentücher und aller möglicher anderer Plunder wurde dort verkauft.

»Und was schenken wir jetzt Mama?«, fragte Bertie und leckte sich die Lippen ab.

»Na, ich dachte, irgendetwas Hübsches. Schmuck oder so. Du müsstest doch wissen, was Agatha gefällt. Du kennst sie schon viel länger als ich.«

Herbert sah Bertie neugierig an.

»Aber du bist ihr Lover und nicht ich!«, brummte Bertie.

»Da hast du auch wieder recht!« Herbert grinste und nahm noch einen Schluck aus seinem Becher.

»Bertie! Bertiiiieeeee!« Eine helle Kinderstimme drang durch die Menschenmenge.

Herbert und Bertie schraken beide zusammen.

»Bertie! Bertie, Bertie, Bertie!«, rief es wieder.

Ein kleiner Wirbelwind kam auf sie zugelaufen, mit roten Wangen, einer orangenen Wollzipfelmütze auf dem Kopf und in einen hellblauen Wollmantel gehüllt.

»Bertie, du bist hier!«, rief Marie-Prinzessin-Viktoria und umarmte Bertie stürmisch.

»Mmh …«, brummte Bertie und wischte sich die Marie-Prinzessin-Viktorias-Kuss-Spucke von der Wange ab.

»Mama und Großvater und Chris sind auch da, im Kinderzelt, wo man Kerzen ziehen kann. Da gibt's Schafe und Ziegen und Ponys, und man kann Märchen hören und Musik, warst du da schon, Bertie?!«

Das kleine Mädchen schoss seine Wörter wie aus einem Mini-Maschinengewehr ab, tatatatata!

»Mmh, nö …« Bertie wollte antworten, da unterbrach Marie ihn schon wieder:

»Ist das dein Papa?«, sie blickte Herbert neugierig an, »sieht nett aus! Und noch so jung! Nicht so alt wie mein Opa-Papa Alban. Hallo, Bertie-Papa!«

Marie stellte sich mit forschendem Blick vor Herbert auf und streckte ihm ihre kleine Handschuhhand entgegen. »Ich bin Prinzessin Viktoria! Freut mich, dich kennenzulernen!«

Herbert lächelte verlegen und drückte Maries Hand.

»Freut mich auch, kleine Prinzessin! Aber ich bin nicht Berties Papa. Ich bin …, äh …«

Herbert kam ins Stottern.

»Das ist Herbert, der Freund von meiner Mama«, half Bertie ihm.

»Der Freund von deiner Mama?« Marie sah verwirrt von Bertie zu Herbert und wieder zurück. »Und wo ist dann dein Papa?«

»Das … äh … ist eine längere Geschichte. Erzähle … ich dir … ein andermal …«, stotterte Bertie.

»Wo ist Christoph, hast du gesagt?«, fragte er dann schnell, um abzulenken.

»Im Zelt da drüben!«

Marie zeigte aufgeregt auf ein großes blaues Zelt, das in einem steinernen Becken direkt vor der Karlskirche stand. Im Sommer sprudelte dort ein Brunnen.

»Wenn man die Kerzen zieht, muss man sie immer 13 000 Stunden in einen Eimer mit Farbe halten und ganz still dabei sein. Die anderen Kinder wackeln und schubsen ständig, da hatte ich keine Lust mehr. Jetzt macht's Christoph für mich! Ich musste Lulu machen, deshalb bin ich weg, mit Mama, aber jetzt ist sie auch weg, und da habe ich dich gesehen und bin zu euch gerannt …«, sprudelte es aus Marie-Prinzessin-Viktoria hervor.

»Wisst ihr was?«, warf Herbert da ein und lächelte.

»Ich schlage vor, ihr geht zum Kerzenzelt, damit die Eltern von der kleinen Prinzessin wissen, dass sie nicht weggelaufen ist. Und du, Bertie, kannst deinem Freund Hallo sagen. Ich schaue mich ein bisschen nach einem Geschenk für Agatha um und komme später nach. Okay?«

Kaum hatte Herbert zu Ende gesprochen, kam eine aufgeregte Frau auf sie zugestürmt. Franziska!

»Marie, da bist du ja, Mensch, was machst du denn! Ich habe mir solche Sorgen gemacht … Du kannst doch nicht einfach weglaufen!« Maries Mutter umarmte ihre Tochter stürmisch.

Sie wurde abwechselnd blass und rot im Gesicht.

»Hallo, Franziska!«, rief Bertie erfreut.

Marie wühlte sich aus Franziskas Umarmung.

»Das ist Berties Nicht-Papa-Mama-Freund Herbert! Lustig was? Außerdem bin ich nicht weggerannt, DU warst plötzlich weg, was kann ich dafür?«, ratterte die kleine Pistole weiter.

Herbert seufzte, nahm einen letzten Schluck aus seinem Punschbecher und wandte sich zu Franziska: »Grüß Gott! Ich bin der Lebensgefährte von Berties Mutter. Freut mich, Sie kennenzulernen!« Er streckte ihr die Hand entgegen.

In dem Moment klingelte Berties Handy. Virginie ruft an, konnte er auf dem Display entziffern.

»Geh ran, Bertie!«, rief Marie-Prinzessin-Viktoria und hüpfte aufgeregt um Bertie herum. Ehe er darüber nachdenken konnte, hatte Bertie den Anruf angenommen.

Virginie: Bertie, so geht das nicht weiter, ich habe keinen Bock mehr auf deine blöde neue Aktion mit Ma und Pa! *Virginies Worte sprudeln aus ihr hervor wie Seifenblasen.*

Bertie: 'tschuldigung!, *murmelt Bertie in die Richtung von Herbert und Franziska und geht ein paar Schritte zur Seite.*

Dabei läuft er fast eine missmutig dreinblickende Frau mit Kinderwagen um.

Bertie: 'tschuldigung, 'tschuldigung!, *murmelt Bertie wieder, dieses Mal zu der Frau.*

Virginie *(lacht leise vor sich hin),* Was is denn los, du Hirbel?! Warum entschuldigst du dich die ganze Zeit? So schlimm bist du nun auch wieder nicht.

Das Handy klebt an Berties schwitzigen Händen.

Bertie: Hör zu, Virginie, ich kann jetzt nicht. Lass uns später telefonieren *(flüstert er unruhig).*

Virginie: Jetzt hörst DU mal zu, kleiner Bruder!« *Virginies Stimme klingt drohend.* Ich habe die letzten zwei Arbeiten verhauen, das Deutsch-Diktat – okay, hätte ich wahrscheinlich sowieso! –, UND den letzten Nawi-Test. Was ist das Ergebnis?! Der Tannenbaum hat überhaupt nicht reagiert – hat mich anscheinend schon aufgegeben, keine Ahnung! Dafür ist Papa stinkwütend und hat mir damit gedroht, dass ich nicht an den Landesmeisterschaften teilnehmen darf. Ohne das mit Mama abzusprechen! Ich könnte platzen ... Das war nen verdammter Fehler, alleine bei Papa in Berlin zu bleiben! Der ist so was von stinkig und streng!

Bertie: Tja ...

Marie-Prinzessin-Viktoria tanzt singend um Bertie rum und pikst ihn dabei in die Seiten, in den Bauch, in den Rücken, rundherum.

Kerzendrehen, kerzendrehen, kerzendrehen!

Angestrengt folgt Bertie dem Mädchen mit den Augen und bewegt dabei den Mund, als wollte er etwas sagen. Aber er bekommt keinen Ton heraus

Virginie: Was heißt hier, ›Tja!‹?! Ist das alles, was dir dazu einfällt? Tja?! Es geht hier um meine Karriere! Das ist in etwa so, als wenn Ma dir verbieten würde, Zauberwürfel zu spielen. Noch tausendmal schlimmer!

Bertie: Virginie … *Bertie versucht vergeblich, den Redefluss seiner Schwester zu bremsen.*

Virginie: Hör DU mir zu, Bruderherz: Dein Plan funktioniert nicht! Wir müssen uns etwas anderes einfallen. DRINGEND! In fünf Tagen ist Weihnachten … Wenn das so weitergeht, wird das mit Abstand das grauenhafteste Weihnachten, das ich je gefeiert habe!

Virginie, Berlin, 20.12., 18.07 Uhr, Eisstadion Berlin-Mitte

»Ich MUSS heute aber früher gehen!« Beinahe hätte Virginie mit dem Fuß aufgestampft, als sie die Worte aussprach.

Sie stand jetzt bestimmt schon seit fünf Minuten an der Bande herum und diskutierte mit Lotta, die darauf bestand, dass Virginie weitertrainieren sollte. Dabei hatte Virginie Jennifer hoch und heilig versprochen, dass sie heute mit ihr und der J-Monsterbande zum Weihnachtsfest gehen würde. Ins Nachbarschaftsheim *Sonnenblume*! Da aßen Möppi und die J-Monster manchmal Mittag, am Ende des Monats, wenn Annalena nicht mehr genug Geld hatte. Oder wenn Jennifer keine Lust hatte, selbst zu kochen. Oder wenn die J-Monster mit Andreas Fußballkicker spielen wollten. Der war ziemlich dick, hatte kinnlange Haare und eine blasse Haut. Andreas machte seinen Zivildienst in der *Sonnenblume*.

»Ich fände es wichtig, dass du die Kür noch einmal läufst. Dann kannst du gerne gehen, Virginie.« Lotta fixierte Virginie mit einer Sorgenfalte zwischen den Augenbrauen.

»Aber ich möchte JETZT gehen. Ich bin noch verabredet!«, erwiderte Virginie entschieden.

Ein bisschen wackelte ihre Stimme dabei.

Für einen Moment sah die alte Dame Virginie bewegungslos in die Augen. Virginie fühlte sich gefesselt, mit einem störrischen Seil, von Lottas Blick.

Dann lächelte die alte Dame mit einem Mal und seufzte: »Gut, du hast recht! Virginie, DU HAST VÖLLIG RECHT! Immer der gleiche Fehler ...«

Lotta van der Meer schüttelte den Kopf bei ihren Worten: »Natürlich sind deine Freunde wichtig!«

Kurz strich Lotta Virginie über die Haare und begann, ihre Sachen von der Trainerbank zusammenzuräumen.

»Echt jetzt?! Du bist nicht sauer?!«, überrascht starrte Virginie die alte Dame an.

Lotta lachte ihr heiseres Lachen. »Nein, Virginie! Ich bin nicht sauer. Im Gegenteil!«

»Juhu!« Virginie drückte der alten Dame einen Kuss auf die Wange und rannte erleichtert zu den Duschen. Hoffentlich würde sie keinen Ärger mit Möppi bekommen! Nach der Diskutiererei mit Lotta würde sie es wahrscheinlich nicht schaffen, pünktlich zu der Weihnachtsfeier zu kommen.

Die Scheiben des Festsaals waren von innen beschlagen. Virginie konnte kaum etwas erkennen. Vorsichtig näherte sie sich, die Nasenspitze tief in ihren Schal aus himmelweicher hellblauer Angorawolle gesteckt. Den hatte Mama ihr zu Nikolaus geschickt. Die Liebe! Zusammen mit selbst gebackenen Plätzchen und passenden Handschuhen. Leider war das Päckchen einen Tag zu spät in Berlin angekommen. Aber Mama hatte Virginie nicht vergessen!

Als Virginie sich dem Gebäude näherte, sah sie zwei kleine Kinder, vielleicht zwei Jahre alt, die an der gläsernen Eingangstür zum Garten standen und ihre Nasen lachend an die Scheibe drückten. Ihre Gesichter hinterließen schleimig-nasse Spuren auf dem Glas. Ein zierliches Mädchen mit dünnen braunen Haaren und ein rundlicher dunkelhäutiger Junge. Die beiden begannen mit ihren Patschehändchen gegen die Tür zu hauen. Klatsch, klatsch! Virginie lachte leise auf. Eine Frau mit blonden langen Haaren beugte sich zu den Kindern herab und hielt ihnen warnend einen erhobenen Zeigefinger vors Gesicht. Das beeindruckte die Kinder nicht. Sie patschten weiter gegen die Scheibe und lachten sich kringelig dabei.

Vorsichtig näherte Virginie sich weiter. Als sie direkt vor dem Gebäude angekommen war, stellte sie sich in den Schatten einer Papiermülltonne und blickte in den Saal. Ein dicklicher Engel ging mit verrutschter Goldhaarperücke, weißem Gewand und golden schimmernden Riesenflügeln durch den Raum und verteilte Geschenketüten an die Kinder. Die tanzten kreischend um ihn herum, zogen an seinen Ärmeln und hauten ihm auf den Po. Virginie musste kichern, denn sie sah Andreas' braune Haare unter der Perücke hervorluken. Deshalb war der Engel so stämmig!

Virginie blickte sich weiter um. Auf einer Tribüne stand ein riesiger Tannenbaum geschmückt mit Strohsternen, rotwangigen Äpfeln und bunten Papierketten, auf dem Kerzen brannten. Einen Tag vor Weihnachten hatten sie immer alle zusammen den Weihnachtsbaum geschmückt!, dachte Virginie plötzlich. Das war eine alte Tradition in Papas Familie: Alle saßen gemütlich zusammen, futterten selbst gebackene Plätzchen, tranken Punsch, im Hintergrund lief Weihnachtsmusik mit Trompeten und Pauken und alle behängten zusammen den Tannenbaum. Mit bunten Anhängern, Kugeln, Sternen, Äpfeln und Schokoladepäckchen. Ein Lächeln huschte über Virginies Gesicht. Immer hatten sie über die gleichen Dinge gestritten! Mama wollte jedes Weihnachten die ollen selbst gebastelten Pummel-Engel aus Fimo aufhängen, die Virginie und Bertie im Kindergarten gebastelt hatten. Papa machte irgendwelchen Quatsch, hängte zum Beispiel ein Spielzeugauto an die Tannenspitze, das er unter dem Sofa aufgesammelt hatte, oder hängte den Baum mit pinkem Lametta voll, das er auf der Straße aufgelesen hatte. Virginie war die Einzige, die an dem kleinen goldenen Schaukelpferd mit Glöckchen hing, das ihre Nachbarin ihr mal geschenkt hatte, und Bertie bestand darauf, dass von jeder Art Strohsterne genau zwei am Baum befestigt wurden. Es gehe um die Symmetrie! Die Symmetrie sei wichtig, hatte er immer behauptet.

Dieses Jahr? Würden sie überhaupt einen Weihnachtsbaum haben, Papa und sie? Wozu sollte ein Weihnachtsfest zu zweit gut sein? »Das Fest der Liebe und des Friedens«, hieß es immer. Und der Familie!, dachte Virginie. Oder? Immerhin hatten Maria und Joseph ihren Sohn zu Weihnachten bekommen. Jesus! Die waren nicht alleine gewesen, sondern hatten alle zusammen gefeiert: Mama, Papa, Kind. So, wie es normal war!

Virginie schüttelte den Kopf und blickte wieder in den Saal. Vor der Tribüne standen Tischgruppen, die mit roten Servietten und Kerzen geschmückt waren. Zugemüllt waren die Tische mit zerknülltem Geschenkpapier, Pixie-Büchern, Stiftpackungen, Brettspielen, Saftflaschen und halb vollen Tellern, auf denen abgegessene Gänsekeulen lagen, Knödelmatsch und Rotkrautfäden. Virginies Magen zog sich zusammen. Hm, Gans! Hoffentlich hatte Möppi etwas für sie aufgehoben. Proppenvoll war der Saal; überall drängelten sich Menschen. Virginie sah vor allem Frauen, Kinder und alte Menschen. Gleich musste sie wieder kichern. Ein dickes Glatzenbaby biss herzhaft in die Nase eines alten Mannes, auf dessen Schoß es saß. Der blickte den Fleischklops verwundert an und schüttelte langsam seinen Kopf, mit tadelndem Blick. Eine dünne Frau mit grauen Haaren stand an einem geöffneten Fenster und zog an einer Zigarette. Drei Jungen mit schwarzen verfilzten Haaren rannten kreischend durch den Raum und taten so, als würden sie sich mit Maschinenpistolen abschießen. Dicke Frauen mit bunten Kopftüchern steckten ihre Köpfe zusammen und schnatterten in einem fort, während sie sich Tonnen vom Nachtisch in die Münder schoben, rote Grütze mit Vanillesoße. Und da war auch Möppi! Virginies Herz machte einen kleinen Hüpfer.

Jennifer trug einen roten Kapuzenpullover. Sie unterhielt sich lachend mit einem Mädchen, das lange schwarze Haare hatte und dunkle Haut und einen hellorangenen Sari anhatte. Irgendeine spannende Geschichte erzählte Möppi, so sah es aus, mit vielen Gesten und Grimassen. Dahinter saß Annalena an einem Tisch und kratzte abwesend an ihrem linken Arm. Sie sah mal wieder müde aus. Plötzlich lächelte sie. Die Frau neben ihr, die Nachbarin Frau Nowak mit dem bekloppten Mann, hatte Annalena etwas ins Ohr geflüstert. Annalena kramte verstohlen in ihrem Rucksack, holte eine flache silberne Flasche hervor und schenkte sich und Frau Nowak schnell, ohne dass jemand anderes etwas merkte, eine Flüssigkeit ein. Die beiden kicherten wieder, stießen mit ihren Gläsern an und stürzten sie in einem Ruck herunter. Dabei sahen sie sich wie zwei Verliebte in die Augen und kicherten weiter, bis sie rot anliefen. Virginie wurde warm im Bauch. Sie freute sich darauf, wie Möppi, Annalena und die anderen sie begrüßen würden. Auf die Gans und den Lärm und die Kinder. Bestimmt würden sie später noch zusammen Weihnachtslieder singen; das war jedes Jahr so. Virginie hatte es eilig, in den Saal zu kommen.

Dunkel war es im Treppenhaus. Virginie musste für einen kurzen Moment das Schlüsselloch suchen. Der Schlüssel kratzte über das Metall der Schlosseinfassung, und Virginie lief ein Schauer über den Rücken. Manchmal hatte sie keine Lust, abends das Licht anzumachen. Dann lief sie durch das dunkle Treppenhaus, hatte ein bisschen Angst und fühlte sich mutig, wie eine Amazone. Von denen hatte Lotta ihr erzählt. Die »Mondfrauen« hatten vor Tausenden von Jahren gelebt, nur unter Frauen, und andere Völker bekriegt. Sie waren mutiger und stärker gewesen als viele Männer.

Als Virginie leise die Wohnung betrat, sah sie, dass ein Lichtschein aus dem Wohnzimmer in den Flur fiel. Sie hörte leise Stimmen. Mist!, dachte Virginie gleich. Sie hatte gehofft, dass ihr Vater nicht zu Hause oder schon im Bett wäre. Es war nach neun, und eigentlich hatten sie abgemacht, dass Virginie spätestens um halb neun zu Hause wäre. Virginie dachte wieder an die Amazonen und versuchte wie eine Kriegerin, die nicht entdeckt werden will, ihre Jacke so leise wie möglich auszuziehen und in ihr Zimmer zu schleichen. Sie zog ihre Zimmertür auf und wollte schon erleichtert verschwinden, da stutzte sie. Mit wem sprach Papa? Wieso hatte er Besuch? Papa hatte nie Besuch! Virginies Herz schlug schneller, und ihr rechter Daumen zuckte.

Manchmal traf Papa sich mit seinen Freunden Peter und Reinhard zum Skatspielen. Oder er ging mit seiner älteren Schwester Magdalena zum Torte-Essen ins Operncafé. Aber sonst arbeitete Papa immer nur oder las, schlief oder hörte Musik. Alleine!

Virginie schlich sich zur Wohnzimmertür. Wortfetzen schwappten an ihr Ohr, Lachen und Klaviermusik. Sie erkannte die Stimme ihres Vaters. Er sprach mit einer Frau. Virginies Mund fühlte sich trocken an, aus Sandpapier. Sie hatte also doch recht gehabt mit ihrem Verdacht: Papa hatte eine neue Freundin! Von wegen, der könnte sich nicht in eine andere Frau als Mama verlieben. Bertie war so ein Idiot!

Hart trat Virginie gegen die Tür, die sich mit Schwung öffnete. Kerzenlicht brannte in Virginies Augen. Felix saß zusammen mit einer Frau, die Virginie noch nie gesehen hatte, auf dem Sofa. Beide hielten Weingläser in den Händen und sahen überrascht in Virginies Richtung.

»Guten Abend!«, sagte Virginie mit kratziger Stimme und verschränkte ihre Arme instinktiv vor der Brust.

Die Frau hatte blonde lange Haare und trug einen hellroten kurzen Rock und eine schwarze Bluse. Sie war nur ein bisschen geschminkt, aber schön, und wurde rot im Gesicht, als sie Virginie sah.

»Guten Abend, Virginie!«, rief Virginies Vater laut. »Das ist Anja. Wir arbeiten zusammen. Sie hat mir viel geholfen, und da habe ich sie zum Dank auf ein Glas Wein und trockene Käsestangen eingeladen.«

Felix lachte donnernd, als hätte er den Witz des Jahrhunderts gemacht.

Die Frau lächelte verlegen.

»Aha!«, stieß Virginie unfreundlich hervor und bewegte sich nicht vom Fleck.

»Möchtest du auch etwas trinken? Soll ich dir einen Orangensaft holen?«, fragte ihr Vater und machte Anstalten aufzustehen.

Im gleichen Moment erhob sich auch Anja.

»Hallo, Virginie! Schön, dich …«, sagte sie leise und wollte Virginie ihre Hand entgegenstrecken.

Mit einem dumpfen Schlag schlugen die Köpfe von Felix und Anja zusammen, und beide ließen sich stöhnend zurück auf das Sofa fallen.

»Aua!«, murmelte Anja verlegen.

Felix lachte schon wieder wie ein Bekloppter.

»Nein danke, PA PA!« Virginie betonte die beiden Wortsilben, als wären es die wichtigsten Laute der Welt.

So wie »JA«, »NEIN« und »HUNG ER«. Oder »LIE BE«.

»Ich gehe jetzt schlafen. Viel Spaß noch!«, stieß Virginie hervor, drehte sich auf dem Absatz um und verschwand in ihrem Zimmer.

»Virginie …« Ihr Vater rief ihr hinterher.

Virginie, Berlin, 21.12., 23.06 Uhr, Bett

Papa hat ’ne Neue. Fröhliche Weihnachten! ☹ V.

Bertie, Wien, 22.12., 09.10 Uhr, Küche

Du spinnst! B.

Virginie, Berlin, 22.12., 11.58 Uhr, bei Jennifer zu Hause

Sie heißt Anja, arbeitet mit ihm zusammen, ist jung, hübsch und war gestern abend bei uns zuhause. Glaubst du mir jetzt?

Bertie, Wien, 23.12., 21.13 Uhr, vor dem Fernseher

Woher willst Du wissen, dass sie ein Paar sind?

Virginie, Berlin, 23.12., 21.16 Uhr, vor dem Fernseher

Das weiß ich!

Virginie, Berlin, 24.12., 10.11 Uhr, Bett

Und jetzt?

Virginie, Berlin, 24.12., 13.16 Uhr, Kudamm

Haaaallooooo!!!

Bertie, Wien, 24.12., 14.48 Uhr, in seinem Zimmer

Hör auf zu nerven! Ich will in Ruhe Weihnachten feiern. Außerdem glaube ich dir kein Wort. B.

P.S. Ich stelle jetzt mein Handy ab.

Virginie, Berlin, 24.12., 16.58 Uhr, vor der Zionskirche

Typisch Bertie! Vogelstrauß-Taktik … Wirst schon sehen, was passiert … Merry Christmas! V.

Virginie, Berlin, 24.12., 16.45 Uhr, Bei Jennifers Familie

Der alte Mann betrat ächzend und humpelnd das Wohnzimmer von Annalena. Er trug einen roten Bademantel, einen weißen langen Bart aus Watte und einen zerfetzten Sonnenhut aus rotem Stroh, der früher Virginies Mutter gehört hatte. Virginie musste sich bemühen, nicht loszukichern, und Jennifer war mit einem Mal sehr beschäftigt damit, die Sofakissen auszuschütteln. Annalena lächelte und hielt ihre Arme um Justin und John geschlungen, die verängstigt zu ihr gekrochen waren. Jacko versteckte sich hinter Virginies Rücken.

Leise wimmerte er: »Hab Angst, Virginie, hab Angst! Soll wieder gehen, der Mann!«

Virginie hätte niemals gedacht, dass die J-Monster, die mit Begeisterung brutale Actionserien im Fernsehen anschauten, vor einer Witzfigur wie ihrem Vater-als-Weihnachtsmann-verkleidet Angst haben könnten.

»Ich habe gehört, hier gibt's viele freche Kinder auf einem Haufen?!«, knurrte Felix und fuchtelte drohend mit seiner Rute in der Luft herum.

»Nun setz dich erst mal hin, lieber Weihnachtsmann!«, entgegnete Jennifer freundlich und zeigte auf einen Sessel.

»Möchtest du etwas trinken, einen Kaffee? Oder ein paar selbst gebackene Plätzchen essen?« Jennifers Lippen zuckten verdächtig beim Sprechen.

Virginie biss sich auf die Zunge, um nicht in lautes Lachen auszubrechen.

»Mmh, mmh«, brummte Felix und ließ sich ächzend auf den

Sessel fallen. »Ein paar Plätzchen würde ich schon probieren. Ich habe seit heute Mittag nichts mehr gegessen, und da gab's auch nur Butterbrot und Wasser. Ich hab es nicht mehr geschafft, einzukaufen, weil ich so viel zu tun hatte. Jedes Jahr wird das schlimmer.«

Justin und John beobachteten Felix mit weit aufgerissenen Augen, wobei Justin an seinen Nägeln kaute und John die Hand seiner Mutter so fest drückte, dass sie weiß anlief. Jacko presste sich immer noch ängstlich an Virginies Beine.

Als Möppi Virginie vorgeschlagen hatte, sie sollten alle zusammen Weihnachten feiern, ihre papalose Familie und Virginies mamalose Familie, hatte Virginie einen Luftsprung gemacht! So lange hatte sie ihren Vater bekniet, bis er zugestimmt hatte. Er musste sowieso etwas wiedergutmachen, nach dem verpatzten Abend mit seiner angeblichen Nur-Mitarbeiterin, hatte Virginie ihm verklickert. Am nächsten Morgen war Felix mit Honigbrötchen, Kakao und Mandarinen auf einem Tablett zu Virginie ins Zimmer gekommen und hatte sich mit ihr aussprechen wollen. Virginie hatte aber störrisch abgelehnt.

»Versprich mir nur eins, Papa: Sag mir Bescheid, wenn du Besuch bekommst. Mehr will ich gar nicht wissen. Dann kann ich mich darauf einstellen, mentell oder wie Bertie sagt«, hatte sie geflüstert und ihre kalten Füße für einen Moment unter Papas Arme gesteckt. Zum Aufwärmen.

Sie hatten das gemeinsame Fest mit Feuereifer vorbereitet. Virginie hatte das Weihnachtsmannkostüm für ihren Vater ausgesucht und ihm in Stichpunkten aufgeschrieben, was er zu den drei J-Monstern, Möppi und Annalena sagen sollte. Felix hatte seinen Auftritt mehrmals vorm Spiegel geprobt und nach der passenden Weihnachtsmann-Stimmlage gesucht. Jennifer hatte Tonnen von Plätzchen gebacken, Vanillekipferl, Zimtkreise, Nussecken, Nutellasternschnuppen, Schneeflöckchen und Butterplätzchen, die Justin, John und Jacko mit Zuckerkugeln zugekleistert hatten. Annalena hatte das Wohnzimmer mit Glaskugeln, goldenem Lametta und Sternen an der Decke dekoriert. Vor dem Fernseher stand ein Mini-Weihnachtsbaum aus Plastik mit künstlichen Kerzen, die abwechselnd lila und pink leuchteten.

»Autsch!«, hatte Virginie gemurmelt, als sie ihn gesehen hatte. Jennifer hatte gegrinst. »Sag nichts! Sie findet's schön.«

Draußen war es jetzt dunkel. Feuchter Schneeregen klatschte gegen die Fensterscheiben. Der Felix-Weihnachtsmann hatte allen ein paar ernste Worte gesagt: den J-Monstern, dass sie sich weniger streiten sollten und besser auf Annalena hören, Möppi, dass sie disziplinierter trainieren musste und weniger Süßkram naschen, Annalena, dass es nicht gut war, so viel zu rauchen und so wenig zu schlafen, und Virginie, dass sie nicht so aufbrausend und bestimmerisch sein sollte. Jetzt schob Virginies Vater sich begeistert ein Plätzchen nach dem anderen in den Mund, schmatzte dabei wie ein Walross und machte keine Anstalten, wiederaufzubrechen. Die J-Monster waren ein bisschen aufgetaut und nicht mehr ganz so ängstlich. Jacko hatte sich sogar getraut, dem Weihnachtsmann vorsichtig in die Seite zu stupsen, um zu testen, ob er echt war.

»So, lieber Weihnachtsmann, nun wollen wir mal weitermachen, was?! Du musst ja bestimmt noch viele andere Kinder besuchen …«, sagte Virginie mit drängender Stimme und trat ihrem Vater dabei mahnend auf den Fuß.

»Ähhhm, ja, natürlich!«, räusperte der sich und stopfte sich mit sichtlichem Bedauern eine letzte Nutellasternschnuppe in den Mund.

»Nun, es hat mir sehr gut bei euch gefallen, Kinder! Bevor ich euch aber eure Geschenke gebe, möchte ich euch noch fragen, was ihr für mich vorbereitet habt? Ein Gedicht oder ein Lied? Mh?«

Verschüchtert blickten die J-Monster sich an und dann zu Annalena. Die wurde rot, blickte durchs Fenster nach draußen und murmelte: »ICH habe etwas für dich vorbereitet, lieber Weihnachtsmann!«

Alles still, mit einem Mal. Annalena setzte sich gerade hin und begann zu sprechen:

Alles still!
von Theodor Fontane

Alles still! Es tanzt den Reigen
Mondenstrahl in Wald und Flur,
Und darüber thront das Schweigen
Und der Winterhimmel nur.

Annalenas Gesicht war rot angelaufen. Auf ihrem Hals leuchteten rote Flatschen, und ihre Stimme zitterte. Sie sprach weiter.

Dabei hatte sie ihre dunklen Augen fest auf Felix gerichtet. Wie angetackert hingen sie an seinen:

Alles still! Vergeblich lauschet
Man der Krähe heisrem Schrei.
Keiner Fichte Wipfel rauschet,
Und kein Bächlein summt vorbei.

Annalenas Söhne starrten Annalena ungläubig an und gaben keinen Mucks von sich. Jennifer war langsam in die Knie gegangen und hörte ihrer Mutter zu, in der Hocke. Sie sah glücklich aus! Virginie hatte eine Gänsehaut bekommen, am ganzen Körper. Sie wollte Annalena umarmen. Felix lächelte. Überrascht! So, wie er gelächelt hatte, als Virginie eine Geschichte für ihn geschrieben hatte. Eine kurze, einfach so, man hatte sie sogar verstehen können, als sie acht Jahre alt gewesen war. Von zwei Schneeflocken, die sich küssen wollten, dabei zu Wasser zerschmolzen und schließlich im Atlantischen Ozean landeten. So nen Quatsch! Felix hatte sich drüber gefreut.

Alles still! Die Dorfeshütten
Sind wie Gräber anzusehn,
Die, von Schnee bedeckt, inmitten
Eines weiten Friedhofs stehn.

Annalena lächelte jetzt ein bisschen, während sie weitersprach, und ihre Stimme klang klarer.

Alles still! Nichts hör' ich klopfen
Als mein Herze durch die Nacht.
Heiße Tränen niedertropfen
Auf die kalte Winterpracht.

Keiner machte einen Mucks. Man hörte nur das Klatschen von dem Schneematsch gegen die Fensterscheiben. In der Ferne heulte ein Rettungswagen.

»Mama!«, flüsterte Jennifer erstaunt und gab ihr einen dicken Kuss auf die Wange.

»Mama!«, riefen auch Justin und John aus, wie auf ein Zeichen, begeistert, und warfen sich kreischend auf Annalena.

Die lachte und wuschelte ihnen durch die Haare.

Jacko stand vor Annalena und murmelte nachdenklich: »Du bist eine Schauspielerin!«, während er sich mit seinem Zeigefinger Spucke auf die Nase schmierte.

Der Felix-Weihnachtsmann räusperte sich mehrmals hintereinander und sagte dann mit kratziger Stimme: »Liebe Annalena, das hast du wunderbar gemacht!«

Er stand auf, humpelte auf Annalena zu, die noch einmal rot wurde, und drückte ihr einen Kuss auf die Wange. In dem Moment schwappte ein ganzer Schneehaufen gegen die Fensterscheibe. Alle schauten erschrocken nach draußen. Feixend standen Bülent, Cemil und ein paar andere Jungs aus der Nachbarschaft vor der Scheibe und winkten ihnen zu. Die J-Monster kreischten begeistert und rannten in den Flur, um sich ihre Schneehosen und Winterjacken anzuziehen:

»Schneeballschlacht! Schneeballschlacht! Juchu!!!«

»Das wird wohl eher ’ne Schneematschschlacht!«, murmelte Jennifer grinsend. Sie sah Virginie auffordernd an. »Wir sind dabei, oder?!«

»Klar sind wir dabei!«, antwortete Virginie lachend, während sie eilig in ihre Stiefel schlüpfte.

Niemand achtete mehr auf Annalena und Felix, die nebeneinander auf dem Sofa saßen. Felix hatte den Strohhut vom Kopf gezogen und den Wattebart abgelegt, und Annalena zündete sich eine Zigarette an.

Bertie, Wien, 24.12., 17.21 Uhr, Kirche Himmelhof

Obwohl Bertie, Agatha und Herbert schon um halb fünf in der kleinen Barockkirche von Himmelhof gewesen waren, hatten sie nur noch hinten in der Ecke drei Plätze für sich ergattern können. Überall saßen, standen, rannten und drängelten sich Menschen: kleine Kinder, alte Damen, angestrengte Mütter, gelangweilte Männer, schreiende Babys. Die Bänke aus dunklem Holz waren mit Tannenzweigen und weißen Schleifen geschmückt. An den Wänden leuchteten dicke Kerzen, und seitlich vorne, vor dem prächtigen goldenen Altar, stand eine Krippe aus Holz. Es roch nach Weihrauch, Tannenduft und nasser Katze. Das waren die Pelze von den Himmelhof-Ladys, auf die es geschneit hatte, beim Gang zur Kirche, dachte Bertie angewidert und vergrub seine Nase in seiner Winterjacke. Die hatte sein Vater gefressen! Feine Damen, die einmal im Jahr in die Kirche tippelten, ihre krummen Nagellack-Goldring-Finger falteten und Gott schnell mal sagten, dass sie ihn ganz doll lieb hatten. Papa hatte sich immer über solche verlogenen Kirchengänger aufgeregt! Die sich nur an Weihnachten daran erinnerten, dass sie an Gott glaubten. Kurz sah Bertie seinen Vater vor sich, wie er eine seiner Reden schwang, mit erhobenem Zeigefinger und gerötetem Gesicht.

Als sie noch zusammengelebt hatten, alle vier, hatte Felix Bertie manchmal genervt, weil er so streng sein konnte und so griesgrämig. Jetzt aber, weit weg, in Wien, wünschte Bertie sich seinen Doktor-Papa her, miesepeterig oder gut gelaunt, ganz egal! Hauptsache Papa.

Fröstelnd zog Bertie die Jackenärmel über seine Hände. Was

Papa jetzt wohl machte? Ob sie ein schönes Fest verbringen würden, Papa und Würgi? Schöner als er, Bertie? Mit Mama und Herbert?

Die beiden hatten sich zu Hause wegen irgendwelchem Quatsch gestritten und starrten nun beide blass und verbissen nach vorne, als würde da wer weiß was passieren. Dabei hatte der Gottesdienst noch nicht begonnen! Streit gab's in letzter Zeit häufiger zu Hause. Das nervte Bertie! Endlich hatte er sich ein bisschen mit dem neuen Lover seiner Mutter angefreundet, und prompt stritten die sich! Genauso wie früher Papa und Mama. Warum konnten Erwachsene sich nicht einfach vertragen? Sich gegenseitig in Ruhe lassen, jeder das machen, was er wollte, ab und zu nen bisschen quatschen und knutschen?

Bertie knirschte mit den Zähnen. Sein Blick fiel auf ein Altarbild, das ein kleines Mädchen zeigte. Es saß auf dem Schoß einer Frau. Beide sahen auf eine Papierrolle, die sie zu lesen schienen. Über ihren Köpfen schwirrten zwei goldene Heiligenscheine, die wie die Umlaufbahnen von Miniplaneten aussahen. Bertie kicherte leise.

»Das ist die heilige Anna, die Mutter von Maria. Sie bringt ihr das Lesen bei. Etwas Besonderes zu der Zeit«, brummte eine tiefe Stimme an Berties Seite. »Maria kam aus einer einfachen Familie, aber als Mutter von Jesus musste sie aus der Heiligen Schrift lesen können, dachte man.«

Überrascht drehte Bertie sich zur Seite und erblickte Christophs Vater Alban, der einen langen dunkelgrünen Mantel trug und einen grünen Wanderhut mit Feder auf dem Kopf. Wie ein Jäger sah er aus.

»Herr Bbbbaummmgggartner«, stotterte Bertie überrascht.

Alban verpasste Bertie einen scherzhaften Klapps gegen den Hinterkopf: »Hatten wir nicht vereinbart, dass du mich Alban nennst?!«

Agatha und Herbert streckten ihre Hälse, um zu sehen, mit wem Bertie sprach, und Christophs Vater deutete eine kleine Verbeugung in ihre Richtung an. Bertie dachte plötzlich, wie schön seine Mama aussah! In ihrem dunkelroten Mantel, mit den goldenen Ohrringen, die zwischen den Haaren hervorblitzten.

Bertie drehte sich nach hinten und erblickte den Rest der Familie Baumgartner. Marie-Prinzessin-Viktoria thronte auf Christophs Schultern, der Franziska gerade etwas ins Ohr flüsterte. Sie trug einen schwarzen Mantel und hatte einen breiten silbernen Schal über die Schultern gelegt. Elegant sah sie aus! Auch ein bisschen streng, wie eine schicke Nonne! Bertie öffnete seine Jacke und zog sich den Schal vom Hals. Ihm war warm geworden.

Als eine tiefe Glocke läutete, und viele helle Glöckchen ihr folgten, verstummten die Menschen in der Kirche. Der Pfarrer zog mit den Messdienern in die Kirche, begleitet von feierlicher Orgelmusik. Bertie und Virginie hatten vor ein paar Jahren auch mal beim Krippenspiel der Zionskirche mitmachen dürfen. Aber obwohl Bertie die ganze Weihnachtsgeschichte auswendig konnte, hatte er nur einen dummen Engel mit goldenen Flügeln spielen dürfen, der die ganze Zeit wie bekloppt in der Gegend rumgestanden hatte und grinsen musste. Das passe ausgezeichnet zu ihm, er habe so wundervolle blonde Engelslocken, hatte die Kirchentante zu ihm gesagt und ihm dabei grob auf die Schulter geklopft. Virginie dagegen, die sich nicht einen Satz merken konnte, hatte die Maria spielen dürfen, weil sie so schönes langes braunes Haar hatte, so hübsch war und überhaupt. Keiner hatte später darüber gesprochen, dass sie ständig ausgedachte Sätze gesagt hatte und eigentlich nichts so gemacht hatte, wie sie es vorher geübt hatten. Alle hatten nur gelobt, wie ausdrucksstark Virginie gespielt hatte! Dass sie spontan einen Tanz zu dem Lied »Vom Himmel hoch, da komm ich her« getanzt hatte, direkt vor dem Altar, hatten alle großartig und kreativ und künstlerisch und blablabla gefunden. Bertie schüttelte sich, als er daran dachte. Und jetzt nervte sie ihn mit ihren dummen Papa-hat-ne-Neue-Geschichten, von denen Bertie am liebsten minus unendlich wissen wollte. Seitdem Virginie ihn mit ihren letzten SMS bombardiert hatte, hatte Bertie keine Lust mehr auf ihren Besuch. Sollte sie doch bleiben, wo sie war, bei Papa!

Erneutes Glockengeläute riss Bertie aus den Gedanken. Der Pfarrer und sein Gefolge hatten sich hingesetzt. Das Krippenspiel begann. Während die Orgel spielte, stand ein kleiner Junge mit angeklebtem Bart und brauner Schürze um den Bauch geschnürt vor einem Papphaus. Langsam näherten sich eine dickliche Maria mit blauem Kopftuch und ein Lulatsch mit Strohhut und Heugabel in der Hand, der offensichtlich den Joseph spielte. Sie wurden von einem braungelockten Pudel begleitet, der neugierig mit seinen schwarzen Äuglein in die Gegend blinkerte und immer wieder von seinem Besitzer, einem älteren Mann mit Brille, Hundekuchen reingestopft bekam, damit er machte, was er sollte. Sollte das etwa der Esel-Ersatz sein?, dachte Bertie, und ein blubberndes Kichern stieg in seinem Hals hoch.

Der Wirt begann zu singen:

Wer klopfet an?

Maria und Joseph antworteten:

O zwei gar arme Leut'!'

Obwohl die Kinder noch so klein waren, bestimmt erst sechs oder sieben Jahre alt, sangen sie mit klaren, hellen Stimmen.

Wieder fragte der Wirt singend:

Was wollt ihr denn?

und Maria und Joseph entgegneten ihm:

O gebt uns Herberg heut!

O, durch Gottes Lieb' wir bitten,

Öffnet uns doch eure Hütten!

Joseph hatte schützend seinen Arm um Maria gelegt, die sich ihren Bauch hielt und so leidend in der Gegend herumschielte, dass Bertie beinahe wieder anfangen musste zu kichern. Nun stampfte der Wirt verärgert auf und schrie dem Paar fast entgegen:

O nein, nein, nein!

Bittend erhoben Maria und Joseph die Hände:

O lasset uns doch ein!

Aber der Wirt blieb bei seiner Meinung:

Das kann nicht sein.

Joseph wollte sich schon resignierend umdrehen und weggehen, aber Maria hielt ihn fest und versuchte es ein letztes Mal:

Wir wollen dankbar sein!

Der Wirt jedoch blieb hart:

Nein, o nein, das kann nicht sein,

Da geht nur fort, ihr kommt nicht 'rein!

In Berties Bauch rumorte es. Er musste an den Tag denken, an dem er in Wien angekommen war. Alles war ihm fremd und feindselig erschienen: die Menschen, die Sprache, die Häuser und sogar die komischen Semmeln, die in Wien nicht Brötchen hießen und anders schmeckten als zu Hause. Bertie drehte sich schnell nach links zu seiner Mutter und dann nach rechts zu Herbert. Mit Erleichterung stellte er fest, dass sie nicht mehr so stinkig aussahen, wie vorher, sondern aufmerksam dem Schauspiel folgten. Bertie strich kurz über Agathas Hände, die gefaltet auf ihrem Schoß lagen und flüsterte ihr zu:

»Der Mantel steht dir gut!«

Virginie, Berlin, 25.12., 16.02 Uhr, zu Hause

Schimpfend wie ein Rohrspatz saß Virginie auf ihrem Koffer und versuchte vergeblich, ihn zuzubekommen. Nachdem sie die Weihnachtsgeschenke für Mama, Herbert und Bertie zu ihrem Krempel dazugestopft hatte, platzte der kleine orangene Rollkoffer aus allen Nähten. Virginie wurde heiß; sie fürchtete, zu spät zum Flughafen zu kommen und ihren Flieger zu verpassen.

»Papa! Paaaapaaaa!«, brüllte sie.

»Du musst mir helfen, bitte! Ich kriege den bekloppten Koffer nicht zu!«

Felix kam in ihr Zimmer geschlurft. »Na, haste mal wieder zehn Paar Schuhe eingepackt?«

»Lach nicht so dämlich! Hilf mir lieber«, fauchte Virginie ihren Vater an.

»Wenn du Bertie und Mama schon nichts zu Weihnachten schenkst, muss ich das wenigstens machen, oder? Ohne die Geschenke wäre alles kein Problem!«

»Woher willst du wissen, dass ich ihnen nichts schenke?«, fragte Felix und ging in die Hocke.

»Lass mich mal ran; das kriegen wir schon hin!«, er schob Virginie zur Seite.

»Na, ich habe jedenfalls nicht mitgekriegt, dass du ein Päckchen abgeschickt hättest. Und mir hast du auch nichts gegeben, zum Mitnehmen. Hab übrigens auch nicht den geringsten Millimeter mehr Platz, wie du siehst. Komm bloß nicht auf die Idee, dass ich noch was einpacken soll.«

Schwer atmend zog Felix an dem Reißverschluss des Koffers und knurrte dabei:

»Ich brauch dich nicht, Süße. Habe schon vor zwei Wochen ein Paket für Bertie abgeschickt.«

»Echt?!« Virginie hob erstaunt ihre eigene Augenbraue. »Und was hast du ihm geschenkt?«

Felix lachte und zog dabei triumphierend den Reißverschluss über die letzte offene Ecke.

»Das kann er dir ja dann selbst erzählen. So, das hätten wir!«

Felix klatschte zufrieden in die Hände und stand ächzend auf.

Groß stand ihr Vater vor Virginie in einem hellgrünen Pullover. Der stand ihm gut! Virginie hatte das Gefühl, dass er ein bisschen dünner geworden war.

»Papa!«, mit einem Seufzer ließ Virginie sich in seine Arme fallen und nuschelte Worte gegen seine Brust, die er nicht verstehen konnte:

»Warum kommst du nicht mit?!«

Felix legte seine Arme um Virginie. »Ach, meine Tochter!«, seufzte er auch.

Virginie kämpfte schluckend gegen die Tränen an, die in ihrem Hals emporstiegen.

»Versprichst du mir, dass du was Schönes machst, wenn ich nicht da bin?! Dass du nicht immer nur hier rumhockst?!«

Sie hob ihren Kopf und blinzelte Felix nass in die Augen. »Meinetwegen auch mit der Trulla da. Die mit dir zusammenarbeitet. Wie heißt sie noch mal?«

»Du weißt genau, dass sie Anja heißt.« Felix lächelte Virginie an.

Dann drückte er Virginies Kopf noch einmal sanft gegen seine Brust. »Eben wart ihr noch so klein …«, murmelte er.

Ein letztes Mal sog Virginie tief den typischen Papa-Nivea-Duschgel-und-nen-bisschen-Schwitz-Geruch in sich ein, befreite sich dann aus Felix' Armen und sah auf ihre Armbanduhr.

»Wow! Schon so spät … Wenn wir uns nicht beeilen, verpasse ich wirklich noch mein Flugzeug!«

Bertie, Wien, 25.12., 20.12 Uhr, Flughafen

Früher hatten Mama und Bertie immer »Ich-sehe-was-was-du-nicht-siehst« gespielt, wenn sie zu zweit unterwegs gewesen waren und sich gelangweilt hatten. Stundenlang! Felix und Virginie war das zu langweilig gewesen, aber Agatha und Bertie hatten Spaß daran gehabt, die winzigsten Details rauszusuchen und zu erraten: die rosa Schleife im Haar des kleinen Mädchens, das mit seiner Mutter Apfelsaft trank, im Café *Central*. Der orangene Knopf an der Straßenkehrmaschine, seitlich rechts neben dem Lenkrad, das man nur sehen konnte, wenn man sich auf die Zehenspitzen stellte. Die hellblau-weiß getupften Blumen auf dem Balkon, zweiter Stock, im linken Blumenkasten, Stargarder Straße.

Bertie blickte verträumt auf eine schmale Zeitung, die man in Wien gratis an jedem Wochentag bekam, und dachte an früher. Mama saß neben ihm und blätterte in einer *Brigitte*. Sie warteten zusammen am Wiener Flughafen darauf, dass der Menschenfluss, der pausenlos aus der Ankunftshalle quoll, Virginie ausspuckte.

Horror-Restaurant: Kakerlake in Knödel gefunden!, Berties Lippen bewegten sich beim Lesen mit. Er musste grinsen.

Wut-Oma verprügelt kleinen Bub!

Die schrieben nur Mist!

Schock: Lady Gaga hat 2 Kilo zugenommen! Kündigt Plattenfirma jetzt Vertrag?

Gelangweilt blickte Bertie auf und ließ die Augen suchend durch die Halle schweifen. Zwei kleine Kinder, ein Junge mit

Brille und ein Mädchen mit Pferdeschwanz, tanzten um ihren Vater herum, der offensichtlich gerade von einer Reise zurückgekommen war. Er trug einen schwarzen Mantel, hatte müde Augen und sich hingekniet, um seine Kinder zu umarmen. Eine Frau mit Leopardenfelljacke, pinkfarbener Handtasche und Plateauschuhen stolperte an der Bank vorbei, auf der Bertie und Agatha saßen, und murmelte Unverständliches vor sich hin. Sie hielt einen Kaffeebecher in ihren Händen, ihre Haare waren ungekämmt. Mama ist nicht besonders aufgeregt, dachte Bertie erstaunt und betrachtete seine Mutter, die konzentriert las und kaum darauf achtete, wer durch den Ausgang herauskam. Dabei warteten sie doch auf ihr Schätzchen, die süße Virginie-Puppe! Mamis Ein und Alles. Unauffällig beugte Bertie sich zu ihr und sah nach, was sie las:

Ich hab's gewagt! Frauen, die ihr Leben verändert haben, hieß der Artikel, in den Agatha versunken war. Passt ja! Bertie fühlte sich wie ein mies gelaunter Brummbär. Wenn er sich Virginie und sich zusammen vorstellte, ergab das im Moment nur ein Krisselbild, unscharf, in Grau und Weiß. Bertie wusste nicht mehr genau, wie es war, mit Virginie. Worüber sollten sie quatschen? Was sollten sie zusammen machen? Berties linkes Auge begann zu zucken. Mit einem Ruck stand er auf. Bertie wollte nicht, dass das Erste, was Virginie von ihm sehen würde, sein Psychozucken war. Wenn es ihm gelang, sich abzulenken, würde es nicht stärker werden und vielleicht sogar wieder aufhören. Bertie warf die Zeitung in den nächsten Papierkorb und vertrat sich die Beine.

»Bertie?«, fragte Agatha abwesend, ohne die Augen von ihrer

Zeitschrift abzuwenden. »Siehst du mal nach, ob sie schon da ist, mh? Danke, Schatz!« Sie wartete Berties Antwort nicht ab und las gleich weiter.

Bertie trottete zu der sich immer wieder öffnenden automatischen Glastür und versuchte, einen Blick in das Innere zu erhaschen. Ein Großteil der Glasfläche war aus Milchglas gearbeitet und undurchsichtig. Aber man konnte ein bisschen darunter und darüber kucken. Es machte Bertie Spaß, sich die verschiedenen Schuhe anzuschauen und vorzustellen, zu wem sie gehörten. Die roten Stöckelschuhe aus glänzendem Leder zu einer blondierten Tussi, die ausgelatschen Turnschuhe zu einem Weltreisenden, die staubigen braunen Spießerslipper zu einem Hausmeister. Was für Schuhe Virginie wohl anhatte? Bertie konnte sich nicht daran erinnern, was für Stiefel sie letzten Winter getragen hatte. Wahrscheinlich hatte Virginie sich in Berlin längst neue gekauft. Die er noch nie gesehen hatte. Die hellbraunen mit kleinem Absatz, waren es die? Oder die dunkelgrünen flauschigen mit breiten Sohlen, die wie Nikolaustreter aussahen? Bertie war warm geworden, und seine Handflächen juckten. Nervös kaute er auf seiner Unterlippe. Plötzlich sah er ein Mädchen, das schwungvoll einen Gepäckwagen durch die Glastür schob.

»Gnohom! Huhu!«, rief sie schon von weitem.

Virginie trug eine hellrote warme Jacke mit Fellkapuze, einen dicken weißen Wollschal und dungelblaue Jeans. Schick sah sie aus! Erwachsen.

»Hi, Würgi!« Mit schlenkernden Armen stand Bertie vor seiner Schwester und wusste nicht, wohin mit sich.

Virginie fiel ihrem Bruder einfach um den Hals. So fest sie konnte, drückte sie Bertie. »Bruderherz! Och, schön!«

Bertie versuchte, Virginies warmen Körper nicht zu doll zu berühren, und klopfte unsicher auf ihren Rücken. Virginie fühlte sich zart an. Kleiner, als Bertie sie in Erinnerung gehabt hatte.

»Wo ist Mama? Oder bist du alleine hierhergekommen, um mich abzuholen?«, fragte Virginie grinsend und schob Bertie ein Stück von sich weg. »Zeig mal, wie siehste aus? Mh, eigentlich wie immer! Todschick …!«

Virginie bekam einen ihrer typischen Kicheranfälle, und Bertie dachte kurz, dass er die nicht sehr vermisst hatte.

Vor allem nicht, wenn sie damit zu tun hatten, dass seine Schwester sich über ihn lustig machte.

»Danke! Das Kompliment gebe ich gerne zurück!«, brummte Bertie. »Mama wartet da drüben.«

Bertie zeigte auf Agatha, die aufgestanden war und suchend in die Menschenmenge sah.

Virginie gab einen hellen Jubellaut von sich:

»Hier, halt mal!« Eilig drückte sie Bertie den Gepäckwagen in die Hände und sprintete auf Agatha zu.

»Mama!«

»Meine Süße!«, schrie auch Mama.

Als gäbe es Feueralarm! Dann hielten sich die beiden fest in den Armen. Eine Ewigkeit!, dachte Bertie. Warum mussten Schwestern eigentlich immer so rumkreischen? Mädchen? Mütter?

Papa würde verstehen, was Bertie meinte. Aber der war nicht

mitgekommen, der Trottel! In Berties Herz pikste eine Nadel. Wie in einen Luftballon! Konnte ein Herz platzen? Vor Kummer? Oder Ärger? Logisch wär das.

Virginie und Bertie, Wien, 26.12., 23.57 Uhr, alte Donau

Laternen aus Butterbrotpapier leuchteten zitternd in die Nacht. Sie hingen an den Bäumen rechts und links am Ufer des Flusses und wackelten leise im Wind hin und her. Wie Glühwürmchen sahen sie aus, dachte Virginie. Franziska hatte sie zusammen mit ein paar Freundinnen selbst zusammengeklebt und an die Äste gehängt, hatte sie Virginie bei der Begrüßung erzählt. Nett sah sie aus!, dachte Virginie. Eine Elfendame.

Virginie blies sich Atem in die Hände und schwang sich auf die Eisfläche. Dunkle Wärme stieg in ihr hoch, von tief unten. Sie war die letzten drei Tage nicht eisgelaufen und spürte nun, wie sehr sie es vermisst hatte. Schon!

»Hey, du musst Virginie sein, Berties Zwillingsschwester!« Ein großer Typ mit grüner Wollmütze und schwarzer Skijacke kam angebraust und bremste erst kurz vor Virginie ab. Mit einer schnittigen Kurve kam er zum Stehen.

»Richtig?!«, fragte er.

Eine kleine Eiswolke verpuffte vor seinem Mund. Seine Haut war hell, und er hatte Sommersprossen im Gesicht. Virginie zwinkerte mit den Augen. Beim Antworten stotterte sie ein bisschen. Das ärgerte sie.

»Zufälligerweise ja. Und wer bist DU, Mister Wichtig?!«

Der Junge lachte laut auf, nahm seine Mütze vom Kopf und wischte sich über die verschwitzte Stirn. »Hat Bertie dir etwa noch nicht von mir erzählt? Christoph, coolster Typ in ganz Himmelhof? Bester Freund von Bertie, hä?!«

Frech blickte er Virginie in die Augen. Gleichzeitig lieb! Auf

Virginies Wangen prickelte die Kälte, aber unter ihrer Jacke schwitzte sie. Obwohl sie noch gar nicht richtig losgelaufen war.

»Doch, hat er! Natürlich. Hi, Christoph, also!« Virginie machte eine Geste mit ihrer Hand, als würde sie Christoph kurz zuwinken, und lief dann mit kräftigen Schritten los.

In die Nacht.

»Hey, wartest du nicht auf mich?«, rief Christoph und flitzte hinter Virginie her.

Je schneller er lief, umso mehr beeilte sich Virginie. Ohne es miteinander abgesprochen zu haben, liefen die beiden um die Wette. Virginie hörte, wie Christoph laut atmete, hinter ihr, nur ein paar Schritte. Sie hatte das Gefühl, sie würde gleich abheben, in die Luft. Ein Vogel! So schnell glitt sie über die Eisfläche. Leise lachte Virginie in sich hinein.

Missgelaunt stapfte Bertie über das holperige Eisbett. Er war noch nie gut im Schlittschuhlaufen gewesen. Bertie mochte es nicht, zu frieren und auf die Schnauze zu fallen. Das Eis war ihm zu glatt und hart. Außerdem musste man das Gleichgewicht halten und die Beine anspannen, und am nächsten Morgen hatte man Muskelkater und x blaue Flecken, die taten weh wie Sau. Nein danke! Sowieso war das immer Virginies Sache gewesen, der Sport, das Eis, das Tanzen. Die Show!

Die Baumgartners hatten Bertie, Agatha und Virginie zum traditionellen Schlittschuhlaufen eingeladen. Am zweiten Weihnachtsfeiertag! Da trafen sie sich immer um Mitternacht mit Freunden, tranken Punsch, plauderten und probierten neue Schleifen aus, Drehungen und Schritte. Manchmal spielten sie auch Eishockey. Ganz zum Schluss machten sie eine lange Kette, alle zusammen, hintereinander, fuhren sie über das gefrorene Wasser und sangen einen Song von Jonny Cash, *We'll meet again!*.

Suchend blickte Bertie sich um. Während er sich in seine Schlittschuhe gezwängt hatte, hatte er gesehen, dass Mama und Alban sich abseits von den anderen Erwachsenen unterhalten hatten, am Flussufer. Sie schienen sich gut zu verstehen! In einem kurzen Moment hatte seine Mutter den Kopf zurückgeworfen beim Lachen, wie ein Mädchen.

Bertie dachte an den Abschied von Herbert gestern. Er war zu seinen Eltern nach Oberösterreich gefahren. Vor der Abfahrt hatte Mama ihm noch Brote geschmiert. Mit ihrer Eulenschürze um den Bauch und verschlafenen Augen. Verhackerts hatte sie draufgestrichen, das war so Zeugs aus Knoblauch, Speck, Zwiebeln und Schmalz, das Herbert liebte. Agatha machte es ihm immer, wenn sie besonders lieb zu ihm sein wollte. Am Auto hatten Mama und Herbert sich geküsst. Und Herbert hatte versprochen abends anzurufen, um zu sagen, dass er gut angekommen war.

Wo war eigentlich Virginie?, fragte sich Bertie mit einem Mal. Sollte sie ihn doch vollquatschen mit ihrem Mädchenkram, von ihrer neuen Kür und welches Kostüm sie tragen würde. Bertie wollte nur nicht mehr nachdenken über Dinge, die ihm Kopfschmerzen machten!

Weiter vorne am Flussufer entdeckte Bertie schließlich die hellrote Winterjacke seiner Schwester. Irgendjemand in Schwarz stand bei ihr. Die beiden schienen sich zu unterhalten.

Bertie kniff die Augen zusammen, um besser zu sehen, aber er konnte nicht erkennen, wer das war. Die Laternen am Flussufer spendeten gerade so viel Licht, dass man die gröbsten Hindernisse auf der Eisfläche erkennen konnte und die Schattenkonturen der anderen Läufer.

Plötzlich fuhr Virginie los, schnell wie ein Pfeil. Die schwarze Gestalt folgte ihr, lautlos, ein Schatten.

Bertie wollte losschreien:

»Pass auf, Virginie, der Typ folgt dir!«

Aber dann riss es an seinem Herzen! Wie wenn Zügel gegen das Fell schubberten, bei Pferden. So musste sich das anfühlen, dachte Bertie, der plötzlich wusste, mit wem Virginie über die alte Donau lief. Er fühlte sich mit einem Mal schlapp und müde, so, als hätte er die letzten Tage keine Minute geschlafen. Am liebsten hätte Bertie sich auf die Eisfläche gelegt, mit angezogenen Beinen und angewinkelten, fest an den Körper gepressten Armen, wie ein Paket. Er wollte nur noch schlafen! Wind brauste in seinen Ohren. Bertie legte den Kopf in den Nacken und starrte in den Himmel. Der war rabenschwarz.

»Hey, du bist ja eine Rakete!«, Christoph stützte seine Hände schnaufend auf die Oberschenkel und rang nach Luft.

»Hast du was anderes erwartet?!« Virginie lachte keuchend und hielt sich die Seiten.

Sie waren bestimmt fünf Minuten in maximalem Tempo gelaufen, über den dunklen zugefrorenen Fluss. Bis Christoph Virginie an ihrem Schal zu fassen bekommen hatte.

»Hab ich dich!«, hatte er ausgerufen, sie war gestolpert, er über sie, und sie hatten kurz auf dem Eis gelegen, ein Bündel von Armen und Beinen.

Eilig hatte Virginie sich wieder aufgerappelt.

»'tschuldigung!«, hatte Christoph gemurmelt, und Virginie hatte gekichert.

Stockdunkel war es hier, dachte Virginie. In ihrem Bauch kitzelte es. An der Stelle der Donau, an der sie angekommen waren, hingen keine Laternen mehr, und auch die Stimmen der anderen hörte man nur noch wie ein leises Flüstern.

»Bertie hat erzählt, du tanzt auf Meisterschaften und hast schon 'nen paar Preise gewonnen?!«

Virginie konnte nur die Umrisse von Christophs Gesicht erkennen. Seine Stimme hörte sich lustig an. Tief und hoch in einem.

»Stimmt.« Virginie lächelte. »Die nächsten Landesmeisterschaften sind im Februar. Da will ich gewinnen! Deswegen dürfte ich eigentlich gar nicht hier sein, sondern müsste wie bekloppt trainieren. Aber ich wollte endlich mal sehen, wie Bertie so lebt. In Wien.«

»Mmh … Bringst du mir eine Figur bei? Eine Pirouette oder einen Sprung?«, fragte Christoph mit funkelnden Augen.

Virginie prustete laut los:

»Hahahaha! Du willst einfach mal so 'ne Pirouette drehen, ja? Und mein Papa ist der Kaiser von China! Du glaubst nicht, dass das einfach so geht, oder? Weißt du, wie lange ich trainiert habe, bis ich meine erste saubere Pirouette gelaufen bin? Hahahaha!«

»Ich könnte es doch wenigstens mal probieren«, murmelte Christoph.

Ein bisschen eingeschnappt klang er.

»Später vielleicht!« Virginie hatte aufgehört zu lachen. »Bertie hat mir was von Eishockeyspielen erzählt. Darauf hätte ich Bock! Lass uns zu den anderen zurücklaufen und mitmachen, okay?«

»Okay!« Christophs Stimme hörte sich wieder normal an.

Ehe Virginie antworten konnte, brauste er los.

»Na warte!«, murmelte sie und lief ihm hinterher.

Sie würden ja sehen, wer schneller war.

Leise rieselt die Vier,
auf das Zeugnispapier.

Bertie lief grölend zwischen Jimmy und Alexa Schlangenlinien über das Eis. Sie hatten eine Kette gebildet und sangen alle Weihnachtsverarschungslieder hintereinander, die ihnen einfielen.

Als Bertie müde und mies gelaunt auf dem Eis gestanden hatte, waren die beiden plötzlich angerauscht gekommen, Hand in Hand.

»Was erkenne meine schöne Augen da?«, hatte Jimmy lachend gerufen, und Alexa hatte Berties rot gefrorenen Ohren geknuddelt.

»Brad Pitt junior uffm Eis, wat für'n Zufall!«

Fünfen und sechsen dazu,
freue dich, sitzen bleibst du.

»Oh Mann, ick strull ma gleich ein!«, kicherte Alexa und wackelte bedenklich bei der Kurve, die sie gerade liefen.

»Schatzie, du bekomme keine Punsch mehr, ab jetzt«, rief Jimmy laut aus, und Bertie spürte seinen Atem im Nacken.

Der war warm und roch nach Wein und Zimt. Ohne zu fragen, hatten die beiden sich bei Bertie eingehakt, als sie ihn wie ’ne trübe Tasse auf dem Eis angetroffen hatten, und ihn mit sich mitgezogen.

»Drücken gilt nicht!«, hatte Alexa gerufen.

Und Jimmy hatte ergänzt: »Is’ Weihnachten, boy, partytime!«

Leise schleichst du nach Haus,
schimpft die Mutti dich aus.

Bertie sang aus voller Kehle weiter und fühlte sich wie beschwipst, obwohl er noch nicht mal einen Kinderpunsch getrunken hatte. Nur einen Kakao. Die konnten ihn alle mal, Christoph, Würgi und seine Eltern! Und Herbert, der mit Mama rumzankte, statt sie zum Lachen zu bringen

Bertie rammte die Kufen seiner Schlittschuhe ein-, zweimal heftiger als nötig ins Eis. Alexa hatte recht: Er war ein Schauspieler und würde groß rauskommen! Als Joel mit dem Hund. Oder er würde den Weltrekord im Zauberwürfeldrehen brechen. Das Mega-Doppelapple-Tablet erfinden und andere coole Dinge machen, das würde er! Dann würden sie sich wundern, die Christophs und Würgis dieser Welt. Sowieso hatte Bertie auch noch andere Freunde, Jimmy und Alexa zum Beispiel.

Hör nur, wie lieblich es schallt,
wenn Vatis Ohrfeige knallt.

Kichernd ließen sich alle drei auf den Boden fallen. Alexa hielt sich den Bauch, und Jimmy wischte sich eine Träne aus dem Auge.

»Hey, ihr da!«

Christoph kam aus dem Dunklen angezischt, bremste und kuckte sie neugierig an. »Darf man mitlachen?«

Virginie war ihm gefolgt. Sie hatte gerötete Wangen, und ihre Wollmütze saß schief auf dem Kopf.

»Hi!«, murmelte sie.

Bertie bemerkte verwundert, dass Virginie schüchtern wirkte.

»Darf icke vorstellen: Ditte is' meene Twinsister, Virginie, höchstpasönlich«, berlinerte er absichtlich doll.

»Ey Mann, freut mich!« Alexa stand immer noch kichernd auf und streckte Virginie ihre Handschuhhand hin. »DU bist die Schwester von unserem Brad Pitt junior!«

»Brad Pitt junior?«, fragte Virginie verwirrt.

»Yes!«, rief Jimmy und sprang auf. »Isch bin seine Lehrer, und isch kann dir sage: Deine Bruder is', na, wie sagt man? Eine Schreier?«

»Ein Brüller? Bertie? Brad Pitt? Junior?«, Virginie kicherte und blickte von Jimmy zu Alexa zu Christoph und dann zu Bertie. »Echt?«

»Eishockey! Eeeeiiiishockey!! Das Eishockeymatch beginnt! Wer mitspielen will, komme jetzt zu mir!«, brüllte Alban durch die Nacht und unterbrach ihr Gespräch.

Er trug ein leuchtend orangenes Leuchtdreieck aus Stoff über seinem Mantel und einen gelben Bauarbeiterhelm mit blinkender Lampe.

»Cool! Los, ihr alle, auf geht's!«, rief Christoph aus und sauste zu seinem Vater, der dabei war, das Spielfeld mit orangenen Plastikkegeln zu markieren.

»Oh, nee, dit schaffe ick jetzt nich' mehr. Bin zu hacke!«, jammerte Alexa lachend und machte sich schlingernd auf den Weg zum Ufer.

»Eishockey is' mich zu brutal!«, stöhnte Jimmy und hielt sich wie eine Operndiva eine Hand an die Stirn. »Isch passen auch.«

Er folgte Alexa.

»Spaßbremsen«, brummte Virginie und sah den beiden hinterher. Dann drehte sie sich um und wollte losdüsen.

»Hey, warte!«, rief Bertie. »Ich mache mit.«

»Im Ernst?« Virginie blieb der Mund vor Staunen offen stehen.

»Klar!« Übermütig rannte Bertie los, fiel aber gleich nach ein paar Schritten der Länge nach hin und stöhnte:

»Mist!«

»Nix da, Mist! Du hast gesagt, du machst mit. Jetzt MUSST du auch!«

Virginie zog Bertie lachend wieder hoch und hielt seine Hand. Zusammen segelten sie zum Eishockeyfeld.

Virginie und Bertie, Wien, 1.1., 8.17 Uhr, Küche

Mit geschwollenen Augen schlappte Virginie die Treppe hinunter. Sie schlang ihre Arme frierend um den Oberkörper. Irgendwo musste ein Fenster offen stehen; kalte Luftschwaden zogen durch das Haus. Virginie griff nach einem Wollpullover, der über dem Treppengeländer hing, und streifte ihn über. Der gehörte bestimmt Bertie! Während Virginie weiterschlappte in die Küche, musste sie kichern. Der Pullover hing ihr wie ein Minikleid über den Po; das konnte nicht Berties sein! Virginie schnupperte an den Ärmeln. Nach Aftershave und Pfefferminze rochen sie, ein bisschen auch nach Holz. So roch Herbert? Gut?

Virginie ging in die Küche, öffnete die Kühlschranktür und goss sich ein Glas Milch ein. Sie setzte sich an den Tisch, zog die Beine an den Körper, und trank das ganze Glas in einem Zug aus. Wenn man einen richtig coolen Milchbart bekommen wollte, musste man das Glas auf eine ganz bestimmte Art und Weise halten und den Kopf möglichst weit ins Glas stecken. Früher hatte Virginie das ewig mit Bertie ausprobiert. Sie waren so gut gewesen, dass ihnen sogar verschiedene Bart-Arten gelungen waren: Schnauzer und Oberlippenbärte. Einmal hatte Bertie einen richtigen Vollbart hinbekommen. Das war 'ne Riesensauerei gewesen! Am Ende war das Glas mit dem Rest Milch umgekippt und hatte Bertie von oben bis unten beschmoddert. Virginie musste kichern, als sie daran dachte. Dabei wischte sie vorsichtig mit ihrer Zungenspitze rund um den Mund herum, um die Milch zu verteilen. Beinahe hatte sie Lust, zu Bertie ins Zimmer zu rennen und zu ihm unter die Bettdecke zu kriechen.

»Kucke mal, was ich hab! Den besten Damenbart ever«, würde sie rufen und ihre kalten Füße zwischen seinen warmen Beinen vergraben. »So einen kriegst du nicht hin!«

»Nervkuh!«, würde Bertie schimpfen, grummelig, sich zur Seite drehen und weiterschlafen.

Virginie läge neben ihm und würde an die Decke sehen. Oder aus dem Fenster raus! Ob Berties Haare sich immer noch so kitzlig anfühlten?

Virginie schreckte auf. Die Küchentür klappte. Herbert kam aus dem Garten herein. Er rieb die Hände aneinander.

»Schon wach?!« Herbert blickte Virginie mit Augen an, die erinnerten sie an Mäuse.

Hin und her wischten sie, von einer Ecke in die andere.

»Wie man sieht!«, grunzte Virginie.

Sie griff nach einer Zeitung, die auf dem Küchentisch lag. STANDARD, Virginie entzifferte den Titel. Sie las eigentlich nie Zeitung, aber gerade hatte sie überhaupt keine Lust, zu reden. Erst recht nicht mit dem Lover ihrer Mama! Dann lieber 'ne Zeitung.

»Ich mache mir einen Tee. Willst du auch einen?«, fragte Herbert, aber Virginie antwortete ihm nicht und tat so, als würde sie einen super spannenden Text lesen.

Bald durchzog ein scharfer, fruchtiger Duft die Küche. Herbert setzte sich mit einer Tasse dampfenden Tees zu Virginie an den Tisch. Schmale Schnitze einer weißlichen Frucht und grüne Blätter schwammen darin herum. Fasziniert blickte Virginie auf den Sud.

»Gibst du mir einen Teil ab?« Herbert sah Virginie nicht an, als er sie wieder ansprach, sondern blickte auf einen gedrehten Holzstab, von dem er dunkelleuchtenden Honig in seine Tasse tropfen ließ.

»Äh, was?!« Virginies Stimme krächzte, als sie antwortete.

»Ob du mir einen Teil abgibst?«

Als Virginie immer noch nicht verstand, was Herbert meinte, fügte er hinzu: »Von der Zeitung?! Gibst du mir einen Teil von der Zeitung ab?«

»Ach so, ja klar! Ähm, war sowieso grad fertig …« Verlegen schaufelte Virginie die Seiten auf einen Stapel und schob ihn zu Herbert über den Tisch.

»Ein Teil reicht!«

Wenn Herbert lachte, kräuselte sich seine Nase an der Wurzel. Wie zerkruschpeltes Seidenpapier. Süß! Eigentlich.

»Der Sportteil würde mich zum Beispiel interessieren!«

»Echt?! Mich auch. Das ist das Einzige an der Zeitung, das mich … Ähm, ich meinte …, also …« Verlegen hüstelte Virginie vor sich hin. »Was is'n das?«

Um abzulenken zeigte sie auf Herberts Teetasse.

»Das?! Das ist Ingwertee mit Salbeiblättern und Honig. Was Feines! Ist gut für die Stärkung der Abwehrkräfte, bei Erkältungen, für die Verdauung und so weiter. Ein richtiges Wundermittel! Wie gesagt, ich mache dir auch gerne eine Tasse.«

Herbert lachte wieder, und seine Seidenpapier-Nasenwurzel kruschpelte.

»Ähm, nein! Danke!«

»Okay.«

Ohne Virginie weiter zu beachten, vertiefte Herbert sich in die Zeitung.

Er trug ein weißes Hemd mit schmalen rosa Streifen, Jeans und Turnschuhe ohne Strümpfe. Bei der Kälte! Obwohl Winter war, war Herberts Haut immer noch erstaunlich gebräunt. Ob er ins Solarium ging?

Herbert wendete kurz den Blick von der Zeitung ab und nahm mehrere Schlucke aus seiner Teetasse. Virginie wurde heiß: Hatte er gemerkt, dass sie ihn die ganze Zeit anstarrte? Aber Herbert beachtete Virginie nicht. Nicht, als sie sich räusperte. Nicht, als sie einen Hustenanfall bekam. Auch nicht, als ihr Fuß immer wieder gegen das Stuhlbein stieß. Aus Versehen.

Silvester war schön gewesen, dachte Virginie. Mit Mama und Bertie. Und mit Herbert. Der war am Morgen zurückgekommen von seiner Familienreise. Frische Kipferl hatte er mitgebracht und selbst gemachte Marillenmarmelade von seiner Schwägerin. Herbert hatte beim Frühstück strahlend vom Skifahren mit seinen Brüdern erzählt. Nach dem Essen hatte Mama beim Abwaschen leise vor sich hingesummt, und als Herbert ihr für einen Moment eine Hand auf den Po gelegt hatte, hatte Virginie das nicht schlimm gefunden.

Später hatten sie alle zusammen *Siedler* gespielt. Vom Nachmittag bis in den Abend hinein. Virginie hatte sogar einmal gewonnen, yeah! Vor den Fenstern hatte der Wind geheult und Schneeflockenschnitzel durch die Luft gejagt. Als es immer dunkler geworden war, hatte Herbert ihnen heißen Apfelsaft mit Zimt zubereitet. Köstlich hatte der geschmeckt! Mit Papa wäre das nicht gegangen. Er mochte keine Gesellschaftsspiele, außer so was wie Scrabble, »was Intelligentes!«! Zu Silvester hatte er die ganze Familie regelmäßig in irgendein »fantastisches« Konzert geschleppt, in die Philharmonie. Virginie und Bertie mussten ewig still sitzen und Massen von Musikern zuhören, die so heftig auf ihren Instrumenten herumsägten, dass Virginie Angst hatte, sie würden gleich auseinanderfallen. Der Zwerg hatte das immer gut gelöst! Er war einfach eingeschlafen. Das konnte Virginie nicht; dazu war sie viel zu wirbelig. Sie hatte jedes Mal begonnen, alles zu zählen, was ihr in den Sinn kam: alle Frauen im Orchester, alle Männer mit Glatze, alle Trompetenspieler und so weiter.

»Das war lecker, gestern!«

»Mh?!« Herbert war in seiner Lektüre versunken.

»DAS WAR LECKER, GESTERN, habe ich gesagt«, wiederholte Virginie. »Das Raclette! Guter Tipp, Mais mit Ananas und Käse und dazu dieses Gewürz. Wie hieß es noch mal?«

Langsam wandte Herbert seinen Blick von den Seiten ab und zu Virginie hin.

»Entschuldigung! Was meinst du, Virginie?«

»Nichts!« mit einem Ruck stand Virginie auf und stieß sich dabei das Bein an.

»Au!«, entfuhr es ihr.

Lauter, als sie wollte. Wenn Herbert keine Lust auf ein Gespräch mit ihr hatte, dann eben nicht.

»Virginie?!«

Extra laut stampfte Virginie auf den Holzdielen in Richtung Treppe. Wieso schliefen die eigentlich alle noch? Bertie und Mama? Als Virginie an der Haustür vorbeiging, polterte es dagegen. War das ein Stein gewesen? Virginie hielt den Atem an. Oder ein Wildschwein? Ein Elch? Wieder polterte es, dieses Mal stärker und länger. Obwohl Virginie wusste, dass Wien genauso eine Großstadt wie Berlin war, hatte sie manchmal das Gefühl, in der Pampa gelandet zu sein: in Himmelhof. Wo die Vögel einen weckten am frühen Morgen, so laut trällerten und zwitscherten sie. Wo Rudel von Eichhörnchen die Parkwege und Bäume bevölkerten, die Luft so frisch und klar roch wie Quellwasser und sich über alle Wege und Straßen hohe Bäume erstreckten und majestätisch hin- und herwogten. Im Wind.

»Hey, machst du auf oder nicht?!« Virginie hörte eine Stimme, dumpf durch die Tür hindurch.

In ihrem Brustkorb hüpfte ein Rotkehlchen.

»Haaaaallooooooo?!«

Vorsichtig drehte Virginie an dem Türknauf und öffnete die Tür nur einen Spaltbreit.

»Verzeihung, sind Sie angemeldet?«, fragte sie mit hoher Stimme, wie ein Dienstmädchen aus einem Schwarz-Weiß-Film.

Christoph lachte. »Nein! Aber ich habe Neujahrsgebäck für euch dabei, frisch aus Mamas Ofen. Ist das ein Argument?!«

Virginie zog die Tür vollständig auf, lachte und machte eine einladende Geste. »Natürlich, Monsieur!«

In seinen dicken schwarzen Parka eingemummelt stand Berties Freund vor Virginie. Umständlich versuchte er, den Schnee auf der Fußmatte abzutreten. Christoph streckte Virginie ein Paket entgegen, aus dem ein würziger Duft nach Zimt, Zitronen und Pfeffer emporstieg. Virginies Magen knurrte. Sie hielt das Paket dicht an ihre Nase.

»Mh, was is'n das? Riecht aufregend!«

»Ein Black Bun. Früchtekuchen aus Schottland. Den bäckt man dort zum neuen Jahr. Mama wollte ihn ausprobieren; da hat sie gleich zwei gemacht. Einen für uns und einen für ...« Christoph lag ein rätselhaftes Lächeln auf den Lippen, während er sprach. Blitzartig und ohne Vorwarnung legte er seine Hände an Virginies Wangen.

»Ah!« Virginie schrie leise auf.

Christophs Hände fühlten sich frostig an. Groß!

Berties Freund lief schon lachend in Richtung Küche.

»Hallo?! Jemand da? Beeertiiieee?!«

»Servus, Christoph!«, rief Herbert aus der Küche.

»Gibt's Tee?«, fragte Christoph und ließ sich neben Herbert auf einen Stuhl fallen.

Er schien sich gut auszukennen! Bei Mama, Herbert und Bertie. Wieder stach es in Virginies Herzen. *Zeit der stechenden Herzen* wäre nen cooler Buchtitel! Oder? *Zeit der flammenden Herzen*, *Zeit der schmerzenden Herzen*, *Zeit der liebenden Herzen*, *Zeit der leidenschaftlichen Herzen*, *Zeit der unglücklichen Herzen* – die Titel gab's bestimmt alle schon. Aber *Zeit der stechenden Herzen*? Virginie würde Bertie fragen.

Widerstrebend setzte sie sich zu Herbert und Christoph an den Tisch. »Ich hätte jetzt auch gerne 'ne Tasse Tee.«

»Gut.« Herbert lächelte.

Das Wandern ist des Müllers Lust,
das Wandern ist des Müllers Lust,
das Wahandern!

Herbert und Bertie grölten das Lied durch die flirrende Sonnenluft. Der Schnee knirschte unter Virginies Füßen. Sie blinzelte in den Himmel. Keine Wolke zu sehen! Herbert hatte für sie Schneeschuhe besorgt, und nun waren sie auf dem Weg zur Lackner Alm im Wiener Wald: Agatha, Herbert, Bertie und Virginie. Ein netter kleiner Ausflug von einer netten kleinen Familie. Oder? Missmutig stieß Virginie die Skistöcke in die meterdicke Schneedecke. Ohne die speziellen Schuhe, die wie kurze, breite Ski-Skelette aussahen, würde man sofort in den Schnee einsinken und nicht mehr vorwärtskommen. Wie sich das anfühlte, von Schnee umschlossen, ohne Möglichkeit, sich zu bewegen? Virginie gruselte es.

Seit fast einer Stunde stiegen sie schon nach oben Richtung Berggipfel. Virginie fühlte sich müde. Sie war abgefallen von den anderen. Letzte Nacht hatte Virginie nicht gut geschlafen. Sie hatte sich hin und her gewälzt, mit wirren Bildern im Kopf. Wie sie stürzte bei den Meisterschaften! Wie sie verschlief und gar nicht erst pünktlich zum Wettbewerb kam. Wie Papa nicht zum Wettkampf erschien, und ihr Blick immer wieder traurig die Tribüne absuchte: kein Papa, kein Papa! Und keine Mama. Natürlich nicht. Einmal hatte anstatt dessen Herbert auf der Tribüne gesessen. Wie ein Männermodel hatte er ausgesehen, mit Gel in den Haaren, einem schicken Hemd, dessen Knöpfe oben am Kragen geöffnet waren und einer Rennfahrer-Sonnenbrille im Gesicht. Mit einem Mal hatte Herbert sich dann in einen gewissen Typen verwandelt, mit einem frechen Grinsen, Sommersprossen und roten Haaren. Unglaublich, wer sich alles in Virginies Träume schlich! Ungefragt. So was gehörte verboten, dachte Virginie und zerschnitt die Luft mit ihren Skistöcken. Sie beschattete ihre Augen und suchte den Horizont ab. Weit vorne, kaum noch zu erkennen, tobte Bertie als Minizwerg mit Herbert durch den Schnee. Wie gut die beiden sich mit einem Mal verstanden.

»Kommst du, Virginie?! Es ist nicht mehr weit …«

Virginies Mutter hatte angehalten und sich zu ihr umgedreht:

»Jaha!« Genervt presste Virginie ihre Antwort durch die Zähne.

Sie gab sich einen Ruck und rammte die Skistöcker in die Schneedecke. Virginie würde die anderen jetzt verdammt noch mal zackzack! einholen. Das wäre doch gelacht: wenn Bertie mit einem Mal fitter wäre als Virginie! Der Gnom.

Schweißüberströmt kam Virginie bei Herbert und Bertie an.

»Na? Kommt die lahme Schnecke auch schon an?!« Bertie lachte sich scheckig und sah dabei Beifall heischend zu Herbert.

»Ha!« Virginie hatte große Lust, an den beiden vorbeizustürmen zur Hütte. Die musste doch endlich mal in Sicht kommen!

»Seht mal da!«

Herbert zeigte auf einen Hochstand, der am Rande einer größeren Baumgruppe stand.

»Wollen wir rauf?«

Bertie zögerte. »Ich weiß nicht …«

»Klar!« Virginie fiel ihrem Bruder ins Wort und stakste los, ohne auf Herbert und Bertie zu warten.

»Geht's dir gut, Süße?«

Virginie erriet hinter Agathas Sonnenbrille das Lächeln ihrer Mutter, das sie immer aufsetzte, wenn sie sich Sorgen machte. Warm und vorsichtig. Virginies Zuhause.

»Klar!«

Virginie leckte mit Genuss den Löffel ab, einmal und noch einmal. So bald würde sie sich keine heiße Schokolade mit Schlag mehr gönnen. Vor den Meisterschaften! Die hier war auch noch speziell gut: nach Zimt, Muskat und Vanille duftete die dicke Schokoladensuppe in einem Becher, auf dem kleine blaue Blumen mit Goldrand tanzten. Sie waren endlich auf der Alm angekommen und machten eine ausgiebige Pause, hingepflanzt auf Liegestühlen. Das Gesicht in die Sonne gereckt. Bertie und Herbert waren gemeinsam in der Hütte verschwunden.

»Wirklich?« Agatha hatte ihre Sonnenbrille abgenommen und blickte Virginie in die Augen.

Schüchtern sah sie aus. Wie ein Mädchen. Agathas Wangen leuchteten; Virginie entdeckte kaum eine Falte. Ihre Mutter sah weicher aus, seitdem sie nach Wien gezogen war. Nicht mehr so abgehetzt!

Alle zusammen hatten sie auf dem Hochstand gesessen: Herbert, Bertie und Virginie. Agatha hatte nicht hochkommen wollen und war langsam weitergegangen in Richtung Alm. Virginies Knie hatten Herberts Beine berührt. Sanft. So wenig Platz hatten sie da oben gehabt, in der Luft. In Virginies

Ohren hatte der Wind gepfiffen. Ein zierliches Reh war über die Schneefläche gehoppelt. Unendlich hatte die weiße Decke zwischen den Bergen ausgesehen, so weit! Das Reh hübsch und klein, wie eine verwunschene Prinzessin. Auch ein rotbrauner Fuchs war vorbeigetappst. Vorsichtig hatte er einen Fuß vor den anderen gesetzt und die Ohren gespitzt. Gebannt war Virginie ihm mit ihren Augen gefolgt. Plötzlich war das Tier erstarrt und hatte die Schneedecke fixiert. Dann hatte er Anlauf genommen und war mit einem gewaltigen Sprung in den Schnee hineingetaucht. Nur noch sein buschiger Schwanz hatte aus dem Weiß hervorgeschaut, wie eine Fahne, die triumphierend im Wind wehte.

»Das will ich auch!« Herbert hatte gelächelt, den Blick in der Ferne.

Der Fuchs war längst verschwunden. Aufgesprungen war Herbert, wie der Blitz die Leiter hinuntergekraxelt. Bertie ihm hinterher! Beide hatten sich im Schnee gewälzt, waren geschwommen und getaucht wie Eisbären.

»Ja, Mama! Wirklich!«, entgegnete Virginie und bemühte sich, nicht genervt zu klingen.

Für einen Moment schwiegen beide.

»Herbert ist …« Virginie hob wieder an zu sprechen.

»Ja?« Agathas Lippen zitterten.

Ihre Finger fingerten nervös an dem Reißverschluss ihres Anoraks herum.

»Herbert ist … echt nett. Finde ich!«

Virginie schluckte schwer. Sie hoffte, dass ihre Mutter das

nicht merkte! Dann setzte sie ihr bestes Strahle-Lächeln der Welt auf und rief in den Himmel:

»Ich glaub, ich bestell mir noch eine! Die war wunderlecker.«

Virginie, Wien, 3.1., 18.07 Uhr, Flughafen Wien

Es war sooo schön bei euch! Will gar nicht weg … ☹ Deene Kleene

Agatha, Wien, 3.1., 18.09 Uhr, Wohnzimmer

Das fand ich auch, meine Süße! ☺ Bin ganz wehmütig … Aber bald sehen wir uns wieder. Versprochen! Deine Mama

Mail, 4.1., 8.01 Uhr, Virginie –> Bertie

Von: virginie_eis@gmx.de
An: au_bertie@gmx.at
Betreff: Feuerkreisel ☺

Liebster Gnom, ich muss noch ständig daran denken, wie Christoph wie ne angestochene Tarantel weggelaufen ist vor dem Monster-Feuerkreisel von Alban ☺ Da hat der coole Chris sich plötzlich in die Hosen gemacht … ;-) Die sind alle richtig nett in Christophs Familie, finde ich, und Jimmy und Alexa sind auch cool! Ich freu mich schon, wenn ihr das Theaterstück zusammen aufführt. Da will ich wieder nach Wien kommen. Habe ich Papa schon verklickert. Der hatte anscheinend auch ne ganz nette Zeit in Berlin, mit seiner Trulla … zum Glück muss ich so viel trainieren, dass ich keine Zeit hab, darüber nachzudenken …
Halt die Ohren steif, olles Bruderherz, und schreib mir mal wieder oder wir skypen.

Würgi

Mail, 5.1., 19.22 Uhr, Bertie -> Virginie

Von: au_bertie@gmx.at
An: virginie_eis@gmx.de
Betreff: Re: feuerkreisel ☺

Hallo Würgi,

tja, Chris ist nicht immer der Super-Ober-Checker … ;-) Am Anfang dachte ich, ihr würdet so 'nen bekopptes Turteltauben-Kicher-Paar werden. Mann, da hätte ich abgekotzt! Aber C. hat mir gesagt, dass Mädchen ihm so ziemlich am A. vorbeigehen.
Seitdem du nicht mehr da bist, hatte Mama schon zweimal 'ne Schniefnase am Abend …
Sag Papa einen Gruß von mir, ja?!
Morgen fängt die bekackte Schule an! Ø Nur auf die Theaterproben freue ich mich. Und auf die Winterferien: Da fahre ich wahrscheinlich mit Christophs Familie nach Osttirol in die Berge. :-)

Halt du auch die Ohren steif!

Bertie

P.S. Gustav hat schon nach dir gefragt …

Virginie, Berlin, 12.1., 17.06 Uhr, Eisstadion Berlin-Mitte

Virginie stapfte leise stöhnend aufs Eis. Seit gestern hatte sie Bauchschmerzen! Mal doller, mal weniger. Der Bauch hatte Virginie früher oft wehgetan, wenn sie müde war, gestresst oder traurig. Dann hatte sie sich mit Wärmflasche ins Bett legen und ausruhen müssen, ganz egal, was sie eigentlich vorgehabt hatte. Training oder einen Freundinnennachmittag. Zusammen mit Agatha war Virginie bei mindestens drei verschiedenen Ärzten gewesen, aber die hatten alle keinen wirklichen Rat gewusst. Ein Glas Milch trinken sollte sie, wenn die Schmerzen auftraten, Mama musste den Bauch massieren, oder Virginie sollte gar nix mehr essen mit Milch drin, keinen Käse und kein Joghurt. Hatte alles nix geholfen, war aber auch nix Schlimmes gewesen. Nur nervig, eben!

Virginie nahm die Bauchschmerzen jetzt wieder nicht ernst – ein oller Gruß aus alten Zeiten!, dachte sie – und zwang sich, einen Cross-Roll nach dem anderen zu laufen, Chassés und Spitzenschritte vor den Augen von Lotta. Die saß eingehüllt in einen langen Mantel aus grauer Mohairwolle und mit einem lila Schal um den Hals auf der Tribüne und rief Virginie Kommandos zu.

»Gegenwende noch mal, war nicht sauber!«

»Mehr Konzentration, Virginie!«

»Jetzt die Sprünge: Rittberger und Flip zuerst!«

Lotta war in letzter Zeit stiller geworden. Sie lachte weniger und sprach auch leiser. Sie machte auch weniger Gesten beim Sprechen als sonst. Virginie schien es, als ob sie sogar weniger rauchte. Als ob Lotta ’ne schlechte Kopie von sich selbst wäre!

Mit verwaschenen Farben, weil der Kopierer nicht richtig funktioniert hatte.

Virginie wollte sie fragen: »Geht's dir nicht gut, Lotta?«

»Hast du was?«

oder

»Bist du krank?«

Aber sie traute sich nicht.

Mechanisch lief Virginie die Figuren und griff sich dabei immer wieder unwillkürlich an ihren Bauch. In dem stach es jetzt heftiger. Vielleicht sollte sie Lotta doch sagen, dass sie das Training abbrechen wollte? Virginie hielt die Luft an und war dabei, die nächste Pirouette vorzubereiten, als das Stechen in ihrem Bauch so doll wurde, dass sie sich unwillkürlich zusammenkrümmte.

»Stimmt was nicht, Virginie?« Lotta war aufgestanden und beobachtete Virginie prüfend. Ihre Stimme klang besorgt.

Virginie richtete sich schnell wieder auf und winkte ab: »Nein, alles gut!«

Sie war nicht aus Zucker! Virginie konnte was aushalten, das wusste jeder.

Bertie, Wien, 12.1., 17.28 Uhr, Kindertheater Wien

»Wer bist du?«, fragte Bertie schüchtern.

Styroporschnee knisterte unter seinen klobigen Winterschuhen, und er zog die Schultern hoch, als würde er frieren.

»Ich bin hierhergezogen. Heute …«, antwortete Christoph, der einen dicken Schal um Hals und Kopf geschlungen hatte.

Nur seine Augen und seine Nasenspitze lugten hervor. Schwungvoll sprang Christoph von einem Felsblock aus Pappmachee runter, klopfte sich Schneekrümel von den Hosen und kam langsam auf Bertie zugelaufen: »Ich hatte keine Wahl.«

Christoph grinste Bertie schief an.

»Woher kommst du?«, fragte Bertie jetzt ein bisschen mutiger.

»Das spielt keine Rolle«, antwortete Christoph, »ich bleibe sowieso nicht hier.«

Bertie bemerkte, dass Christoph rote Augen hatte, als ob er gerade geweint hätte.

»Bei uns ist es nicht üblich, dass man am Fluss sitzt und heult!«

Bertie fauchte Christoph die Worte ins Gesicht.

Er wollte ihm wehtun!

»Gute, gute, schon ganz gute!«

Jimmy klatschte in die Hände, und rief: »Paaauuuse!«

Bertie und Christoph pellten sich aus ihrem warmen Wollzeugs und trotteten zufrieden und erschöpft zum Tresen, wo Alexa ihnen zwei große gespritzte Apfelsäfte hingestellt hatte.

»Jeht heute uff Kosten des Hauses«, strahlte sie die beiden Jungs an.

Alexa war die Beste! Bertie und Christoph probten zusammen mit ihrer Kindertheatergruppe das Theaterstück, das sie im Frühling aufführen wollten. Die kleine Sophie war dabei, die so schön singen konnte, Alessandra mit den dicken schwarzen Haaren, die immer ihren Text vergaß, und die lustige Karolina, die ein bisschen dick war und auf der Bühne strahlte »wie große Sonne, so hell!«, O-Ton Jimmy. Außerdem spielten der schüchterne Richard mit den abstehenden Ohren mit und Angeber-Nico, dessen Mutter ihm Riesen-Fresspakete mitgab und Haufen von Taschentüchern und Karottenschnitzen, so 'nen Kram. Sie wäre bestimmt am liebsten die ganze Zeit dabei gewesen bei den Proben, um auf ihren Schatzi aufzupassen.

Das Buch, das Bertie vorgeschlagen hatte, mit dem Hund und dem Stern, nahmen sie als »Vorstelle«, wie Jimmy immer sagte. Er meinte »Vorlage«. Dazu dachten sie sich Szenen aus und improvisierten. Sie wollten von dem Jungen Joel erzählen, der von Bertie gespielt wurde. Seine Eltern waren getrennt, und er hatte zuerst keine Freunde. Dann aber freundete er sich mit dem geheimnisvollen Ture an, den Christoph darstellte, und alles würde am Ende gut werden, hatten sie sich vorgenommen: Sie wollten ein richtiges schönes, kitschiges Zuckerguss-Happy-End!

Joel und Ture würden zusammen nächtliche Ausflüge unternehmen, der Frau ohne Nase und dem verrückten Maurer begegnen und der dicken Sarah-Kellnerin Streiche spielen, in die Joels Vater verliebt ist. Schließlich würden sie bei einem ihrer Streifzüge auf einen versteckten Wohnwagen im Wald stoßen, in dem drei Kinder ohne ihre Eltern zusammen hausten. Wie eine kleine Familie. Was dann geschehen sollte, wussten die Kinder noch nicht genau, aber Jimmy sagte ihnen immer lachend: »Spiele, Kinder, spiele! Dann komme die Geschichte geflogen, von alleine.«

Bertie und Christoph stürzten ihre Getränke hinunter. Alessia und Karolina hatten sich zu ihnen gestellt. Zusammen quatschten sie so rum. Sie erzählten sich, wie sie Silvester gefeiert hatten, und ob Jimmy und Alexa nen Liebespaar waren oder nicht. Weiter hinten sah Bertie Sophie stehen. Sie kuckte das Dschungel-Programm an und drehte sich dabei eine blonde Haarsträhne um die Nase. Das machte sie öfter, wenn sie nachdachte, hatte Bertie beobachtet.

»Ahhh!«, schrie er in dem Moment auf, und fasste sich mit beiden Händen an den Kopf.

Ein spitzer Schmerz rammte sich in seinen Kopf, als ob eine Glasscherbe von innen an den Schädelknochen entlangschrabben würde.

»Hey, Bertie, stimmt was nicht?«, fragte Christoph besorgt, und Alessia und Karolina sahen Bertie erschrocken an.

»Ich … weiß … auch … nicht …« Bertie knirschte vor Schmerzen mit den Zähnen und massierte seine Schläfen. Er war blass geworden.

Flecken tobten vor seinen Augen. Er musste an Würgi denken.

»Ich glaube, ich muss mal an die frische Luft!«, murmelte Bertie und taumelte nach draußen.

»Hey, Bertie, warte! Ich komme mit«, rief Christoph und rannte seinem Freund hinterher.

»Nein, lass mich … bitte …« Bertie machte eine abwehrende Geste und schob stöhnend die schwere Eingangstür auf.

Kalte Schneeluft umwehte seinen Kopf. Bertie atmete erleichtert auf. Gleich wurden die Schmerzen schwächer. Bertie atmete ein paarmal tief ein und spürte, wie sein Körper sich langsam entspannte. Er sah prüfend in den Himmel. Vielleicht würde es heute noch mal schneien? Dann könnte er mit Herbert am Wochenende Schlittenfahren gehen.

»Autsch!« Wieder entfuhr Bertie ein Schrei.

Sein Gesicht war schmerzverzerrt. Bertie hatte Lust, seinen Kopf in einen Schneehaufen zu stecken, so scheißeweh tat das weh! Noch nie hatte Bertie solche Schmerzen erlebt. Was war los mit ihm? Er fühlte sich vollkommen hilflos. Plötzlich bereute Bertie es, dass er Christoph nicht erlaubt hatte, ihm zu folgen. Er presste sein Gesicht an die Fensterscheibe. Das Glas drückte kühl gegen seine Stirn. Bertie versuchte zu erkennen, wo die anderen Kinder standen. Vor seinen Augen schwirrten Schatten hin und her. Wieder musste er, ohne es zu wollen, an Würgi denken. Mit einem Mal wurde es kalt in ihm, so, als hätte er einen großen Eiswürfel verschluckt. Der rutschte jetzt langsam die Speiseröhre runter. Bertie richtete sich kerzengerade auf. War das nen Zeichen? Dafür dass es Virginie nicht gut ging? Berties Zähne begannen, leise zu klackern. Er zog sein Handy aus der Tasche. Vielleicht hatte der Würgeengel ihm eine Nachricht geschrieben? Oder angerufen?

Virginie, Berlin, 12.1., 17.45 Uhr, Umkleidekabine

`Alles klar mit dir? B.`

Wütend stopfte Virginie ihr Handy zurück in die Sporttasche. Zufällig war nicht alles klar, kleiner Bruder-Klugscheißer! Aber seit wann interessierte Bertie das? Ihm und C. gingen Mädchen doch sowieso am A… vorbei! Seitdem Virginie Berties Mail gelesen hatte, war sie stinkig. Christoph nannte sie nur noch C., in Gedanken, und wenn sie mit Möppi über ihn ablästerte. Dieser Angeber! Und Bertie würde auch noch zu ihm in die Berge fahren, zum Skifahren. Pah! Virginie lachte bitter auf. Dabei war er doch 'ne Sportniete, ihr Bruder. Der würde sich ganz schön umkucken auf der Piste. C. wäre genervt bis zum Platzen, das konnte Virginie sich genau vorstellen. Von dem Hinfall-und-bibber-und-heul-und-Angst-hab-Bertie. Mit Virginie hätte C. garantiert tausendmal mehr Spaß! Aber das interessierte den Mädchenhasser nicht. Doofkopp!

Virginie legte sich lang auf die Holzbank in der Umkleide und bedeckte ihren Bauch vorsichtig mit den Händen. So als wollte sie ihn beschützen. Schweißperlen standen ihr auf der Stirn, und sie stöhnte immer wieder leise vor sich hin. Lotta hatte heute glücklicherweise von sich aus das Training früher beendet; sie hatte noch etwas Wichtiges zu erledigen, hatte sie gesagt, bevor sie gegangen war, und dass Virginie sich ausruhen sollte. Dabei hatte sie kurz ihre kühle Hand auf Virginies Stirn gelegt und ihr prüfend in die Augen gesehen.

»Geh nach Hause, Virginie. Dein Vater soll dir etwas Gutes

zu essen machen, und dann macht ihr euch zusammen einen gemütlichen Fernsehabend auf der Couch, ja?!«

Virginie hatte Lust gehabt, sich in Lottas Arme zu werfen und zu weinen.

In Virginies Sporttasche brummte das Handy. Lotta wollte, dass sie es ausstellte, während des Trainings. Virginie stellte es einfach immer auf Vibrationsalarm. So merkte sie trotzdem, wenn sie eine SMS bekam, oder jemand sie anrief, ohne dass Lotta es mitbekam.

Brrrrmmmm, Brrrrmmmm, Brrrrmmmm, wie eine Hummel klang das, die eingesperrt war und verzweifelt nach der Freiheit suchte.

Brrrrmmmm, Brrrmmmm, Brrrrmmmm, das Brummen wollte nicht mehr aufhören. Wer nervte da, hammermäßig? Virginie richtete sich mühevoll auf und nestelte an der Sporttasche, um das Ding herauszunehmen.

Bertie ruft an, blinkte der Display Virginie entgegen.

Erstaunt ließ Virginie die Hand sinken und legte sich wieder hin, auf die Bank. Das Holz drückte kühl gegen ihre Haut. Sie fröstelte. Was wollte der Zwerg von ihr? Er rief sie sonst nie einfach so an, erst recht nicht, wenn er ihr vorher schon 'ne SMS geschrieben hatte, auf die sie noch nicht geantwortet hatte.

Brrrrmmmm, Brrrrmmmm, Brrrrmmmm, Virginie überlegte noch einen Moment und drückte dann entschieden auf den Aus-Knopf. Kurz leuchtete das Handy auf. Dann wurde es schwarz.

Bertie, Wien, 12. 1., 18.44 Uhr, im Bett

Würgi ging und ging einfach nicht an ihr beschissenes Handy! Wütend krallte Bertie sich sein Kopfkissen und biss hinein. Was war los mit seiner Schwester? Lag sie irgendwo verletzt auf der Straße und konnte deshalb nicht antworten? War sie im Krankenhaus? Bertie wurde von einer Panikwelle überschwemmt. Seine Beine zitterten. Am ganzen Körper war er mit Schweiß bedeckt.

Als seine Kopfschmerzen nicht besser geworden waren, hatte Christoph, der Bertie schließlich doch nach draußen gefolgt war, Jimmy alarmiert. Der hatte Berties Mutter angerufen. Agatha war von einer Ballettprobe herbeigeeilt, mit bleichem Gesicht und großen dunklen Augen:

»Was ist passiert, mein Schatz?«, hatte sie gerufen und Bertie fest in den Arm genommen. Langsam waren sie zum Auto gegangen, nebeneinander.

Am liebsten hätte Bertie geweint und geschrien: »Mit mir ist nix Schlimmes, aber mit Würgi. Würgi hat nen dickes Problem! Das fühle ich.«

Aber Bertie wusste genau, dass Agatha dann ein Tamtam machen würde: Felix anrufen und die Feuerwehr und die Polizei und den Rettungswagen gleichzeitig! Oder sie würde Bertie nicht glauben und denken, er wäre durchgeknallt. Zum Psychologen würde sie ihn schicken!

Bertie hatte noch mehrmals versucht, Würgi anzurufen, im Auto und auch jetzt im Bett liegend. Aber sie ging und ging einfach nicht ans Telefon.

`Würgi, ich mache mir Sorgen!`

hatte er ihr gesimst.

`Würgi, bitte, geh ran!`

und schließlich nur noch:

`V I R G I N I E !!!`

Keine Antwort! Null! Ein schwarzes Loch.

Ruhelos schmiss Bertie sich im Bett hin und her. Agatha hatte ihn mehrmals gefragt, ob sie nicht doch mit ihm ins Krankenhaus fahren sollte. Ob auch wirklich alles in Ordnung wäre? Aber Berties Kopfschmerzen hatten sich mittlerweile gelegt, und er war sich inzwischen ziemlich sicher, dass sie nur ein Zeichen für ihn gewesen waren. Dafür, dass seine Zwillingsschwester in Gefahr war!

Mama hatte ihm eine heiße Milch mit Honig bereitet und Obstsalat geschnippelt, mit Mandarinen und Mango, wie er es mochte. Sie hatte ihn gefragt, ob er im Wohnzimmer fernsehen wollte oder ob sie ihm etwas vorlesen sollte. Bertie aber bekam nichts runter. Er wollte alleine sein. Grelle Bilder stachen in seine Augen. Virginie weinend auf dem Boden. Virginie mit einer blutenden Wunde und schmerzverzerrtem Gesicht. Virginie schlafend auf einem Bett, die Hände gefaltet auf der Brust. Bleich sah sie aus, eine Puppe aus Porzellan. Ihre langen Haare lagen um den Kopf aufgefächert wie dunkle Seeschlangen.

Mit einem Ruck setzte Bertie sich auf. Er hielt es nicht mehr aus! Er würde jetzt Papa anrufen und ihm sagen, dass er sich Sorgen um Würgi machte. Egal, was dann passieren würde! Egal, ob Papa denken würde, Bertie sei bescheuert. Ob Würgi sauer auf ihn wäre oder alles nur falscher Alarm. Entschlossen griff Bertie nach seinem Handy, sah es kurz mit gerunzelter Stirn an und hackte dann Zahlen in die Tastatur.

Virginie, Berlin/Bertie, Wien, 13.1., 14.01 Uhr, am Telefon

Virginie liegt in einem Krankenhausbett. Auf dem Nachttisch neben ihr stehen ein kleines Sträußchen Schneeglöckchen und eine gold-weiße Schachtel mit Lindt-Pralinen. Kalte Mittagssonne scheint in das Zimmer.

Virginie trommelt nervös mit ihren Fingern auf die Bettdecke und starrt aus dem Fenster. Dann schnappt sie sich die Bravo, die Papa ihr mitgebracht hat. Virginie lächelt kurz und blättert gelangweilt in den Seiten.

Nachdem Bertie ihren Vater angerufen hatte, war der wie ein gehetzter Freak, der gerade ’ne Bank ausgeraubt hatte oder so, in Virginies Zimmer gestürzt. Ihre Schmerzen waren zu dem Zeitpunkt schon so stark gewesen, dass Virginie nicht mehr klar hatte denken können. Sie wimmerte nur noch leise vor sich hin und wiegte sich rhythmisch im Bett hin und her. Ihr Vater hatte einen panischen Blick auf sie geworfen und sofort den Rettungswagen gerufen.

Im Krankenhaus hatten die Ärzte einen leicht entzündeten Blinddarm diagnostiziert. Eigentlich wollten sie ihn am liebsten sofort entfernen, denn »Vorsicht sei die Mutter der Porzellankiste«, hatte der blöde Arzt gesagt, der Virginie untersucht hatte. Virginie müsse sich nach der OP zehn Tage lang schonen und könne dann wieder langsam mit dem Training beginnen und in die Schule gehen. Sturzbäche waren aus Virginies Augen gestürzt, ein ganzer Ozean. Immer wieder hatte sie geschluchzt: »Bitte nicht operieren! Bitte nicht. Papa, bitte lass das nicht zu! Bitte nicht operieren.«

Schrill klingelt Virginies Krankenhaus-Telefon. Noch drei Tage muss sie mindestens im Krankenhaus bleiben, zur Beobachtung.

Virginie pfeffert die Bravo auf den Nachttisch zurück und hebt ab.

Virginie: Virginie Auerbach?

Bertie: Hey, Würgi! *Berties Stimme klingt weit weg und knarzig.*

Virginie: Hey, Zwerg! *Virginie grinst schief.*

Bertie atmet mehrmals laut in den Hörer.

Bertie: Mensch, Virginie, mach das nicht noch mal, ja?! Das kannst du nicht machen, einfach nicht ans Handy gehen, so 'nen Scheiß! Ich hab mir Sorgen gemacht um dich!

Virginie lacht kurz auf.

Virginie: Okay, Bruderherz. Versprochen!

Bertie: Warum hast du das gemacht, Würgi? Ich verstehe das nicht! *Berties Stimme zittert.*

Für einen Moment schweigen beide.

Virginie murmelt: Ich war sauer, weil du geschrieben hast, Christoph gehen Mädchen am Arsch vorbei. Und weil du mit ihm zum Skifahren gehst.

Bertie: Echt?! *Bertie klingt überrascht.*Aber das ist doch normal! Ich meine, dass Christoph und ich Sachen zusammen machen. Du hast doch auch Jenny und Mia und wie die alle heißen, deine Freundinnen.

Virginie: Ja …«, Virginie starrt ins Leere. Trotzdem …

Bertie *lacht kurz bitter auf*: Bist du etwa doch in Chris verknallt?

Virginie: Quatsch! Virginie *spürt, wie Wut in ihr hochsteigt, und sie muss sich beherrschen, nicht zu schreien.* Ich find's nur doof, wenn Jungen denken, Mädchen sind kacke, einfach nur weil sie Mädchen sind. Das ist Mist!

Virginie hört, wie Bertie schnell und laut atmet am anderen Ende der Leitung.

Bertie: Das hat Christoph auch nicht so gemeint … *murmelt er stockend.*

Virginie: Wie hat er's denn gemeint? *Virginie fühlt sich wie die letzte Zicke. Aber sie konnte einfach nicht anders! Wieder schweigen beide.*

Bertie: Na ja … *Bertie stottert leicht.* Eigentlich hat er's auch gar nicht so gesagt. Dass ihm Mädchen am Arsch vorbeigehen … Er hat eigentlich sogar gesagt, dass er dich cool findet und lustig. Dass es Spaß macht, mit dir zusammen zu sein. Und dass du 'ne Sportskanone bist.

Virginie zieht kurz scharf die Luft ein: Echt?

Sie lächelt.

Bertie: Echt!

Draußen flattert eine Kohlmeise vorbei.

Virginie: Bist DU etwa in Chris verknallt?!

Bertie: Ich?! Bist du bescheuert?! (*empört*) Wie kommst du denn da drauf?!

Virginie: Na, weil du so Geschichten rumerzählst und nicht willst, dass Chris und ich uns gut verstehen.

Bertie: Das stimmt nicht! *Berties Stimme zittert.*

Virginie: Ahhhh! *Virginie stöhnt auf.*

Bertie *besorgt*: Alles klar, Virginie?!

Virginie: Ja, is okay. Hat nur kurz wehgetan.

Bertie: Wirst du denn jetzt operiert? Mama hat gesagt, einen kranken Blinddarm muss man rausnehmen, egal wie doll er entzündet ist.«

Virginie: Erst mal gar nicht! *Virginie und lacht triumphierend.*

Bertie: Wieso?! *Bertie spricht heftiger.* Spinnst du jetzt?

Virginie: Ich habe gesagt, ich will lieber noch abwarten. Mann, du kennst mich doch, Bertie. Never verzichte ich auf die Landesmeisterschaften! Meine Lady-Gaga-Kür ist supercoll und ich bin so gut wie noch nie! Ich bin doch nicht bescheuert. Du kannst bei 'nem Blinddarm, der nur ein bisschen entzündet ist, auch erst mal Antibiotika kriegen.

Bertie: Was?! *Er schreit jetzt.* Bist du jetzt völlig zerschossen, Würgi?! Das ist bestimmt gefährlich! Gibt's dazu Statistiken, Vergleichsstudien, so was?! Und Mama und Papa erlauben das? Ich kann mir nicht vorstellen, dass Mama davon weiß. Sie würde das nie erlauben!« *Bertie ist rot angelaufen und gestikuliert wild mit seinen Händen rum.*

Virginie: Krieg dich ein, Bertie! *Virginie kichert und wird dann wieder ernst.*

Wenn ich wieder Bauchschmerzen bekomme, gehe ich gleich ins Krankenhaus. Ich habe den Ärzten und Ma und Pa versprochen, dass ich Bescheid sage, wenn's wieder losgeht.

Bertie schweigt verbissen und kritzelt schwarze explodierende Sterne auf den Notizblock, der neben dem Telefon liegt. Seine Lippen sind bleich und schmal.

Virginie: Bertie?!

Bertie antwortet nicht.

Virginie: Bertie? Beeertiiiieeee?! Mann, jetzt mach doch nicht so 'n Drama draus, bitte! Mir geht's viel besser, echt! Und wenn ich die Goldmedaille abgeräumt habe, dann lege ich mich gleich unters Messer. Hoch und heilig versprochen!«

Bertie: Wie du meinst … *Bertie knurrt die Worte mit zusammengebissenen Zähnen.* Ich muss jetzt gehen. Hab Theaterprobe …

Virginie: Okay!

Bertie: Tschüss dann!

Bevor Bertie auflegen kann, flüstert Virginie: Danke, Bertie!

Bertie: Was hast du gesagt?

Virginie: Danke! Habe ich gesagt. *Virginie grinst und zupft verlegen an der Bettdecke herum.*

Bertie: Wofür?

Virginie: Na dafür, dass du mir das Leben gerettet hast! Und dass du dir Sorgen um mich machst. Und überhaupt …

Bertie: Ach so … *Bertie muss lächeln.*

Virginie: Gern geschehen!

Bertei: Tja, also dann …

Die Geschwister schweigen nachdenklich.

Virginie *ruft plötzlich*: Hier hat's gerade angefangen zu schneien …

Bertie: Echt?! Hier auch! *Bertie lacht.*

Bertie, Prägraten, 9. 2. 2012, 20.56 Uhr, Küchenstube

Ein eisiger Luftzug wehte durch die Küche, als Bertie die Tür öffnete. Rechts hinten stand ein klobiger Herd, dessen Platten aus eisernen Ringen bestanden. Er wurde mit Holz beheizt. Die Luke, hinter der das Feuer brannte, war leicht geöffnet. Bertie konnte sehen, wie die Flammen an den Holzscheiten leckten. Gefräßige Zungen in orange-violett.

»Hallo, Bertie, komm zu uns! Wir spielen Tiroler Roulette. Möchtest du mitmachen?«, rief Franziska ihm mit geröteten Wangen zu und zeigte auf die Holzbank neben sich.

Tagsüber waren sie zusammen in dem großen blauen VW von Familie Baumgartner nach Osttirol gefahren: Franziska, Alban, der Großvater, Christoph, Marie-Prinzessin-Viktoria und Bertie. Zwischendurch hatten sie immer wieder angehalten, Verstecken und Fangen gespielt auf den Parkplätzen und gepicknickt. Franziska hatte jedes Mal neue Köstlichkeiten aus ihrem Proviantkorb gezaubert: hart gekochte Eier, kaltes Schnitzel, Buttersemmeln, Cocktailtomaten und klein geschnittene Gurke, Bananen und Apfelschnitze, Kaffee aus der Thermoskanne für die Erwachsenen und gespritzten Apfelsaft für die Kinder, selbst gebackene Apfeltorte und Nussecken.

Abends waren sie langsam wie eine Riesenschnecke einen holperigen Bergweg hochgekrochen. Eine steile Kurve nach der anderen hatte Alban wie in Zeitlupe genommen, denn die Wege waren vereist, und es gab keine seitlichen Absperrungen am Weg. Würden sie ins Schlittern kommen, nur ein kleines bisschen, würden sie alle zusammen den Hang hinabstürzen, hatte Bertie mit Schrecken gedacht und sich am Türgriff festgeklammert.

Als sie am Winter-Hof angekommen waren, war der Großvater stöhnend aus dem Auto gestiegen, hatte die Beine und Arme in die Luft gestreckt, sich umgesehen und mehrere Male tief eingeatmet. In seinen Augen hatte es geglitzert. Bertie hatte ihn zum ersten Mal lächeln sehen. Eine Spur! Tintenschwarz hatte die Nacht auf den Häusern gelegen. Wie eine weiche Riesendecke.

Der Baumgartner-Hof war ein großes altes Haus aus dunklem Holz mit zwei Stockwerken und drei Balkonen, die mit prächtigen Holzschnitzereien geschmückt waren. Bei jedem Schritt knarrte es unter den Füßen, wenn man durch das Haus lief oder die Treppe bestieg. Auf den Holzfußböden lagen bunte Flickenteppiche, und an den Wänden hingen Fotografien von Bergblumen und Gräsern, alte Bauernwerkzeuge und Küchengeräte: eine Sense, ein glänzender Kupferkessel und bemalte Tonteller. Neugierig war Bertie durch das ganze Haus gestrichen.

Später hatten sie alle zusammen Abendbrot gegessen, Gemüseeintopf mit Fleisch und Nudeln, den Franziska noch in Wien vorbereitet hatte, und dazu Brote dick mit Butter bestrichen. Bertie hatte das Essen wie ein Scheunendrescher verdrückt, drei Portionen und zwei Brote.

»Ich bin auch immer besonders hungrig hier. Das macht die Luft!«, hatte Christoph gesagt, mit einem breiten Grinsen auf dem Gesicht.

Franziska, Christoph, Marie-Prinzessin-Viktoria und Konstantin, Franziskas älterer Bruder, der auf dem Hof wohnte und ihn bewirtschaftete, saßen zusammen am Küchentisch und spielten. Offensichtlich musste man in einer hölzernen Schale einen Kreisel möglichst geschickt mit den Fingern so drehen, dass er die Kügelchen, die sich auch in der Schale befanden, in kleine Löcher am Rand katapultierte. Die Löcher waren mit Zahlen beschriftet, 0, 5, 10, 50, 100 und so weiter. Je mehr Punkte man erkreiselte, umso besser. Marie-Prinzessin-Viktoria hatte gerade 150 Punkte gemacht und sang vor Begeisterung laut vor sich hin.

»Ich bin die Beste! Ich bin die Beste! Ich bin …«

»Macht Spaß, Bertie!«, rief Christoph Bertie zu.

»Ich schau erst mal zu«, murmelte Bertie und quetschte sich neben Franziska auf die Bank.

Konstantin war dran. Christophs Onkel war knochig und dünn, hatte wenige Haare auf dem Kopf, eine klobige Nase und freundliche Augen, die schelmisch leuchteten. Seine Haut war dunkelbraun gebrannt und faltig, vom Arbeiten auf dem Feld in der prallen Sonne, hatte Christoph Bertie erklärt.

»Mist!«, rief Konstantin laut aus und haute verärgert mit der Faust auf den Tisch.

Obwohl der Kreisel wie ein flirrender Derwisch über die Holzfläche gehüpft war, hatte Konstantin am Ende nur 15 Punkte erkreiselt.

»Na, na, na! Nicht so stürmisch«, brummte Alban schmunzelnd, der sich in einem Schaukelstuhl hin- und herwiegte und dabei in einem Buch las: »Klangreihen – Kompositionslehre nach Othmar Steinbauer«. Bertie konnte den Titel erkennen, als er sich nach vorne beugte.

Christophs Großvater saß auch in der Sitzecke, spielte aber nicht mit. Mit unbewegter Miene starrte er aus dem Fenster in das Dunkel der Nacht.

Christoph hatte Bertie erzählt, dass sein Großvater und Konstantin sich nicht gut verstanden. Konstantin war auf den ersten Blick ein lustiger Faulenzer, der gerne mal einen über den Durst trank und lieber in der Dorfkneipe Karten spielte, als zu schuften. Es war ihm nicht wichtig, ob seine Felder perfekt gemäht waren oder die Dielen im Haus sauber geschrubbt waren. Auch hatte Konstantin zum großen Ärger seines Vaters nie geheiratet. Es gab also weder eine Hausherrin noch Enkel, die den Hof später übernehmen könnten. Immer wieder krachte es zwischen den beiden, und der Rest der Familie tat sein Bestes, um die Streithähne fern voneinander zu halten.

Bertie sah eine Weile beim Spielen zu und blickte zwischendurch immer wieder in das Schneedunkel vor dem Fenster. Bertie fühlte ein seltsames Ziehen in seiner Brust. Wie Heimweh fühlte sich das an! Aber nicht nach Berlin.

Bertie stand auf. »Ich geh ein bisschen Luft schnappen.«

Die anderen blickten kaum auf; nur Franziska murmelte zerstreut: »Ja, is gut, aber zieh dich warm an. Es ist bitterkalt draußen.«

Sie hatte gerade den Kreisel gedreht und wartete gespannt ab, wie viele Punkte sie einheimsen würde.

Bertie schnappte sich seine Winterjacke und wickelte sich einen Wollschal um Hals und Mund. Als Bertie die Haustür öffnete, erschrak er fast, so frostig kalt war es mittlerweile draußen geworden. Der trockene Schnee knirschte unter Berties Schritten. Langsam ging er um das alte Bauernhaus herum. Dahinter befand sich ein kleiner Garten, an dessen Grenze es jäh bergab ins Tal ging. Bertie schwindelte. Er musste jeden Schritt vorsichtig setzen, um nicht abzurutschen. Nebelflatschen stiegen aus dem Tal empor, wie Monster-Wattebäusche. Bertie hatte das Gefühl, in einem Krimi mitzuspielen, in dem gleich ein alter Bergbauer mit wahnsinnigem Blick um die Ecke käme und ihn mit einem Fleischermesser erdolchen würde.

In dem Moment hörte Bertie ein leises Hüsteln hinter sich. Er erschrak, kam ins Rutschen und konnte sich gerade noch rechtzeitig an dem Holzzaun festhalten, der den Garten umgrenzte. Seine Beine und Hände zitterten, und das Herz schlug ihm bis zum Hals. Berties Rücken fühlte sich steif und kalt an.

Nachdem Bertie eine Zeit lang unbeweglich dagestanden hatte, wie ein komischer verdrehter Schneemann, und nichts passiert war, traute er sich, sich umzudrehen. Bertie konnte nur Nebelfetzen in der Dunkelheit erkennen. Sonst nichts. Da hörte er es wieder, das Hüsteln, und leise Schritte, die sich langsam näherten.

»Dreck …«, murmelte Bertie leise.

Seine Augen brannten.

»Ich bin's …«, brummte eine heisere Stimme aus der Ferne.

Die gebückte Gestalt von Christophs Großvater näherte sich langsam. Bertie wäre vor Erleichterung fast der Länge nach in den Schnee gekippt.

»Die Bank …«, murmelte der alte Mann, als er bei Bertie angekommen war.

Mit zitternder Hand zeigte er auf eine verschneite Holzbank unter dem Hausdach.

»Ja …« Unsicher blickte Bertie in die Richtung.

Was wollte Christophs Großvater von ihm?

Leise vor sich hinmurmelnd schlurfte der alte Mann zu der Sitzgelegenheit. Er kümmerte sich nicht darum, was Bertie tat. Bei der Bank angekommen, bückte Christophs Großvater sich und begann, den Schnee von dem Holz zu wischen. Hastig lief Bertie zu ihm und half ihm dabei. Als der alte Mann saß, atmete er einige Male tief ein und aus, als ringe er nach Luft.

»Setzen!« Er blickte hoch zu Bertie und klopfte neben sich auf die Bank.

Umständlich nestelte Christophs Großvater an seinem Mantel und zog eine Thermoskanne aus der Manteltasche.

»Schwarztee mit Milch und Zucker«, brummte er, goss das dampfende Gebräu in den Kannendeckel und reichte es Bertie.

»Danke!«, murmelte Bertie und nahm vorsichtig einen großen Schluck.

Unmittelbar breitete sich eine angenehme Wärme in seiner Brust und seinem Bauch aus.

Der Großvater trank laut schlürfend den Rest des Tees aus dem Becher. So laut, dass Bertie fast erschrak! Wenn seine Mutter das hören würde. In Berties Mund blubberte ein Kichern. Die verbat Virginie und ihm immer, laute Geräusche zu machen beim Trinken und beim Essen.

»Neunter Februar …«, murmelte Christophs Großvater.

»Ja?!«

Christophs Großvater starrte den Abhang hinunter in die Luft. Hin und wieder klackten seine Augenlider zusammen. Das war die einzige Bewegung, die Bertie erkennen konnte.

»Weißt du, Bertie, das Leben in den Bergen birgt Gefahren in sich. Heute genau vor 55 Jahren sind zwei meiner Brüder hier umgekommen, durch eine Lawine.«

Der Großvater sprach lauter und klarer als sonst.

Bertie war zusammengezuckt.

»Zu sechst waren sie …« Der alte Mann sprach stockend weiter. »Sechs junge Männer. Nur einer ist heimgekehrt. Die Leichen der anderen hat man nie gefunden.«

»Aber … wwwas …? Wwwarum …?«, stotterte er.

»Heuziehen sollten sie, gemähtes Heu ins Tal bringen. Harte Arbeit! Gefährlich. Immer wieder starben Männer. Rutschten aus auf den vereisten Wegen! Wurden von der Last in den Tiefschnee hinausgedrückt. Die Heufuder waren viermal so schwer wie ein ausgewachsener Mensch.«

Lange schwieg der Großvater. Bertie dachte schon, er wäre eingeschlafen. Da sprach der alte Mann plötzlich weiter:

»Zu Hause warteten wir auf ihre Heimkehr. Stunde um Stunde. Vier Tage waren sie schon unterwegs. Über Nacht stieg die Temperatur. Zu warm für die Jahreszeit! Unser Vater sagte nur: ›Das gibt Tauwetter.‹«

Der alte Mann sprach immer leiser, bis er nur noch flüsterte. Bertie hatte Mühe, ihn zu verstehen. Das Rauschen der Tannen brauste in seinen Ohren.

»Und … dann …?«

Christophs Großvater sah für einen Moment so aus, als hätte er vergessen, wo er war.

»Was?«, fragte er.

Seine kleinen Augen schnellten von einer Seite zu anderen.

»Und dann? Was ist dann passiert?«, wiederholte Bertie seine Frage.

Der alte Mann hustete. »Mitten in der Nacht kam Sepp zurück. Der Älteste aus der Gruppe. Er wankte. Alles war blutdurchtränkt, seine Jacke, sein Gesicht, seine Hände. Sepps Schulter war gebrochen! Fast alle Zähne hatte es ihm ausgeschlagen. Der Unterkiefer stand schief …«

Bertie fröstelte immer heftiger. Er wünschte, er wäre zu Hause.

»Riesig muss die Lawine gewesen sein. Alle Zäune hatte sie niedergemäht, zwei Meter dicke Lärchen, alles. Am nächsten Morgen konnte man das sehen.«

Schweigend sahen der alte Mann und Bertie gemeinsam in die Nacht.

»Das … tut … mir …« Bertie wollte etwas sagen. Christophs Großvater trösten! Aber er fand keine Worte.

Trotz des heißen Tees kroch die Kälte wie eine glitschige Schlange an Berties Beinen hoch, bis zu seinem Bauch. Bertie zitterte, wagte aber nicht zu sagen, dass er wieder ins Haus gehen wollte.

»Ach, hier seid ihr!« Von ferne sah Bertie Franziska durch den Schnee laufen.

Erleichtert seufzte er auf. Christophs Mutter hatte sich einen großen bunt gemusterten Wollschal um den Kopf und die Schultern geschlungen. Sie sah aus wie eine russische Matroschka, diese Holzpuppen, die sich ineinander verschachtelten, kleiner und immer kleiner.

»Erzählt ihr euch Gruselgeschichten?!« Vor Franziskas Mund stiegen kleine Atemwolken in die Luft.

»Mh«, brummte ihr Vater, erhob sich ächzend und schlurfte, ohne sich umzusehen, in Richtung Haus.

»Alles klar?«, fragte Franziska Bertie leise und strich ihm über die Haare.

Bertie murmelte: »Ja. Bin nur müde.«

»Es ist auch schon halb zwölf. Zeit ins Bett zu gehen!«

Virginie, Berlin, 11. 2., 15.43 Uhr, Hamam – Frauenbad

Faul wie eine Katze, die sich fett gefressen hatte und Mittagsschlaf hielt, lag Virginie auf einer Liege. Sachte schaukelte sie durch die Luft. Virginie hatte sich in ein Handtuch gewickelt und die Augen halb geschlossenen. Die Farben der Wandkacheln flirrten vor ihren Pupillen, blau-weiß-türkis-orange. Über Virginies Kopf schwebte ein Wandgemälde aus Blumen und Früchten, und im Hintergrund plätscherte ein Brunnen. Leise floss orientalische Musik durch den Raum.

Als klar gewesen war, dass Virginie es ins Finale geschafft hatte, hatte Lotta sie in der Umkleidekabine zur Seite genommen und sie fest gedrückt.

»Ich bin sehr stolz auf dich! Sehr, sehr stolz!«, hatte Lotta geflüstert und Virginie zwei Erholungstage verordnet.

Sie sollte nur solche Dinge machen, die ihr Spaß machten. Faulenzen, Schokolade essen, ins Kino gehen, Freundinnen treffen. Am Tag vor dem Finale wollte Lotta ihr außerdem einen Entspannungsnachmittag im Hamam spendieren, mit Massage und Hautreinigung, Wimpernfärben und allem Drum und Dran. Was sie wollte! Virginie war verwirrt gewesen.

»Aber ich muss doch trainieren! Der doppelte Rittberger klappt manchmal immer noch nicht richtig und überhaupt …«, hatte sie gestottert.

Virginie hatte in den letzten vier Wochen so viel trainiert, dass sie das Gefühl hatte, nur noch aus Schrittfolgen und Pirouetten und Sprünge zu bestehen. Eine wandelnde Eisprinzessin war sie geworden, die erst beim Tanzen zum Leben erweckt wurde. Ansonsten stolperte Virginie müde durch ihr Leben, schmiss sich abends k.o. in ihr Bett und schlief unruhig und kurz. Immer wieder wachte sie auf, schweißnass. Manchmal stach es auch wieder in Virginies rechter Bauchseite, aber sie tat so, als würde sie nichts merken und betete jeden Abend vor dem Einschlafen:

»Lieber Gott oder liebe Göttin da oben, Wer-auch-immer-du-bist,-aber-irgendjemand-bist du! Mach bitte, dass ich das Finale laufen kann! Bitte, bitte, bitte! Danach gehe ich auch ins Krankenhaus, wenn es nötig ist. Hoch und heilig versprochen! Echt und ehrlich, dreimal wahr.«

Die J-Monster hatte Virginie seit ihrem Krankenhausaufenthalt nicht mehr gesehen. Jacko vermisste Virginie bestimmt schon! Sie hatte sich fest vorgenommen, nach dem Finale einen Jacko-Verwöhn-Tag zu machen mit Spielplatz-Gehen und Baustellen-Bilderbücher-anschauen und Gummibärchen und allem anderen, was er sich wünschte.

Lotta hatte Felix darum gebeten, Virginie für die letzten zwei Wochen vor dem Beginn des Wettkampfes von der Schule zu befreien, damit sie sich ganz auf die Meisterschaft konzentrieren konnte. Nur widerwillig hatte ihr Vater zugestimmt, brummend, und mehrmals deswegen mit Mama telefoniert, spät in der Nacht. Mit halbem Ohr hatte Virginie manchmal zugehört, wenn sie aufgewacht war aus ihren Träumen:

ich weiß nicht, Agatha … … noch ein Kind … … zu viel Stress … seltsame Lotta … keine zweite Kathi Witt … … mache mir Sorgen … Schule … du fehlst ihr … kann das nicht … das muss eine Frau …

Virginie war das recht gewesen! Sollten ihre Eltern ruhig schön viel miteinander telefonieren und sich Sorgen machen um ihre Tochter. Dann würden sie vielleicht endlich kapieren, dass sie zusammengehörten. Scheiße nochmal! Warum mussten Eltern eigentlich keinen Vertrag unterschreiben, bevor sie Kinder bekamen? Dass sie für immer zusammenbleiben würden oder zumindest so lange, bis die Kinder groß waren? Zu zweit durch dick und dünn gehen oder wie man das sagte, in schönen und in blöden Zeiten, das sollten sie! So machte Virginie das mit Möppi auch! Oder Bertie mit Christoph.

Der hatte Virginie eine Mail geschrieben, als sie im Krankenhaus gelegen war. Kurz war die gewesen, aber lieb! Und lustig. Am Ende hatte gestanden:

```
Ich freue mich schon darauf, wenn du mit nach
Prägraten kommst, und wir zusammen die Berge
runterflitzen! Wer wohl gewinnen wird? ;-) Liebe
Grüße und pass auf dich auf! Christoph
```

»Liebe Grüße und pass auf dich auf!«, murmelte Virginie manchmal leise vor sich hin und lächelte dabei.

Bertie hatte sie nichts von der Mail erzählt.

Virginie schloss die Augen und versuchte, ein bisschen zu schlafen. Aber sie fühlte sich wie ein ferngesteuerter Roboter, dessen Aus-Knopf nicht mehr funktionierte: Erst hatte sie ständig trainieren sollen. Noch mehr und mehr! Und jetzt sollte sie sich plötzlich entspannen. Virginie merkte erschrocken, dass das nicht mehr ging. Einfach so. Ihre Beine zuckten rastlos! Immer wieder ertappte Virginie sich dabei, wie sie in Gedanken ihre

Kür durchging. Oder sie sah Katara Zhang vor sich, die kleine spindeldürre Chinesin mit den vielen Muskeln, Virginies schärfste Konkurrentin. Katara sirrte beim Eistanzen wie ein Kolibri-Hubschrauber durch die Lüfte, von einem Sprung zum anderen, heller Wahnsinn! Technisch kam Virginie nicht gegen sie an, das war klar. Aber im künstlerischen Ausdruck schon, hatte Lotta Virginie getröstet. Ihrer Meinung nach würde die Chinesin Abzüge in der B-Note bekommen. Das wäre Virginies Chance!

»Meine Liebe!«, Lotta betrat auf ihren Gehstock gestützt den Ruheraum. Sie trug einen Bademantel aus schwarzer Seide und hatte ein Handtuch um die nassen Haare gewickelt. Lottas Augen leuchteten blank gewaschen.

»Entspannst du dich?«

Virginie gluckste bitter: »Phhh, würde ich gerne! Aber keine Chance. Ich muss immer nur an die Kür denken und an diese kleine Sprunghexe, die Chinesin.«

»Wirklich?« Lotta lächelte nachdenklich und stieß einen Seufzer aus.

»Ja, so ist das …«

Dann setzte sie sich neben Virginie auf eine der Liegenschaukeln.

»Huch!« Ein kleiner Schrei entfuhr der alten Dame.

»Das ist ganz schön wackelig!«

Virginie lächelte schief und schloss die Augen.

»Du trinkst jetzt am besten einen Kräutertee und isst ein paar

Vitamine. Ich habe einen Obstteller bestellt. Dann geht's dir gleich besser! Willst du auch eine Zeitschrift? Ich hole mir eine.« Lotta van der Meer machte Anstalten, zu dem kleinen Tisch zu gehen, der an der Tür stand.

Virginie sah ihr hinterher.

»Lotta?!« Ihre Stimme hörte sich plötzlich an wie ein Katzenmiauen.

»Ja?« Die alte Dame drehte sich zurück.

»Lotta … ich … und was ist … ich schaff das nicht.«

Ehe Virginie weiterstottern konnte, war die alte Dame schon bei ihr und schloss sie in ihre Arme.

Virginie roch ihr schweres Parfüm. Etwas zerbrach, tief in ihr drinnen, wie dünnes Holz.

»Meine Kleine!«, murmelte Lotta van der Meer.

Immer wieder. Aus Virginies Augen stürzten die Tränen. Ein nicht enden wollender Sturzbach!

»Gewinnen ist nicht das Wichtigste! Es geht darum, dass du Freude empfindest beim Tanzen. Hast du das vergessen?!«

Vorsichtig kraulte Lotta Virginies Haare und sah dabei in die Ferne, mit Augen wie von einer Blinden. Virginie schluchzte weiter. Eine Schlosshündin! Zwischendurch versuchte sie, die Tränen wegzuwischen. Sie verschwinden zu lassen, aus ihrem Gesicht. Aber so sehr sie auch in ihrem Gesicht herumwischte, so wenig kam sie doch gegen den Rotz und die Tränen und ihre Verzweiflung an. Heftig haute sie schließlich mit ihrer Hand auf die Liege.

»Nein, das stimmt nicht! Das weißt du ganz genau, Lotta: Gewinnen ist das Wichtigste! Ich WILL gewinnen! Ich will keine

Niete sein. Ich will Mama nicht enttäuschen! Papa nicht, dich nicht und Manne auch nicht. Ich will so gut werden wie Isabelle Duchesnay, mindestens, alle Goldmedaillen abräumen, 'ne Masse Kohle verdienen und in der Zeitung stehen! DAS WILL ICH.«

Lächelnd und ernst zugleich sah Lotta Virginie an. »Und warum?«

»Warum?«, heulte Virginie wieder so doll, dass es ihren ganzen Körper hin- und herschüttelte.

»Ja, warum?«, wiederholte Lotta leise und sah dabei auf ihre Hände, die sie im Schoß gefaltet hielt.

»Weißt du, dass ich auch mal Eistänzerin war, als Jugendliche?«

Die alte Dame blickte weiter auf ihre Hände, und Virginie hatte den Eindruck, dass ihr Gesicht sich leicht gerötet hatte.

Verdutzt blickte Virginie sie an. »Nein! Ähm, ich meine, du hast mir mal erzählt, dass deine Mutter Eistänzerin war, und dass du ihr manchmal dabei zugekuckt hast. Aber DU?!«

Virginies Herz klopfte gegen ihre Brust, und in ihren Ohren breitete sich ein leises Pfeifen aus.

»Kräutertee und Obstteller?« Eine mollige Frau mit einem dicken langen schwarzen Zopf, der ihr fast bis auf den Po fiel, betrat den Ruheraum. Sie trug ein wallendes Gewand mit bunten Stickereien und hatte goldenen Lidschatten aufgelegt.

»Ja, danke! Stellen Sie es bitte hier hin!«, antwortete Lotta van der Meer und lächelte die Frau an.

Als sie wieder alleine waren, goss die alte Dame den Tee in zwei kleine türkisfarbene Tassen und reichte eine davon Virginie. Dann setzte sie sich auf den Rand von Virginies Liege.

»Ja, das habe ich dir erzählt: dass meine Mutter eine Eistänzerin war. Das tut weniger weh. Aber in Wirklichkeit war ich selbst eine! Es tut mir leid, dass ich dir nicht gleich die Wahrheit erzählt habe, Virginie.«

Flammen flackerten hoch in Virginies Brust. Lotta hatte sie angelogen? Die ganze Zeit? Warum?

Beschwichtigend legte die alte Dame ihre Hand auf Virginies und sprach weiter: »Meine Mutter war eine harte Frau. Sie wollte nicht, dass ihre Kinder etwas Künstlerisches machen. Gute Noten waren wichtig, Disziplin, Gehorsam. Alles andere hat für sie nicht gezählt. Ich kann mich nicht daran erinnern, dass meine Mutter zärtlich war mit ihren Kindern. Dass sie uns in die Arme genommen oder uns gesagt hat, dass sie uns lieb hat.«

Lotta van der Meers Gesicht sah zerbrechlich aus, während sie sprach. Wie weiß-durchsichtiges Porzellan, das leicht zerspringen konnte.

»Seitdem ich drei Jahre alt war und einmal zufällig an einer Eislauffläche vorbeigegangen bin, wo eine Gruppe für ihren Auftritt geprobt hat, träumte ich davon, Eistänzerin zu werden. Zu jedem Geburtstag und zu jedem Weihnachten stand nur eine Sache auf meinem Wunschzettel: Ich wollte eistanzen lernen! Aber meine Mutter blieb hart. Als ich acht Jahre alt wurde, gelang es mir endlich, meinen Vater zu überreden: Er meldete mich heimlich für einen Eistanzkurs an. Ohne meine Mutter zu fragen! Die bekam einen Tobsuchtsanfall, als sie davon erfuhr. An beiden Armen hat sie mich damals gepackt, mir in die Augen gestarrt und gesagt: ›Also gut, wenn es sein muss! Aber nur unter einer Bedingung: Du bist die Beste! Ab jetzt und immer! Hast du mich verstanden?‹«

Lotta hörte kurz auf zu sprechen.

»Du bist die Beste! Ab jetzt und immer!« Die alte Dame wiederholte die Worte leise und schüttelte dabei lächelnd den Kopf. »Was für ein Unfug!«

Schniefend trank Virginie ihren heißen Tee und lauschte den Worten von Lotta van der Meer. »Und dann?«, fragte sie.

Die alte Dame sah mit einem schiefen Lächeln zu Virginie.

»Und dann? War ich die Beste! Dreimal hintereinander Landesmeisterin, Zweite bei den Deutschen Meisterschaften in der DDR, da war ich 17 Jahre alt. Bis ich dann ...«

Lotta zuckte zusammen, legte ihren Finger auf die Lippen und sagte mit lauter, betont fröhlicher Stimme: »Aber darum soll es jetzt nicht gehen! Jetzt geht es um dich, Virginie, meine Liebe!«

Virginie wollte widersprechen; in ihr krabbelte und kribbelte es, als würden 10 000 Ameisen durch ihre Adern rennen.

»Du warst Landesmeisterin? Echt? Erzähl weiter, Lotta! Das kannst du nicht machen, einfach so aufhören! Du musst mir sagen, was passiert ist. Ich sterbe vor Neugierde ...!«

Mit ihren kleinen warmen Händen umschloss die alte Dame Virginies Gesicht und blickte ihr tief in die Augen.

»Ich weiß, du hast jetzt viele Fragen, Virginie. Und ich verspreche dir auch, dass ich sie alle beantworten werde. Aber nicht hier und jetzt. Einverstanden?!«

Virginie wollte aber nicht klein beigeben. Warum hatte Lotta aufgehört mit dem Eistanzen? Hatte das mit ihren Knochenschmerzen zu tun? Und wieso hatte Lotta bis heute nichts von ihrer Zeit als Eistänzerin erzählt? Was hatte sie zu verheimlichen? Unzählige Fragen tanzten in Virginies Kopf herum. Als sie aber sah, dass Lottas Augen dunkel glänzten, fast so, als würde sie gleich in Tränen ausbrechen, fuhr ein Ruck durch ihren Körper.

»Einverstanden«, presste sie hervor.

Lotta lächelte erleichtert. »Gut.«

Die alte Dame schwieg kurz und sagte dann mit Nachdruck:

»Virginie, du wirst morgen auf die Eisfläche gehen, deine Lady-Gaga-Kür laufen und allen zeigen, was für eine wunderbare Tänzerin du bist! Mit wie viel Freude du dich auf der Eisfläche bewegst. Darum geht es! Hast du das verstanden?«

Virginie nickte stumm.

»Und jetzt iss!«, sprach die alte Dame.

Bertie, Prägraten, 12. 2., 10.01 Uhr, Skigebiet Großglockner

Die Sonne ließ den Schnee glitzern wie eine Decke aus unzähligen winzigen Diamanten. Als Bertie hinunter ins Tal schaute, verschlug es ihm für einen Moment den Atem. Er trug einen Skianzug von Christoph, der ihm zu groß war. Bertie fühlte sich wie ein schwerfälliger Roboter darin, dessen Bewegungsprogramm nicht richtig funktionierte. Früh morgens hatte Christoph Bertie aus dem Bett geworfen.

»Der frühe Vogel fängt den Wurm!«, hatte Christoph gerufen und Bertie lachend die Bettdecke weggezogen. »Komm, es geht los, wir machen 'ne supergeile Skitour mit Konstantin. Der kennt die besten Pisten und alle Geheimwege und Abfahrten, wo sonst keiner ist.«

Bertie hatte mürrisch vor sich hingeknurrt und versucht, die Decke zurückzuerobern. Er hatte gerade davon geträumt, dass er zusammen mit Jimmy aufgetreten war, in einem riesigen Theater mit Scheinwerfern, die ihm grell in die Augen geschienen hatten. Sie hatten einen Rocksong zusammen gesungen, und Bertie hatte im Traum gedacht: Komisch, seit wann kann ich singen? Aber es hatte sich gut angefühlt, und die Zuschauer hatten begeistert geklatscht, mit Standing Ovations am Ende. Bertie wollte zurück in seinen Traum zu Jimmy und dem Theater. Auf Schnee und Kälte und Hinknallen und blaue Flecken und nasse Hosen hatte er nicht geringste Lust gehabt, nullkommanullperiodeminusnull.

Aber Christoph hatte Bertie solange genervt, bis er aufgestanden war. Nach einem leckeren Franziska-Frühstück mit Kakao, frischen Brötchen und selbst gemachter Ribisel- und Marillenmarmelade waren Christoph, Konstantin und Bertie zusammen aufgebrochen.

»Perfekt!«, Konstantin strahlte zufrieden und wischte sich einen Tropfen von der Nase.

»Das perfekte Wetter zum Skifahren! Sonne, trocken, Pulverschnee!«

Bertie wurde immer mulmiger zu Mute. Er war bislang nur einmal Ski gefahren, in der dritten Klasse, zusammen mit Jochen und seiner Mutter. Das hatte zwar Spaß gemacht, aber viel mehr als Schneepflug und wie man am Hang wieder aufstand, hatte er in den paar Tagen nicht gelernt. Außerdem waren Jochen und er beide keine Sportskanonen! Sie hatten fast lieber auf der Skihütte zusammen gespielt und gelesen, als Ski zu fahren.

Prüfend sah Konstantin Bertie an. »Nun, Bertie: Wie sieht's mit deinen Skikünsten aus? Christoph hat mir gesagt, du bist erst einmal Ski gefahren?«

»Ja ..., das stimmt.«

»Okay ...« Konstantin lachte.

»Das kriegen wir hin. Fahr Christoph und mir einfach hinterher. Wir halten immer wieder an und schauen nach dir. Das hier ist eine Anfängerpiste, genau richtig für dich.« Konstantin lachte wieder und haute Bertie knallend auf den Rücken. »Bist du bereit?«

»Hmm ...«, murmelte Bertie und blickte unsicher zu Christoph, der ihm den erhobenen Daumen entgegenstreckte und zurief: »Du wirst sehen, das macht Urspaß!«

Konstantin und Christoph klatschten sich in die Hände und schwangen sich schneller als Bertie sehen konnte die Piste runter, mit lauten Freudenschreien: »Juchuuuuuuu!!!«

In Berties Kopf wurde es still. Bunte Menschen-Raketen rauschten an ihm vorbei. Sie lachten und schrien, mit roten Wangen und flatternden Haaren im Wind. Vorsichtig stapfte er näher an den Abgrund, wie ein Storch mit zu langen Beinen.

»Los jetzt, Bertie, sei kein Schisser!«, versuchte er sich selbst anzutreiben, indem er die Worte leise vor sich hinmurmelte.

Wieder flitzte eine Gruppe von Skiläufern an ihm vorbei den Berg hinunter. Einer der Fahrer fuhr direkt an Bertie vorbei und streifte dabei seinen Arm. Bertie kam ins Schleudern, und ehe er sich's versah, rollte er den Berg runter. Schneller und immer schneller sausten seine Skier über den Schnee, der pulverte und puderte in den Himmel. Weiß blitzte es in Berties Augen, kalter Wind zischte an seinen Ohren vorbei und rechts und links flogen Tannen durch die Luft. Sausende Schatten, Sonnenstreifen. Bertie stellte die Füße nach innen und fuhr ohne eine einzige Kurve im Dauer-Schneepflug den Abhang hinunter. War ihm scheißegal, wie das aussah, Hauptsache, er kam heil unten an! Sein Herz puckerte wie ein verschrecktes Tier.

»Stopp, Bertie! Stoooooooopp! Beeertiiiieeee!«

Bertie hörte wie durch dicken Nebel hindurch eine Stimme, die seinen Namen brüllte. Dass er anhalten sollte!

War das Christoph? Aber wo stand er? Und wo war Konstantin? Mist verdammter! Wie bremste man nur, bitte?, fragte Bertie sich fieberhaft und versuchte, seine Füße noch schräger zu stellen, um zum Stehen zu kommen. Dabei wendete er für einen kurzen Moment den Blick von der Piste ab. Sofort geriet Bertie ins Trudeln, zackbumm-kladattsch! Er prallte schmerzhaft mit dem Rücken und Po auf der Schneefläche auf. Ein-, zweimal warf es ihn noch leicht in die Luft; dann kam sein Körper langsam zum Stillstand.

Ein tiefes Stöhnen entwich Bertie. »Autsch!!!«

Er hielt sich den Rücken, schob seine Skibrille nach oben und versuchte, etwas zu erkennen.

»Hey, Wahnsinns-Abfahrt, Bertie! Ich wusste nicht, dass du so 'nen Schneid hast!«, rief Christophs Stimme lachend hinter ihm.

Er kam auf seinen Skiern angestapft, beugte sich zu Bertie herab und fragte ihn mit blitzenden Augen: »Alles klar, du Held?!«

Bertie grinste schief: »Siehst du doch!«

Auch Konstantin brauste jetzt heran und nickte Bertie zu. »Nicht schlecht für den Anfang! Hast du Lust, jetzt auch mal nen paar Kurven zu fahren? Ist ein bisschen sicherer …«

Konstantin lachte wiehernd.

Bertie musste auch lachen. »Gute Idee!«

Mühselig rappelte er sich auf und stellte die Skier parallel zum Berg. Nach ein paar vergeblichen Versuchen gelang es ihm, wieder in die Senkrechte zu kommen.

Virginie, Berlin, 12.2., 11.13 Uhr, Sportforum Berlin-Lichtenberg

Virginie saß im Spagat auf einer Yogamatte. Sie hatte ihre Ohren zugestöpselt mit Kopfhörern, machte Dehnungsübungen und hörte dabei komische Meditationsmusik, die Lotta ihr geschenkt hatte. Zum Ruhigwerden vor ihren Auftritten. Mit Meeresrauschen, zwitschernden Vögeln und lang angehaltenen Tönen, die eierten in Virginies Ohren herum. Vor ein paar Minuten hatte Manne sich von ihr verabschiedet.

»Hals- und Beinbruch, Püppi! Du zeigst es ihnen allen, dit weeß ick! Ick überlass jetzt ma' der alten Lady die Bühne, hab ja och noch andere Schützlinge hier, um die ick mir kümmern muss. Und du bist ja in den besten Händen!«

Manne hatte Virginie lachend zugezwinkert und war dann aus der Umkleidekabine gestapft. Ihr Teddybär!

Virginie schaltete ihren MP3-Player heimlich auf Lady Gaga um, *Bad Romance*. Sofort durchzuckten die harten Beats ihre Beine und Arme. Lady Gagas tiefe Stimme puschte Virginie auf! Eine Kraft-Gift-Spritze war das, gegen alle Spring-Wunder-Mini-Chinesinnen dieser Welt. Wenn Virginie Lady Gaga hörte, fühlte sie sich unbesiegbar! Ein bisschen so, wie die Sängerin selbst: eine unnahbare Alien-Frau, die machte, was sie wollte.

Virginie trug das Kostüm, das Mama ihr genäht hatte. Es passte ihr wie eine zweite Haut. Virginie fand es wunderschön! Es bestand aus einem dunkelpinken Stoff am Oberkörper mit schwarzen Ärmeln und einem schwarzen Rock, der etwas länger als gewöhnlich war. Mama hatte kleine pinkfarbene Pailletten auf die Ärmel und den Rock aufgenäht, und auf das

Mittelteil schwarze, so dass Virginie bei jeder Bewegung, die sie machte, wild schillerte. Die Haare trug sie zu einem hohen Pferdeschwanz zusammengebunden. Ein schmales Band mit pinkfarbenen und schwarzen Pailletten schmückte ihre Stirn. Klara hatte Virginie dabei geholfen, sich zu schminken: blasses Make-up, Puder in der gleichen Farbe, violetter Lippenstift, schwarz umrandete dramatische Augen mit hellrosa Lidschatten. Jetzt saß Virginies Freundin draußen, auf der Zuschauertribüne zusammen mit Möppi, Mia und Charlotte. Jenny war leider schon in den Vorrunden zum Finale ausgeschieden, obwohl sie ein wunderhübsches Kleid getragen hatte, in Knallrot, und eine witzige Kür gelaufen war, fand Virginie. So verspielt und zum Lachen wie eine Clownnummer im Zirkus.

Als Virginie ihre Freundin wegen der Niederlage hatte trösten wollen, hatte die nur laut gelacht, mit ihren Grübchen in den Wangen.

»Mach dir ma' keine Sorgen um mich, Virginie, is' allet jut! Dabeisein is' alles, sagt Mama imma. Außerdem fand ick mir rischtich jut!«

Virginie hätte nie gedacht, dass ihre Freundinnen alle kommen würden. Die ganze Clique! Obwohl Virginie in den letzten Monaten so wenig Zeit für sie gehabt hatte.

Annalena und die J-Monster waren auch da. Sie saßen zusammen mit Felix in einer Reihe und hatten sogar ein Plakat dabei, ein weißes Laken bunt bemalt, mit Raketen und Sternen, auf dem stand: »Mei Leidi und Möppi, ihr seid die besten!«

Ein bisschen peinlich fand Virginie das. Aber glücklicherweise wusste ja niemand von den anderen Zuschauern, wer sie waren: Mei Leidi und Möppi. Hoffentlich!

Die Tür knallte. Lotta betrat aufgeregt den Raum. Sie trug einen schmalen langen Rock in Schwarz und ein tailliertes Jackett in der gleichen Farbe. Um den Hals hatte sie heute einen orange-pink gemusterten Schal geschlungen. Die alte Dame machte eine Bewegung in Virginies Richtung und gab ihr zu verstehen, dass sie mit Virginie sprechen wollte. Seufzend zog Virginie die Ohrstöpsel aus den Ohren. Sie wäre am liebsten noch ein bisschen alleine gewesen. In ihrem Magen rumorte es.

»Bist du so weit, Virginie? Alles gut gedehnt? Die zweite Gruppe beginnt gleich mit dem Einlaufen; da bist du mit dabei. Katara Zhang ist auch in der Gruppe; sie läuft genau vor dir. Am besten kuckst du dir ihre Kür nicht an, sondern konzentrierst dich nur auf deine.«

Lotta sprach atemlos, als wäre sie gerade gerannt. Dabei wedelte sie hektisch mit ihren Händen in der Luft herum.

»Ja … bin so weit«, murmelte Virginie.

In ihren Ohren summte es, und vor ihren Augen tanzten schwarze Punkte. Hastig nahm sie einen Schluck Cola light aus einer Flasche, die neben ihr auf dem Boden stand. Plötzlich hatte Virginie Lust, laut zu fluchen oder auf den Boden zu stampfen. Lotta machte sie mit ihrer Hektik noch nervöser als sie sowieso schon war. Virginie wäre es lieber gewesen, wenn ihre Mutter bei ihr wäre! MamaMamaMama, wo bist du?, hämmerte es in Virginies Kopf.

Sie stand auf. Lotta legte ihr ein Handtuch über die Schultern, damit sie nicht auskühlte. Die alte Dame überschüttete Virginie mit Ratschlägen. Wie sie sich einlaufen sollte, welche Figuren sie üben sollte, welche nicht, was sie dabei denken sollte und was nicht. In Virginies Kopf schwirrten Wörter, Schrittfolgen und Bildfetzen durcheinander.

> Du bist meine allerliebste Tochter, ganz egal, wie der Wettbewerb ausgeht!!! Ich denke an dich und drücke dir fest die Daumen. Deine Mama

Agatha hatte ihr die SMS heute Morgen geschrieben. Aber Virginie glaubte ihr nicht. Nicht wirklich! Sie wusste, wie streng ihre Mutter mit sich selbst war. Wie wichtig es für ihre Mutter gewesen war, eine erfolgreiche Balletttänzerin zu werden! Und wie sehr sie darunter gelitten hatte, dass es nicht zum großen Durchbruch gereicht hatte.

»Anstatt Primaballerina am Staatsballett zu sein, trainiere ich verwöhnte Klopse an einer zweitklassigen Ballettakademie!«, hatte Virginie ihre Mutter oft klagen hören.

Während Lotta Virginie in Richtung Eisfläche schob, wurde das Stimmengemurmel, das aus der Halle kam, immer lauter. Irgendein Softie-Song von Taylor Swift lief als Begleitmusik zum Einlaufen. Plötzlich fühlte Virginie eine sprudelige Kraft in sich: Denen werde ich's zeigen! Mit Lady Gaga. Die werden sich umsehen, diese Heiti-Teiti-Menschen!, dachte sie und ballte die rechte Hand zu einer Faust.

Eisluft wehte Virginie aus der Halle entgegen. Als sie nach draußen trat, war sie wie betäubt von dem Stimmengewirr, das die Halle erfüllte. Bunte Scheinwerfer schwirrten über die Bankreihen und die Sitzfläche hinweg, und ein Moderator heizte die Zuschauer an. Virginie hatte das Gefühl zu träumen. Sie blickte schnell wieder auf den Boden und versuchte, sich an die Ausgangsposition ihrer Kür zu erinnern. Leicht gebückt würde sie dastehen, das Gesicht hinter den gespreizten Fingern versteckt, und auf die ersten Beats der Musik wartend.

Bertie, Prägraten, 12. 2., 11.46 Uhr, Skigebiet Großglockner Resort Kals – Matrei

Bertie und Christoph standen lachend nebeneinander, einen kleinen Sitz zwischen die Beine geklemmt und die Knie leicht gebeugt. Sie fuhren mit dem Skilift eine neue Piste hoch. Strahlende Sonne knallte in ihre Augen. Der Himmel sah aus wie leer gefegt: blitzblau, ohne das kleinste Wölkchen.

»Kaiserwetter!«, rief Konstantin ausgelassen nach hinten zu den zwei Jungen, die herumblödelten und versuchten, sich gegenseitig aus der Bahn zu schmeißen.

Nachdem sie dreimal die Anfängerpiste heruntergefahren waren und Bertie schon viel sicherer geworden war, hatte Konstantin ihnen vorgeschlagen, er wolle ihnen eine besonders tolle Piste zeigen. Die sei topsecret, keiner würde sie kennen außer ihm, absolut spitzenmäßig! Auch nur ein ganz kleines bisschen verboten. Konstantin hatte bei seinen letzten Worten gelächelt. Bertie hatte das Gefühl gehabt, von Konstantins Augen in einen Strudel hineingezogen zu werden.

Als sie oben auf dem Berggipfel angekommen waren, fuhren die drei zunächst wie alle anderen zur offiziellen Piste. Eine breite weiße Schneebahn lag vor ihnen, mit angenehm flacher Neigung und umrandet von Tannen, auf der sich unzählige bunte Punkte tummelten. Größere und kleinere, Erwachsene und Kinder. Von fern konnte man auf andere schneebedeckte Berggipfel schauen.

Bertie hatte Lust, einfach loszufahren, aber Christoph, der seine Gedanken zu erraten schien, packte Bertie am Ärmel und flüsterte verschwörerisch: »Hey, das hier ist was für Langweiler. Wir fahren woanders lang.«

Christoph zeigte mit seinem Skistock auf Konstantin, der seitlich von der Piste hinter einer kleinen Waldgruppe verschwand.

»Komm, Bertie, hinterher!«

Christoph stieß sich kräftig mit den Skistöcken ab und folgte seinem Onkel.

»Muss das … ähm …« Bertie hatte keine Chance mehr, seine Zweifel zu äußern.

Er mochte es nicht, verbotene Dinge zu tun! Dazu war er zu ängstlich und zu »babybrav«, sagte Würgi. Die hatte heute ihren großen Tag, dachte Bertie kurz. Er hatte einen komischen Geschmack im Mund. Würgis ultimatives Eistanzfinale, das sie bestimmt glorreich gewinnen würde! Dann würde sie noch angeberischer werden.

Vielleicht könnte er einfach die normale Piste runterfahren, ohne Konstantin und Christoph, und die beiden dann unten wiedertreffen?, überlegte Bertie. Aber er wusste nicht, ob die beiden, wenn sie ihre bekloppte Geheim-Spitzenpiste runterfuhren, an der gleichen Stelle unten ankommen würden wie er. Was wäre außerdem, wenn ihm etwas passieren würde, alleine? Wenn er hinknallen würde, sich was brechen, einen Skistock verlieren? Wer würde ihm helfen? In Berties Kopf zischte es, als würden Funkenkreisel darin abbrennen. Er zwang sich, mehrere Male tief durchzuatmen, und folgte dann so schnell wie möglich Konstantin und Christoph auf die verbotene Piste. Hoffentlich würde er die beiden noch erwischen!

Virginie, Berlin, 12. 2., 11.58 Uhr, Sportforum Berlin-Lichtenberg

Virginie nahm mehrere große Schlucke aus ihrer Wasserflasche, schüttelte ab und zu ihre Beine aus und starrte dabei verächtlich auf einen kleinen Fernseher, auf dem gerade die Kür von irgendeiner Nulpe namens Anna Rosenfeld übertragen wurde. Nach ihr war die Kolibri-Helikopter-Chinesin dran und dann sie. Anna Rosenfeld war ein kleines Mädchen mit einem Kostüm aus weißem Stoff, auf das goldene Riesenherzen genäht waren. An den Seiten hingen goldene Fransen runter, wie fettes Lametta. Bumms!, schon wieder war sie hingeknallt. Anna Rosenfeld schien nicht besonders gut in Form zu sein, dachte Virginie fast mitleidig. Oder sie hatte so dolles Lampenfieber, dass sie deswegen alles versaute. Kurz wurde eine dicke Frau in einem Pelzmantel gezeigt, mit knallgrünen Lidschattenflatschen über den Augen, die sich verärgert auf die Lippen biss. Wahrscheinlich Annas Trainerin! Das Mädchen tat Virginie jetzt leid.

»Als Nächstes läuft Katara Zhang, und dann bist du dran«, murmelte Lotta, die neben Virginie saß und nervös an einem Pfefferminzbonbon lutschte.

Zigaretten zu rauchen war während der Veranstaltung nicht erlaubt, auch nicht für die Zuschauer oder Trainer.

»Mmh …«, brummte Virginie und tastete verstohlen ihre rechte Bauchunterseite ab.

Dort, wo Virginies Blinddarm saß, puckerte es leicht. Nix da! Virginie biss sich auf die Unterlippe und beobachtete angespannt, wie die dünne Chinesin die Eisfläche betrat. Sie trug ein rot-schwarzes Flamenco-Kostüm, in dem sie noch kleiner und zerbrechlicher aussah als sonst, und blickte wild ins Publikum, als würde sie einen schnaubenden Stier fixieren. Die ersten Töne ihrer Kür erklangen.

»Pah!« Virginie lachte kurz höhnisch auf und tauschte einen Blick mit Lotta, deren Mund zitterte, als würde sie gleich in Gelächter ausbrechen.

»Das arme Mädchen tanzt zu Carmen. Wer um Himmels willen hat sich das ausgedacht?«, flüsterte Lotta und sah fassungslos auf den Bildschirm.

Virginie grinste und wollte ihren Blick schon vom Fernseher abwenden, als die Springmaus ihre erste Sprungkombination aufs Eis legte. Virginie hielt den Atem an: War das ein dreifacher Toe Loop gewesen, gefolgt von einem zweifachen Flip, und alles auch noch absolut einwandfrei gestanden? Ein Raunen ging durch das Stadion. Die Kamera zeigte kurz die Preisrichter, die sich aufgeregt Notizen machten. Eine Sensation! Noch nie hatte ein Mädchen in der Altersklasse eine so anspruchsvolle Sprungkombination in einem Wettkampf gezeigt.

»Hammer!«, murmelte Virginie.

Sie war bleich geworden und hatte instinktiv nach Lottas Hand gegriffen. Die sah wie erstarrt auf den Bildschirm und sagte dann schrill: »Virginie, es ist an der Zeit, dass du dich mental auf deine Kür vorbereitest. Komm!«

Abrupt stand Lotta auf und zog Virginie in eine Ecke, weit weg vom Fernseher.

»Konzentrier dich jetzt auf dich und das, was du den Preisrichtern zeigen willst.«

Virginies Knie zitterten, als wären sie aus Wackelpudding. Gegen dieses Sprungmonster hatte sie nicht die geringste Chance! Das war Virginie klar. Da konnte sie noch so flippig und ausdrucksstark oder was auch immer sein. Null Chancen hatte sie auf den ersten Platz.

»Virginie, reiß dich jetzt bitte zusammen!« Lotta legte ihre Hände fest auf Virginies Schultern und zwang sie, ihr direkt in die Augen zu sehen. »Du hast es so weit geschafft! Du wirst jetzt nicht einfach aufgeben, nur weil ein kleines hormonverseuchtes Mädchen einen Sprung nach dem anderen auf die Eisfläche stampft. Das hat nichts mit Eistanzen zu tun, Virginie!«

Virginie hatte den Eindruck, als würde es in Lottas dunklen Augen lodern. Was meinte sie mit »hormonverseucht«? Ehe Virginie nachfragen konnte, hatte Lotta ihr auch schon die Ohrstöpsel in die Ohren gedrückt, damit sie die letzten Minuten vor der Kür noch mal zu der Eiermusik entspannte. Virginie verdrehte die Augen.

Bertie, Prägraten, 12. 2., 12.00 Uhr, Skigebiet Großglockner

Schneller als gewollt rauschte Bertie hinter die Waldgruppe, hinter der Konstantin und Christoph verschwunden waren. Mit einer scharfen Kurve umfuhr er die Bäume. Er fühlte sich mit einem Mal stark! Unverletzlich. Bertie genoss den kalten Wind, der an seinem Kopf vorbeibrauste. Gerade mal seit zwei Stunden fuhr er Ski, und schon bretterte er eine verbotene Piste runter, die nur für Cracks gedacht war. Virginie würde sich wundern, wenn er ihr davon erzählte.

Eine schmale weiße Piste eröffnete sich vor Bertie, die vereinzelt von kleinen Baumgruppen durchbrochen war und aus dem fantastischsten Pulverschnee bestand, den Bertie jemals gesehen hatte. Völlig unberührt lag die Schneedecke da, glatt und glitzernd und fluffig. Bertie zog tief die Luft ein und beschattete dabei sein Gesicht mit einer Hand: Jetzt musste er nur noch Christoph und Konstantin finden. Dann würde es abgehen! Ab die Luzie! Berties Herz hüpfte bis zum Hals aus Vorfreude. Auch, weil er immer noch ein bisschen Angst hatte.

Während Bertie den Horizont mit seinen Blicken absuchte, hörte er ein leises Murmeln. Als ob ein Baby weinen würde oder ein Katzenkind. Er schüttelte den Kopf und drücke kurz gegen seine Ohren, um sicherzugehen, dass er sich das Geräusch nicht einbildete. Wo waren Christoph und sein Onkel? Sie hatten ihn wohl nicht alleine gelassen und waren einfach ohne ihn runtergefahren? So was würde Christoph nicht machen, dachte Bertie. Noch einmal hörte Bertie das Murmeln, jetzt lauter. Es hörte sich so an, als ob jemand Berties Namen rufen würde. Bertie zog schaudernd seine Schultern hoch und horchte weiter in den tosenden Wind.

»Beeeertiiiieeee! Beeeeertiiiiieeee!«, glaubte er von fern eine hohe Stimme rufen zu hören.

War Christoph etwas passiert? Warum half Konstantin ihm nicht? Hatten beide einen Unfall gehabt? Wo, verdammt noch mal, waren sie? Fieberhaft suchte Bertie weiter den Pistenhang und die vereinzelten Waldgruppen ab. Dabei bemerkte er, dass der Himmel sich zuzog. Sobald sich Wolken vor die Sonne schoben, wurde es unangenehm kalt, vor allem, wenn man sich nicht bewegte. Bertie begann, langsam die Piste runterzufahren. Wenn Christoph und sein Onkel diesen Weg auch genommen hatten, mussten irgendwo Spuren von ihnen sein!

»Bertie! Beeeertiiiieeee!« Das Rufen drang immer lauter an Berties Ohren.

Er war sich jetzt sicher, dass es sich um Christophs Stimme handelte. Plötzlich erkannte Bertie Skispuren im Schnee, weiter vorne, auf der rechten Seite der Piste. Schnell glitt er an die Stelle. Wäre die Situation nicht so gruselig gewesen, hätte Bertie am liebsten laut geschrien vor Freude. Der Schnee war fantastisch! Ein flockiges Federbett, das Bertie den Abhang runterfliegen ließ wie einen schwerelosen Papiervogel. In eleganten, regelmäßigen Schwüngen führten die Skispuren die Piste hinab. Hier oben schien noch alles in Ordnung gewesen zu sein, dachte Bertie erleichtert, und folgte den Abdrücken in Richtung Tal. Der Himmel wurde immer dunkler und wolkiger. Nebel zog auf. Bertie fiel es zunehmend schwerer, die Spuren in dem Schnee auszumachen. Er kniff die Augen zusammen, um besser zu sehen. Eisige Kälte kroch von Berties Händen und Füßen in seinen Schneeanzug. Hoffentlich würde es nicht beginnen zu schneien, dachte Bertie zitternd. Ein Schneesturm war jetzt das Letzte, was er jetzt gebrauchen konnte!

Virginie, Berlin, 12. 2. 2012, 12.07 Uhr, Sportforum Berlin-Lichtenberg

»Zwölfmal 6.0 in der A-Note, das ist eine absolute Sensation! Noch nie da gewesen, einmalig, unglaublich!«

Die Stimme des Moderatoren überschlug sich beim Sprechen.

»Katara Zhang geht mit einer furiosen Kür in Führung! Sehen wir hier schon die neue Landesmeisterin?«

»Es ist ein Fehler, sich das anzusehen. Virginie! Konzentriere dich lieber auf deine Kür. Gleich geht's raus aufs Eis!«

Abwesend murmelte Lotta die Worte vor sich hin und starrte mit schmalen Lippen auf den Bildschirm.

»Jetzt bleibt nur noch die B-Note abzuwarten, und dann folgt …« Der Sprecher stockte kurz und las dann Virginies Namen vor:

»Virginie Auerbach, die bisherige Favoritin. Sie hat in den Vorrunden durch besondere Ausdrucksstärke beeindruckt. Aber wird das reichen, um die Spitzenposition zu halten?! Wir warten gespannt.«

Virginie fühlte, wie sich plötzlich eine seltsame Ruhe in ihr ausbreitete. Sie würde nicht gewinnen. Das wusste sie. Mit einem Mal. 100-prozentig! Virginie hörte auf zu schwitzen. Von tief unten, aus ihrem Bauch, stieg eine wohltuende Kühle in den Brustkorb hoch. Eine Betonladung fiel von Virginies Schultern, so erleichtert war sie! Ein kitzeliges Lachen machte sich in ihrem Hals breit. Fast freute Virginie sich jetzt darauf, ihre Kür zu laufen!

Lotta merkte nichts von der Veränderung, die in Virginie vor sich ging. Sie betrachtete immer noch wie gebannt das Geschehen auf dem Bildschirm:

»5.5, 5.2, 5.1, 5.4 …«, sagte der Moderator die B-Noten für Katara Zhang an, und Lottas Lippen umspielte ein erleichtertes Lächeln.

»Das schaffst du, Virginie. Das kannst du noch schaffen! Die B-Noten sind alle nicht umwerfend«, jubelte sie und fiel Virginie um den Hals.

»Los jetzt! Du bist dran«, sagte Lotta und schob Virginie den Gang entlang zur Eisfläche.

Zum Abschied drückte sie ihr einen leichten Kuss aufs Haar.

Virginie stolperte auf dem Gummiboden entlang und hörte dabei mit halbem Ohr, wie der Moderator sie ankündigte.

»Begrüßen Sie nun mit mir Virginie Auerbach, die bisherige Erstplatzierte!«

Ein seltsames Rauschen ging durch das Stadion, als würden die Zuschauer klatschen. Das konnte nicht sein!, wusste Virginie. Es war im Wettkampf nicht üblich, dass man applaudierte, bevor die Läufer ihre Kür getanzt hatten, damit man sie nicht unnötig aus ihrer Konzentration riss.

Virginie stand nun ganz vorne, an der Bande, etwa zehn Zentimeter vor der Eisfläche. Sie senkte ihren Kopf und schloss die Augen. Dunkelheit umschloss sie. Virginie musste plötzlich an das Märchen *Die Schneekönigin* denken, das Mama Bertie und ihr vorgelesen hatte, als sie noch klein waren. Die Schneekönigin war eine wunderschöne, aber eiskalte und herzlose Frau, die einen kleinen Jungen in ihr Eisschloss entführt hatte. Gerda, seine

Freundin, rettete ihn nach vielen Abenteuern, indem sie um ihn weinte und damit die Kälte, die ihn umschloss, zum Schmelzen brachte.

»Worauf wartest du?!«, zischte Lotta hinter Virginie und versetzte ihr einen leichten Schups.

Virginie zuckte zusammen, hob ihren Kopf und blinzelte in das Scheinwerferlicht. Langsam setzte sie einen Fuß auf die Eisfläche. Dann den zweiten. Virginie atmete noch einmal tief ein und glitt mit einem entschlossenen Schwung auf ihre Ausgangsposition in der Mitte der Eisfläche. Totale Stille herrschte jetzt im Eisstadion; man hätte eine Stecknadel fallen hören. Leicht verneigte Virginie sich nach rechts und nach links. Ihr Oberkörper hob und senkte sich. Virginie begab sich in ihre Ausgangsposition. Wie hatte der Junge aus dem Märchen geheißen? Virginie dachte fieberhaft nach; es erschien ihr plötzlich lebensnotwendig, sich an den Namen zu erinnern.

Dididada dididada dididadadada dada, die ersten Töne von Virginies Kürmusik *Pokerface* erklangen. Virginie begann, sich langsam und roboterhaft dazu zu bewegen, als erwachte sie aus einem Traum. Zuerst setzten die hämmernden Beats ein, dann der Männerchor.

Die Eisfläche vibrierte.

»Beeertiiieee!!!«

Mit einem schrillen Schrei drehte Virginie sich entschlossen aus ihrer Tanzhaltung heraus und lief zum Ausgang der Eisfläche.

Ein Raunen ging durch die Eishalle. Virginie konnte aus den Augenwinkeln erkennen, wie einige Zuschauer aufstanden, um genauer zu sehen, was sich auf der Eisfläche abspielte.

Virginie stolperte auf den Gummiboden im Außenbereich der Eisfläche und rannte in ihre Umkleidekabine.

»Bist du von allen guten Geistern verlassen, Virginie? Geh zurück auf die Eisfläche! Geh sofort zurück!«, schrie Lotta hinter Virginie und versuchte, sie aufzuhalten.

Virginie schlug die Hände der alten Dame mit einer heftigen Bewegung weg, rannte zu ihrem Spint, griff nach der Sporttasche und wühlte ihr Handy hervor. Sie musste Mama und Papa anrufen!

Bertie, Prägraten, 12. 2., 12.11 Uhr, Skigebiet Großglockner

Von weitem sah Bertie vor der nächsten Baumgruppe eine dunkle Masse. Energisch stieß er sich mit den Skistöcken ab und beeilte sich, zu der Stelle zu kommen. Es war mittlerweile so nebelig, dass Bertie die Dinge, die mehr als zwei Meter von ihm entfernt waren, kaum noch erkennen konnte.

Wieder hörte Bertie das Rufen.

»Ich komme! Ich kooommmeeeeee, Christoph! Hab keine Angst!«, schrie Bertie aus voller Kehle und bremste scharf, als er bei der Baumgruppe angelangt war.

»Christoph, bist du das? Christoph?«, rief er ängstlich.

Vor ihm hockte eine Gestalt, die sich über einen großen Gegenstand beugte.

»Bertie!« Christoph schluchzte erleichtert, stand mühsam auf und warf sich weinend um Berties Hals. »Endlich bist du da!«

Christoph drückte Bertie so fest, dass er kaum noch Luft bekam. Mit weit geöffneten Augen starrte Bertie auf den Boden. Dort lag Konstantin in einer seltsam zusammengekrümmten Position.

»Wwwwas … ist … mmmit … Konstantin?« Berties Zähne klapperten plötzlich unkontrolliert aufeinander.

»Ich weiß nicht! Er ist vor mir gefahren, alles war gut. Plötzlich höre ich ein lautes Krachen. Ich fahre schnell zu ihm, und da liegt er, unbeweglich. Seitdem hat er sich nicht mehr gerührt.«

Bertie und Christoph blickten sich für einen Moment verzweifelt an. Langsam segelten ein paar Schneeflocken auf sie hernieder. Erschreckt schaute Christoph in den Himmel.

»Oh nein, jetzt fängt es auch noch an zu schneien!«

Christoph begann wieder, leise vor sich hinzuheulen, während Bertie sich auf den Boden stürzte und versuchte, Konstantins Körper zur Seite zu drehen, so dass er gerade auf dem Boden lag.

»Du musst mir helfen, Christoph, komm, schnell! Wir müssen überprüfen, ob er noch atmet.«

Gemeinsam wälzten sie Konstantins schweren Körper in die Rückenlage. Bertie öffnete hastig die Skijacke von Christophs Onkel, so dass er den Oberkörper sehen konnte, und streckte seinen Kopf leicht nach hinten, so dass das Kinn sich anhob.

»Was machst du da?«, keuchte Christoph.

»Ich sorge dafür, dass er richtig atmen kann. Blau angelaufen ist er zumindest nicht …« Bertie legte sein Ohr an Konstantins Mund und lauschte für einen Moment, ohne sich zu bewegen. Dann richtete er sich wieder auf und hielt seine Hand vor Konstantins Mund. Christoph beobachtete Bertie staunend. Seine Wangen waren rot von der Kälte und verschmiert von Tränen und Rotz.

»Er atmet!« Bertie seufzte erleichtert auf und legte seine Stirn in Falten, während er Konstantin weiter beobachtete. »Ich schätze, er hat eine Gehirnerschütterung …«

Bertie zeigte vielsagend auf die zerschrammte Stirn von Christophs Onkel, von der Blut hinunterlief, und dann auf den Baumstamm, vor dem Konstantin lag. »Deswegen hat er auch das Bewusstsein verloren.«

»Wwwwoher … kkkkannst ddddu … ddddas?!«, stotterte Christoph.

»Hab mal nen dickes Buch gelesen, von einem Rettungssanitäter über seine Arbeit. Da habe ich mir 'nen bisschen was gemerkt. Hab nämlich ein Elefantengedächtnis, verstehste?!« Bertie grinste schief und holte sein Handy aus der Hosentasche.

Christoph lachte schrill auf. »Du … du hast dein Handy dabei?!«

»Klar!« Bertie nickte ruhig mit dem Kopf.

»Aber wozu?!«

»Damit ich Hilfe rufen kann, wenn mir was passiert. Wozu sonst?!«

Wieder lachte Christoph hysterisch auf. »Du glaubst doch nicht etwa, dass du hier Empfang hast!«

»Das werden wir ja sehen!« Bertie zog mit seinen Zähnen an seinem rechten Handschuh und begann, mit steifen Fingern eine Nummer in das Handy zu tippen.

»Wen willst du überhaupt anrufen? Die Wiener Feuerwehr?« Christoph tippte sich mit der Hand gegen die Stirn.

»Nee, die Bergrettung Prägraten! Was denkst du denn?«, zischte Bertie und schüttelte verärgert den Kopf.

»Und woher hast du die Nummer, bitte?!«, rief Christoph entgeistert aus.

»Die habe ich mir im Internet rausgesucht, schon in Wien, und in meinem Handy gespeichert. Man kann nie wissen.«

Bertie grinste Christoph triumphierend an und sprach dann ins Telefon: »Grüß Gott, wir haben ein Problem! Ja, ein Skiunfall …«

Bertie, Virginie, Agatha und Felix, Prägraten, 14. 2., 13.21 Uhr, Restaurant Kräuterhof

»Geht auf Kosten des Hauses: Für die Erwachsenen ein anregender Kräuterschnaps, für die Kinder eine Kräuterlimonade.«

Die Kellnerin, die sie bediente, hatte ein freundliches rundes Gesicht und braune geflochtene Haare, die sie auf altertümliche Art und Weise um den Kopf herumgewickelt hatte. Sie trug ein dunkelgrünes Dirndl mit einer rosa Schürze. Ihr großer Busen wackelte bei jeder Bewegung. Fast drohte er beim Lachen aus der eng geschnürten Bluse zu hüpfen, stellte Bertie fasziniert und auch ein bisschen ängstlich fest.

»Ein Gruß vom Konsti! Er freut sich schon, wenn er wieder daheim ist. Im Krankenhaus fadisiert er sich so.«

Paula schmunzelte und stellte die Getränke vor Virginie, Bertie, Agatha und Felix ab.

»Oh, vielen Dank!« Agatha lächelte, erhob das Schnapsglas und strahlte Felix an. »Prost, mein Lieber! Schön, dass wir uns alle hier so unverhofft versammelt haben!«

Felix nickte. »Das kannst du sagen!«, sagte er, »und dazu noch alle gesund und munter.«

Er sah vielsagend in Berties Richtung, der mit gesenktem Kopf Muster in den Holztisch kratzte.

Felix trug einen neuen schicken Pullover aus hellblauer weicher Wolle mit V-Ausschnitt. Virginie fragte sich, woher er den wohl hatte; ihr Vater ging nie selbst Kleider für sich einkaufen.

»Jetzt fang nicht schon wieder damit an, Papa! Bertie hat doch schon x-mal gesagt, es tut ihm leid, und er macht's nie wieder!«

Virginie stieß ihren Vater leicht in die Seite, erhob dann ebenfalls ihr Glas und blickte in Berties Richtung.

»Prost, du Held! Darauf, dass dir nix Schlimmes passiert ist und wir jetzt alle hier zusammen sind.« Virginie zwinkerte Bertie vielsagend zu.

Da hatten Bertie und sie so lange vergeblich versucht, ihre Eltern zusammenzuführen, und genau dann, als sie nicht mehr daran geglaubt hatten, war es fast ohne ihr Dazutun doch noch gelungen! Nachdem Mama und Papa erfahren hatten, was Bertie, Christoph und Konstantin beim Skifahren passiert war, hatten sie sich mächtig erschrocken. Vorwürfe hatten sie sich gemacht und zu Virginie gesagt, Berties unvorsichtiges Verhalten sei vielleicht ein Hilferuf. Möglicherweise zeige sich daran, wie sehr er unter der Trennung leide, hatte Mama am Telefon geschluchzt. Virginie hatte das zwar nicht geglaubt, aber die Gelegenheit beim Schopfe gepackt und ihre Eltern dazu überredet, dass sie Bertie zu dritt nachreisen sollten.

»Er braucht uns jetzt, der Gnom!«, hatte sie mit extra sorgenvollem Gesicht gejammert! Und Virginie hatte schließlich ihr Ziel erreicht.

Virginie seufzte zufrieden und nahm einen großen Schluck aus ihrem Glas, in dem grüne Blätter rumschwammen und kleine gelbe und rosa Blüten. Die Limonade schmeckte gut, angenehm sauer und ein bisschen nach Holunder und Pfefferminze.

Zwei Tage nach dem Skiunglück saß Familie Auerbach zusammen im Restaurant Kräuterhof, das von Paula, der Wackelbusen-Kellnerin, geführt wurde. Sie war eine Freundin von

Konstantin; niemand wusste genau, ob sie nur eine Freundin war oder seine Freundin. In einer Ecke der gemütlichen Holzstube bullerte ein alter Ofen aus braunen Kacheln, und auf den Tischen standen kleine Porzellanschalen mit duftenden Kräutern. An den Wänden hingen Bilder von Gräsern, Samen, Wurzeln und anderem Pflanzenkram. Unter ihnen waren jeweils kleine Schilder befestigt, die die positiven Wirkungen erklärten: Efeu wirkt schleimlösend, Kümmel hilft bei Blähungen, Birkenblätter lindern Gliederschmerzen.

Nachdem die Bergrettung Konstantin und die Jungs aufgespürt hatte, waren alle drei zur Untersuchung ins Krankenhaus gebracht worden. Immerhin hatten sie mehrere Stunden in Eiseskälte und Schneetreiben ausgeharrt! Es war Bertie schließlich gelungen, Christophs Onkel aus seiner Ohnmacht zu wecken. Er hatte ihm mit Schnee das Gesicht eingerieben, immer wieder seinen Namen gerufen und ihm Klapse ins Gesicht gegeben. Da Konstantin, wieder bei Bewusstsein, starke Schmerzen im rechten Knöchel gehabt hatte und ihm schlecht und schwindelig gewesen war, hatten sie sich nicht alleine auf den Weg talabwärts machen können. Also waren sie dazu gezwungen gewesen, auf den Helikopter der Bergrettung zu warten.

Während Christoph die ganze Zeit vor sich hinjammerte und schluchzte, und Konstantin mit sich selbst schimpfte: »Ich Idiot, ich Depp! Ich Volltrottel!«, hatte Bertie versucht, beide aufzumuntern, indem er Geschichten aus seinem Rettungssanitäter-Buch erzählte.

Um ihnen zu beweisen, dass das, was ihnen gerade passierte,

nichts war im Vergleich zu anderen Unfällen! Als Bertie jedoch begann, davon zu berichten, wie einem Motorradfahrer nach einem schlimmen Unfall auf der Autobahn die Därme aus dem Bauch gequollen waren, und der Sanitäter sie wieder reinstopfen musste, um ihn transportieren zu können, kotzte Konstantin mehrmals heftig in den Schnee und Christoph schnauzte Bertie an: »Halt endlich die Goschen!«

Säuerlich hatte es gestunken, nach dem Kotzebrei, der gelblichgrün im weißen Schnee gedampft hatte. Von dem Moment an hatten alle nur noch frierend geschwiegen und gewartet.

Glücklicherweise war niemandem etwas Schlimmes passiert, stellten die Ärzte später im Krankenhaus fest: Bertie und Christoph waren nur leicht unterkühlt, und Konstantins Knöchel war zwar verstaucht und er hat sich auch eine Gehirnerschütterung zugezogen, wie Bertie vermutet hatte, aber ansonsten war er gesund.

»Das grenzt an ein Wunder!«, rief Alban immer wieder mit seiner vibrierenden Bassstimme aus und rannte dabei aufgebracht im Krankenhauszimmer auf und ab.

Christophs Vater hielt Franziskas Bruder eine Standpauke, die sich gewaschen hatte! Mit rot angelaufenem Gesicht und Spuckebläschen vorm Mund. Verantwortungslos habe er gehandelt, die Kinder in Lebensgefahr gebracht. Das werde er, Alban, Konstantin sein Leben lang nicht verzeihen! Glücklicherweise habe Konstantin selbst keine Familie, das sei auch nur gut so, offensichtlich sei er ja selbst noch ein halbes Kind, und das als Erstgeborener …

Fast tat Konstantin Bertie ein bisschen leid, wie er so da lag, in seinem blauen Krankenhausnachthemd. Blass und klein sah er aus, gar nicht mehr so sportlich und selbstbewusst, wie Bertie ihn kennengelernt hatte. Konstantins blaue Augen funkelten auch nicht mehr und strudelten, sondern waren nur noch hellwasserblaunass und traurig.

»Es tut mir leid, Alban! Ich bin die Piste schon x-mal runtergefahren, ich könnte sie blind nehmen, so gut kenne ich sie. Ich weiß auch nicht, was los war! So etwas passiert mir sonst nie, glaub mir, bitte! Ich würde die Kinder nie willentlich in Gefahr bringen, das weißt du!«

Die Frage platzte abrupt aus Virginie heraus, während Bertie seinen Eltern Foros auf seiner kleinen Kamera zeigte. »Und was wird jetzt? Eigentlich?«

Felix drehte sich überrascht zu seiner Tochter. »Wie, was wird jetzt?«

Auch Bertie hob neugierig seinen Kopf.

»Ja, was meinst du damit?« Agatha kräuselte fragend ihre Nase.

»Na, jetzt, wo ich extra nicht das Finale gelaufen bin, um unseren Gnom zu retten?!« Virginie haute Bertie grinsend auf den Rücken.

»Und jetzt, wo wir alle drei extra angereist sind und überhaupt! Ich meine, wir werden doch nicht alle gleich wieder morgen abfahren, jetzt, wo wir schon mal hier sind. Oder?!«

Virginie strahlte ihr allerbestes Mein-Name-ist-Hase-und-ich-weiß-von-nix-Lächeln. Ihre Stimme hatte einen bittenden Ton eingeschlagen.

»Tja, Virginie, da hast du eigentlich recht!«

Felix lachte auch und legte den Arm um Agathas Schultern. »Na los, sag du es ihnen, Agatha!«

Lächelnd streifte Agatha Felix' Arm von ihren Schultern und begann, mit gesenkter Stimme zu sprechen:

»Euer Vater und ich, wir haben uns überlegt, dass wir, jetzt, wo wir schon mal da sind, ein paar Tage hier bleiben. Alle zusammen! Papa hat Zimmer gebucht, unten, in Prägraten, für Virginie und uns. Du, Bertie, kannst die letzten Tage noch bei Baumgartners wohnen, wenn du möchtest. Wir machen ein paar Sachen zusammen mit Christophs Familie, Lienz besichtigen und so – sie freuen sich, haben sie gesagt! – ein paar Sachen machen wir auch alleine, nur ihr und wir. Zu viert! Was haltet ihr davon?!«

Felix und Agatha strahlten beide über das ganze Gesicht.

»Juhu!«, rief Virginie mit kieksender Stimme aus und fiel ihrer Mutter in die Arme.

»Ihr seid die besten! Die liebsten Eltern auf der ganzen Welt!!!«

»Und was hältst du von unserem Vorschlag, Bertie?!«, wandte Felix sich fragend an seinen Sohn, der wieder an dem Holztisch herumkratzte.

»Gut! Finde ich gut.« Bertie lächelte still in sich hinein und hob dann den Kopf. »Ich frage mich nur …«

Bevor Bertie weitersprechen konnte, kam Paula mit dampfenden Tellern zu ihrem Tisch gelaufen.

»Vorsicht! Heiß und fettig!«, rief sie und knallte das Essen mit Schwung auf den Holztisch. Knödel mit Ei und grünem Salat für Agatha, Kaiserschmarrn für Virginie und Schnitzel mit Erdäpfelsalat für Felix und Bertie.

Wunderlecker roch es nach Puderzucker und Ei und Fleisch. Alle stürzten sich hungrig auf das Essen.

»Herrlischschsch!«, nuschelte Virginie zwischen zwei Bissen mit vollem Mund, Fett tropfte ihr am Kinn herunter.

»Jetzt muss ich endlich nicht mehr auf meine schlanke Linie achten!«

»Wieso?! Die nächste Eistanzsaison beginnt schon bald!«, murmelte Bertie grinsend, während er sich ein riesiges Schnitzelstück in den Mund schob.

»Tja, aber wer weiß, ob ich da noch dabei bin …«, Virginie sah sich verstohlen um, um zu prüfen, ob ihre Eltern zuhörten.

Die beiden unterhielten sich aber gerade über irgendeinen Urlaub, den sie schon mal in den Bergen verbracht hatten.

»Weißt du noch?« und »Hahaha!« und »Das war wirklich einmalig!«

Es bestand also keine Gefahr. Virginie legte ihren Zeigefinger auf die Lippen.

»Aber noch nicht Mama und Papa sagen, muss noch drüber nachdenken …«

»Ja, ja, von wegen!« Bertie lachte hell auf und verschluckte sich dabei fast.

»Virginie ohne Eistanzen gibt's nich, das kann ich mir nich vorstellen! Hahahaha, drei Eimer voll gelacht!«

Bertie schüttelte mehrmals den Kopf und widmete sich dann wieder seinem Schnitzelteller.

»Wart's nur ab!«, murmelte Virginie.

Sie hatte keine Lust, mit Bertie zu streiten. Aber in ihrem Kopf sprühten die Gedanken herum wie durchgedrehte Feen.

»Mmhh, sehr gut, wirklich! So einfach und gleichzeitig so lecker!« Zufrieden tupfte Agatha ihren Mund mit einer Serviette ab und lächelte in die Runde.

»Schmeckt's euch auch?«, fragte sie.

Nachdem alle zustimmend gemurmelt und genickt hatten, fuhr Agatha fort:

»Das ist noch nicht alles, was wir euch sagen wollten, euer Vater und ich ...«

»Agatha, kann das nicht noch warten?!« Felix sah verärgert von seinem Teller auf.

»Wir haben noch nicht mal zu Ende gegessen!«

»Aber wieso denn, Felix?! Wir waren uns doch einig! Ich finde, jetzt ist ein guter Moment, um es den Kindern zu sagen!« Agathas Stimme klirrte.

Felix hörte auf zu essen und starrte Agatha an.

»Wie du meinst ...«, murmelte er.

»Was denn?!«, platzte es aus Virginie heraus.

Sie hatte ihre Gabel fallen lassen und blickte gespannt von ihrer Mutter zu ihrem Vater und wieder zurück. Ihr Herz pochte in lauten Paukenschlägen gegen die Rippen.

»Ja, genau, was denn?!«, rief nun auch Bertie aus.

Sein linkes Augenlid zuckte nervös. Er hatte keinen Hunger mehr! Jetzt war es so weit, dachte er aufgeregt: Jetzt würden sie es ihnen sagen. Dass sie es sich überlegt hatten, dass sie gemerkt hatten, dass sie sich doch ...

»Herbert und ich haben uns verlobt!«, verkündete Agatha und strahlte in die Runde.

»Was???!!!« Virginie schrie fast.

Sie war leichenblass geworden.

Bertie blickte stumm von seiner Mutter zu seinem Vater und schließlich auf seinen Teller. Dann schmetterte er seine Serviette auf den Tisch und rannte aus der Stube. »Ihr könnt mich alle mal! Arschlöcher!«

Hart knallte die Tür hinter ihm ins Schloss.

Betroffen blickte Agatha zu Virginie und dann zu Felix. »Nun sag du doch auch mal was, Felix. Wir haben das gemeinsam besprochen: dass wir die Scheidung einreichen und …«

Agatha wurde rot im Gesicht und sprach immer lauter: »Du warst meiner Meinung: Dass es gut so ist. Dass wir es den Kindern möglichst bald sagen, damit sie sich darauf einstellen können …«

»Ja, schon …« Felix sah aus wie ein kleiner Junge und stocherte in seinem Erdäpfelsalat herum.

Langsam erwachte Virginie aus ihrer Erstarrung.

»Bertie hat recht: Ihr seid Arschlöcher, sonst nix! Und eure bekloppten Ferientage zusammen, die könnt ihr euch sonst wohin stecken!«, schrie sie mit greller Stimme und rannte ebenfalls türknallend aus dem Raum.

Sommer

Virginie und Bertie, Berlin, 5. 8., 19.52 Uhr, Freibad Mitte

»Also, was ist jetzt? Springst du oder nicht?!«

Virginies Haare flatterten im Abendwind. Sie hatte die Augen geschlossen und reckte ihr Gesicht in den Nieselregen, der aus dem sich grau färbenden Himmel herabtröpfelte.

Seitdem Virginie nicht mehr täglich trainierte und sich nicht mehr so oft auf die Waage stellte, war ihr Gesicht ein bisschen runder geworden. Auch ihr Körper! Virginie sah jetzt weicher aus, mehr wie eine junge Frau, hatte ihre Mama gesagt, als sie sie wiedergesehen hatte. Traurig und gleichzeitig lieb hatte ihre Mutter dabei gelächelt, und Virginie hatte nicht gewusst, ob sie das gut finden sollte oder eher peinlichblödeweißnichtwas.

»Ja oder nein?«, fragte Virginie ihren Bruder, der mit verschränkten Armen und einer idiotischen karierten Badehose, die ihm schon ein bisschen zu klein war, neben Virginie stand und 'ne Schlechte-Laune-Flunsch zog.

Direkt vor den Sprungbrettern standen sie, im Freibad Mitte. Nur noch wenige Menschen lagen auf ihren Handtüchern. Vom Kinderbecken flogen vereinzelte Schreie durch die Luft. Hier hatten sie früher tausend Sommertage verbracht, mit Mama und Papa, dachte Virginie. Später zu zweit und mit Freunden. Als sie noch alle zusammen in Berlin gelebt hatten! Virginie biss sich kurz auf die Lippen.

Seitdem sie alle zusammen in Prägraten gewesen waren und Mama sich mit Herbert verlobt hatte, verstanden sich Mama und Papa wieder richtig gut. Die Tage in den Bergen waren schön gewesen! Obwohl Virginie und Bertie lange gebraucht hatten, um sich damit abzufinden, dass ihre Eltern nicht mehr zusammenkommen würden. Und dass Mama Herbert heiraten wollte!

(Virginie würde sich nie damit abfinden, in Wirklichkeit, aber das war ihr Geheimnis.)

(Bertie würde sich nie damit abfinden, in Wirklichkeit, aber das war sein Geheimnis.)

Andauernd hingen die Eltern jetzt an der Strippe, um sich »über ihre Kinder auszutauschen«, wie Papa grinsend zu Virginie sagte, wenn sie ihren Vater fragte, was er so viel zu bequatschen habe, mit Mama. Ausgerechnet jetzt, wo sie 'nen neuen Macker hatte und die beiden sich scheiden ließen. Das sollte einer verstehen! Die Erwachsenen und die Liebe und der Kram, Virginie schüttelte den Kopf, um ihre Gedanken zu verjagen, wie einen Hoppelhasen.

»Komm schon, Zwerg, das ist DEINE Chance!«, sagte Virginie aufmunternd und schupste ihren Bruder leicht in die Seite.

Den ganzen Tag über hatte es geregnet! Bis Virginie das Gefühl gehabt hatte, zu explodieren vor lauter Nicht-Bewegen und Rumgammeln. Bertie hatte sich wohlig auf dem Sofa rumgefläzt und ein Buch nach dem anderen verschlungen. Irgendwann hatte Virginie es nicht mehr ausgehalten.

»Ich hab's! Wir gehen Regen-Schwimmen!«, hatte sie ausgerufen.

Stöhnend hatte Bertie sich auf dem Sofa herumgewälzt, mit glasigen Augen.

»Würgi, du nervst!«, hatte er gemurmelt.

»Kannst du dich nicht EINMAL still beschäftigen? Alleine?!«

»Nein, kann ich nicht!«

Lachend war Virginie aufgesprungen, sie fand ihre Idee großartig. »Wir gehen ins Freibad Mitte! Da gibt's 'ne Schlecht-Wetter-Ermäßigung. Kurz vor Schluss ist kaum was los; da können wir noch ungestört 'ne coole Runde schwimmen.«

Virginie rannte in ihr Zimmer und begann, ihre Schwimmtasche zu packen. Missmutig folgte Bertie ihr.

»Schwimmen bei Regen, so 'ne bekloppte Idee! Wollen wir das nicht lieber verschieben? Auf einen Tag, wenn die Sonne ...«

Mit einem Ruck richtete Virginie sich auf und blitzte Bertie einen Jetzt-sei-nicht-so-nen-Langweiler!-Würgi-Blick ins Gesicht.

»Wir schwimmen außerdem nicht nur. Wir fliegen!«

Wie 'ne Sternennacht in den Bergen hatten die Augen seiner Schwester gefunkelt. Dunkel und strahlendhell gleichzeitig!

Zitternd sah Bertie hoch zu dem 10er-Sprungbrett. Nie-und-nimmer-würde-er-da-runterspringen!-Virginie-hatte-definitiv-einen-Schuss-an-der-Waffel-das-war-ja-nichts-Neues-warum-nur-war-er-nicht-zu-Hause-geblieben?

»No way, Virginie!« Berties Worte schossen aus seinem Mund, bevor er richtig über sie nachgedacht hatte.

Ohne Virginies Reaktion abzuwarten, wandte er sich von den Sprungbrettern ab und stampfte in Richtung Umkleidekabinen. Sollte Würgi doch mit Jennifer runterspringen! Oder mit Christoph. Oder mit wem auch immer. Warum gerade mit ihm? Bertie war kein Supermann! Keine Sportskanone und auch kein zukünftiger Schauspielerstar. Hoffentlich machte Mama sich jetzt keine falschen Hoffnungen! Berties Gedanken wischten hin und her. Von ferne konnte Bertie hören, wie Virginie ihm nachrief:

»Bertie! Komm zurück! Beeertiiiieeee!«

Die Theateraufführung vor zwei Wochen war ein Erfolg gewesen! An drei Nachmittagen hatte Berties Theatergruppe das Stück gespielt; »Allein unter Kindern« hatten sie es genannt. Jedes Mal war der große Saal im *Dschungel* fast ausverkauft gewesen. Da Virginie sich jetzt endgültig dazu entschieden hatte, dass sie keine Profieistänzerin werden wollte, würde Mama ihren Ehrgeiz vielleicht auf ihn, auf Bertie, umlenken?

»Einfach so und ohne Widerrede!«, hatte Virginie Mama als Begründung für ihre Entscheidung ins Gesicht gebrüllt, mit tomatenrotem Kopf.

Cool! Bertie musste grinsen, als er an die Szene zurückdachte. Er drehte sich um und suchte seine Schwester mit den Augen. Virginie hatte ihm den Rücken zugewandt. Ihre dunklen Haare segelten in der Luft. Langsam kletterte sie die Leiter zu den Sprungtürmen hoch.

Virginie spürte, wie das Muster der Leitersprossen in ihre Fußsohlen drückte. Sie ließ sich Zeit beim Hochklettern. Ein bisschen fürchtete sie sich immer noch vor dem Sprung vom 10-Meter-Brett. Jedes Mal! Obwohl sie schon so oft durch die Luft geflogen war. Ein Prickeln füllte Virginies Bauch aus, wenn sie daran dachte. Den ersten Sprung vom 10-Meter-Brett hatte sie gemacht, als sie sieben Jahre alt gewesen war. Agatha hatte damals den Bademeister davon überzeugen müssen, dass sie das konnte. Strahlend hatte ihre Mama schließlich nach oben gewinkt, der Sonne und Virginie auf dem Sprungbrett entgegen. Sie hatte klein ausgesehen.

Als Virginie Lotta van der Meer erzählt hatte, dass sie erst sieben Jahre alt gewesen war, als sie das erste Mal vom 10-Meter-Brett gesprungen war, hatte Lotta ihr zuerst nicht glauben wollen! Virginie lächelte vor sich hin, als sie an das Gespräch zurückdachte. Die alte Dame war zum Glück nicht böse darüber gewesen, dass Virginie den Wettbewerb geschmissen hatte. Ein paar Wochen später hatte Lotta Virginie zum Abendessen eingeladen, in ein superschickes Restaurant. Mit weißen Tischdecken, Kerzen und Blumenschmuck, mit silbernem Besteck und fünf Gängen hintereinander. Virginie hatte sich wie eine Prinzessin gefühlt! Beim Dessert, es gab »moelleux au chocolat«, leckere Schokoladenküchlein mit flüssigem Kern, hatte Lotta Virginie dann von ihrer gescheiterten Karriere erzählt: dass sie ihre Laufbahn als Eistänzerin nach einem schlimmen Sturz auf den Rücken vorzeitig beenden musste. Eine Operation nach der anderen hatte Lotta damals über sich ergehen lassen müssen, auch auf Drängen von Katharina, ihrer Mutter, die nicht hatte einsehen wollen, dass alles umsonst gewesen sein sollte: das Training, all das Geld, das sie investiert hatten, jeder einzelne Bluterguss, den Lotta sich beim Eistanzen zugezogen hatte. Jahrelang hatte Lotta damals gehofft, sich immer wieder aufgerappelt nach einer neuen Operation, und bis zum Umfallen trainiert. Aber es hatte alles nichts geholfen: Lotta hatte nie mehr zu ihrer alten Form zurückgefunden! Vor allem war sie nie wieder schmerzfrei gewesen. Bis heute nicht.

»Ist es das wert?« Lotta hatte Virginie direkt in die Augen gesehen bei der Frage.

Wie auf ein Zeichen hatten sie beide den Kopf geschüttelt! Von Zeit zu Zeit besuchte Virginie Lotta seitdem. Sie gingen zusammen mit Oskar spazieren, sahen sich Eistanz-Videos an, und Virginie lernte von Lotta Kuchen backen. Torten und Kekse und alle Leckereien! Papa war begeistert von Virginies neuer Leidenschaft. Neulich hatte sie ihm sogar ein Stück Aprikosentarte für Anja mitgegeben.

Und vor ein paar Wochen war Virginie mit Lotta eislaufen gegangen! Nicht in der Trainingshalle, sondern auf einer öffentlichen Eislaufbahn. Virginie hatte darauf bestanden, dass Lotta mit auf die Eisfläche kam. Popmusik hatte aus den Lautsprechern gedröhnt, und Hunderte von Menschen waren um sie herum geflitzt, gestolpert, gesegelt, getanzt. Virginie hatte Lotta an der Hand genommen. Dann waren sie gemeinsam über das Eis geschwebt.

Virginie stand jetzt ganz oben am Himmel und atmete tief die Regenluft ein. Kurz strich sie mit einer Hand über ihren Bauch. Das machte sie manchmal, seitdem ihr Blinddarm entzündet gewesen war. Um sich zu beruhigen, irgendwie. Virginie schmunzelte. Ein paar Krähen flogen krächzend am Himmel entlang.

Virginie hielt sich am Geländer fest und wagte einen Blick nach unten auf das Wasser:

»Puhhh!«, entwischte es ihr unwillkürlich.

Ein krachendes Geräusch hinter Virginie ließ sie sich umdrehen. Bertie kam die Leiter hochgeklettert. Der Kleine. In

Virginie stieg sprudelnde Freude auf. Traute er sich doch noch! Bertie schwankte, als er die Plattform betrat, und krampfte beide Hände um das Geländer.

»Mann ist das hoch!«, stieß er hervor. »Würgi, ich weiß nicht, ob ich das schaffe … Ich glaube, das ist mir 'ne Nummer zu hoch. Ich wollt's echt, Würgi, aber jetzt, hier oben …«

Bertie war leichenblass um die Nase herum geworden, und Virginie fürchtete, dass er gleich umfallen würde! Kawumm. Schweißperlen glitzerten auf Berties Stirn, und seine Augen sahen angstdunkel aus.

»Is' okay, Bertie.« Virginie lächelte ihrem Bruder zu. »Kein Problem!«

Virginies Stimme wackelte beim Sprechen.

»So ist das eben! Mit uns. Ich springe und du nicht. Du bist nen Schulass, ich 'ne Niete. Ich quatsche, du bist still. Aber eins sollste wissen: Ick hab dir trotzdem janz doll lieb!«

Ehe Bertie sich dagegen wehren konnte, drückte Virginie Bertie einen nassen Schmatzer auf die Nase. Dann ging sie, ohne zu zögern, nach vorne an den Sprungbrettrand.

Bertie hielt sich immer noch krampfhaft am Geländer fest und beobachtete seine Schwester aus der Entfernung. Der Schwindel in seinem Kopf ließ nach. Bertie fühlte, wie eine Million Ackersteine von seinem Herzen fielen: Plums, bumm, bamm, klacker, plautz, einer nach dem anderen.

Virginie stand jetzt frei am Himmel. Langsam breitete sie ihre Arme aus. Genau in dem Moment brach die Wolkenschicht an einer Stelle auf, und ein Lichtstrahl drang hindurch.

»Juhu!«, rief Virginie aus voller Kehle und ließ sich fallen.

»Juhu …«, brummte Bertie und folgte seiner Vogel-Schwester mit den Augen.

Bertie hatte seinen Mund zu einem schiefen Grinsen verzogen. Als Virginies Körper klatschend ins Wasser eintauchte, zuckte er zusammen. Dann ging er langsam zurück.

DANK AN:

das österreichische Bundesministerium für Unterricht, Kunst und Kultur, das meine Arbeit an den TWIN CITIES mit dem MIRA-LOBE-STIPENDIUM 2012 großzügig und über sechs Monate hinweg unterstützt hat.

Svenja Drewes und Klaus Humann für ihre großartige Arbeit und ihre einfühlsame und fördernde Unterstützung.

meine Eltern, Sabine und Johannes, Burgl, Felix und Christoph, Edi und Gerda, die mich Osttirol lieben gelehrt haben.

Hana, Regine, Maria, Ligia und viele mehr, die mir auf verschiedene Art und Weise dabei geholfen haben, mein Heimweh nach Berlin zu überwinden und mich mit Wien anzufreunden, der Stadt, in der ich mich heute heimisch fühle!

Quellenverzeichnis

Liedtext Seite 162:

WIEN-BERLIN
Veröffentlicht 2012

Gedicht Seite 64:

WACH LIEGEND NACHTS
Von Johannes Schrimpf, 2003/2004

MIX
Papier aus verantwortungsvollen Quellen
FSC® C014496
FSC
www.fsc.org

1 2 3 16 15 14

Umschlagbild: Gerda Raidt
Lektorat: Svenja Drewes
Lithografie: Margit Dittes Media, Hamburg
Satz aus der Bembo book MT
bei Pinkuin Satz und Datentechnik, Berlin
Druck und Bindung: GGP Media GmbH, Pößneck
Printed in Germany
ISBN 978-3-8489-2012-9

www.aladin-verlag.de